CONSTELADO

千 里 远 景 ， 如 在 尺 寸 之 间 。

人生一俳句

我的文学自叙传

乐水 著

中国工人出版社

目录

第一章　幼少时代

家在何方

我的故乡位于徐州东北苏鲁边境，目前的具体行政地点是江苏省邳县宿羊山镇陈庄村。我出生于1939年12月或1940年1月，岁在己卯，属兔。父亲永达公，母亲陈苏氏。两个哥哥，大哥生于1927年（丁卯），长我一旬，亦属兔，小哥生于1932年（壬申），长我七岁，属猴。没有姐妹。听说母亲生过七八个孩子，自然男女都有；但到头来，女孩儿都“没住”，只活下我们弟兄三个。听祖母说，我生在寒冬腊月、大雪纷飞的夜晚，也不知道是因为奶水稀少还是消化不良，日夜啼哭不止。这之前，在我上头，也就是我和小哥之间，夭折了一两个，觉得我将“不住”，随即放到大门口干草棚里，任我号啕。头睡长了，耳朵压扁了，竟数日“不走”，只是拼命啼哭。迷信的祖母忽然对母亲说："这孩子命大。"随后立即将我抱回堂屋，烤暖全身，喂以汤水，倍加呵护，这才渐渐停止啼哭，活了下来。

别以为祖母、父母心狠，在我们家乡，妇女生孩如猪下崽儿，有死有活是常态。孩子要生了，临时到宿羊山街或邻村请个老年接生婆来，抄起针线笸子里的锈剪刀，根本不知道应该煮煮消毒，"咔嚓"剪断脐带，打个结子，用酒盅泡上红糖水，左臂揽着婴儿，右手拇指中指撮起酒盅，腾出食指搅拌糖水，一口灌下去，连灌数杯而止。每次灌水，都使婴儿哭喊愈烈，哽咽愈剧。

再说说我的祖父母，祖父排行老二，学名陈学凤，贫病而死，只撇下父亲一个儿子。父亲三岁时，祖母守寡，母子二人，相依为命，艰难度日。祖母娘家岱山人，其父早逝。其母"拖油瓶"出嫁到耿家。记得我小时候，舅姥爷常来，还给我家打绳子，那是个很有趣的活儿，一端是个小木头框子，好几个眼儿分别钩着一簇麻或苘；另一头是一排Z形的铁把子，一个壮汉不住转动，将三股单绺的麻苘坯子绞成复股绳子。一排五根，每三股一组，夹持着一个三角楔子，随着绳子逐渐拧紧而向前走动。眼看着小木拖框在门口干泥土地上缓缓滑行，轧出两条道儿，还有一大堆清白的新绳子，全家人都很高兴。祖母娘家三个侄子常来我家玩，老大老二都是哑巴，只有同我一般大的老三发育正常。

我母亲娘家是本乡苏口村人。我记事时，外祖父和外祖母已不在世，两个儿子，大舅二舅。大舅家贫，嗜赌，分家时的财产输光了，盖不起屋，老婆孩子蜗居于驴夹板子小车屋内，全家只有一条棉被。二舅精明能干，战争时期到南京跑生意，贩烟土，二妗子善于持家，虽然租住别人家房子，但小日子过得很红火。母亲带我走姥娘家，每次总是先到村后头大舅家说说话儿，到了晌午就去二舅家吃中饭，有时大妗子也一起过来作陪。二舅家殷实，不愁吃喝，冬天临过年，家里烤炭炉，有时还能吃上白菜熬猪肉，所以我很喜欢跟母亲走姥娘家，到二舅家玩，看火车，摘桃子。

二十世纪四十年代，家乡被日本人占领，宿羊山成立汉奸政权“维持会”，八义集土匪刘斐然当上了伪军镇长。此人外号刘老斐、刘瘸子，本是汪伪国民党团长军衔，又兼地方之职，阴险狡诈，无恶不作。团长以下二号人物是他的参谋长——我村东台子陈永钦，膝下双子双女。两个儿子都外出读书，具有较高的学历和文化水平。

童蒙的记忆

我大约从四五岁起有了朦胧的记忆，1944 年前后，那一年当是我大哥结婚的一年。只记得有好多人挤在院子里供桌前抢馃子吃。好像是拜天地，新郎穿着长大褂，礼帽上缠着红绿丝线，拜过天地之后，将供桌上装满粮食、插着线香的枡斗搬走。那几天，新嫂子在小院里梳头、插花，坐在我很喜欢的枣木板凳上。肉红的木板，布满细密的花纹，坐上去既宽大又舒适。那可是我的专有之物，家里人都知道。我想要那板凳，但又不愿跟她说，只是在她身后拼命拽板凳腿儿。哪里拽得动呢。我还用小镜子照她，她浑然不觉。我瞧着那小太阳在她身上飞来飞去，呵呵笑了，她转头看看我也笑了……

另外一个记忆就是满湖①的罂粟花。记得那会儿家家种大烟。罂粟的种子黑红、细小，像菜籽儿，播种时先把地划出一道道沟子，将种子盛在小小的干瓢里，瓢底戳几个针眼儿，边走边在沟里晃动着小瓢儿。头年秋天播种，过一个冬季，第二年春天小苗返青，渐渐发叶、长出茎秆。入暑后茎端结成酒杯般嫩绿的蒴果来。这时候该“划烟”了，男女老少，各人带上一把带尖儿的小割刀。来到罂粟田，弯腰逮住烟蒴儿，两边各斜斜地划上一刀。这种小割刀很快，是平时裹脚的老人割脚臌子用的，所以划起烟朵儿来很便利。划好后，让它流满汁水，晒上三五天，然后带上小割刀和一只小茶盅，将黏在每棵蒴朵上的黑红而浓稠的烟膏子刮进小茶盅里。一亩地一次能收一小茶盅就很不错了。有的人家收得多，就把大烟膏子集中装在大海碗里，裹上荷叶，精心收藏起来；或换成洋钱积攒起来，留作置地、盖屋、买牲口。

大烟，学名叫罂粟，花开红白二色，红如朱砂，白若冬雪。

---

① 乡语，湖，即田，农地。抑或古代家乡土地皆湖区。

花开时，满湖烂漫。收过烟膏子的烟叶棵子，拔下来晒干，呈赭黄色，可以烤火、烧锅。收大烟季节，庄上吸烟的老人们都不再买烟丝了，将烟壳子（花蕾的外壳）晒干、揉碎，摁在烟袋锅里，吸起来特别香。

苏口子是桃园乡，二舅一家除了忙着干农活，还要管理桃园。他家有七棵桃树和一棵杏树，收麦子时，也是桃杏成熟上市的时候，那时我们兄弟时常陪二舅睡在桃屋子里看守桃园，白天及时采摘熟透的桃杏，以免掉在地上烂掉。农闲时，二舅常到南京跑生意，有时也捎带些烟土去卖。记得他有一次路过我家看望母亲，我不在家，在村外大杨树底下碰到了，他叫住我，说道："快回家看看，舅舅给你买个兵帽子。"我跑回家一看，果然抽斗桌上放着一顶帽子，藏青毡子，箍着金黄的帽箍儿，帽檐儿上裹着一层透亮的玻璃纸，好看极了。从此，我鸟枪换炮，舍弃掉一年三季不离脑袋的火车头棉帽，戴上轻便、好看的兵帽子了。

说一下帽子对我们农村少年多么重要，冬天防寒不用说，还能"遮丑"。我由于生下来睡柴屋，头畸形，光头时后脑勺突出明显。一些调皮的孩子和大人瞧不惯，总是伸手摸来摸去，或用手做出砍掉一角的架势。这回好了，戴上兵帽子，就没有这番烦恼了。不过，随着年龄渐大，头也大了，兵帽子戴不上了。母亲只得把帽子后面剪个豁口，用线绷紧，才又继续戴了两年。

村里还有好几个同我年龄相仿或小一些的女孩子，她们冬天戴虎头帽，头顶用丝线绣着虎嘴、虎须、虎牙，竖着两只虎耳朵，虎虎而有生气。头当顶站着一只公鸡，嘴里的丝线坠着五颗黄豆粒儿。脑后钉个大铃铛。青面獠牙的虎头帽子，庇护着一张俊秀的小脸蛋儿，看起来，既调皮，又可爱……

二舅家的日子也不是一帆风顺。几年后，生意亏了本，父亲托二舅卖自家产的几两烟土钱，也顶了债务，最后一文未归。对此父母都对二舅有所不满，父亲时常对母亲嘀咕："景杨怎么是这样的人。"我母亲也生舅舅的气，从此不再走娘家了。其实，舅舅有舅舅的难处，他可不是耍赖的主儿，但得有钱，他是会还账的。当然，他自觉是自己姐姐家，应该担待些，为他分忧，耍赖一点儿没关系。这样的想法自然是有的；但话又说回来，做生意受了人家的骗，最后一个子儿都没剩，他纵然想还账，也是不可能的。

说着说着，直到新中国成立后，我在瑞香寺上高小，我舅还是不肯来我家，母亲也一直没有再去苏口村走动走动，我们哥儿仨也一直没走过姥姥家。

苏口村有两个男孩子苏殿珠、苏殿渠和我同班，他们知道了真相，放学回家时就约上我一道走。我找到二舅家，二妗子一眼看到我，喜出望外，将我揽到怀里，泪流满面地说："我的儿，你真的来啦，你娘呢？""娘没来，我是打学校来的。"我把情况跟她说了。两个幼小的表妹围在我身边，不肯离去。吃罢午饭，二舅赶集还没有回家，我也要回学校，就匆匆回校上课了。

苏口子西头那条日伪为了抢运枣庄煤的台赵（台儿庄—赵墩）铁路，曾经给我留下很深的印象，跟母亲走姥娘家时，远远看到两根乌黑的铁轨，吓哭了，不敢越过铁路口，只是站在苘麻清香、蜂蝶翻飞的绿树丛边发愣。后来，淮海战役中，北边不老河上的三孔水泥桥被国民党飞机炸断，给当地百姓心中留下仇恨。后来，有人自发在被炸的中间一孔扯上铁索，垫了石板，勉强可以徒步通过。

后来好长一段时间，每当走过这里，看到这个“历史的遗留”，宛如吃剩下的鱼骨刺，被扒拉得寸断支离，残破不堪，心中很不是滋味。

打那之后，通过我这个使者，两家又恢复了从前那种血亲关系。我的两个哥哥也分别去过多次。记得初中有一年我从八义集回家，天已近晚，一眼没看到母亲，急得我乱转。大嫂告诉我：“咱娘去舅舅家了。”我立马踢开拦路的小黑狗，火速向苏口村跑去……

生儿土中

旧时，农村生育儿女，非如今年轻人可以想象。在我们家乡，孕妇生产前一直操劳不息，有的正在地里干活就来了“阵痛”，此时赶紧跑回自家。上面说了，临产时随便找个接生的老婆婆来，忙活一阵子也就妥了。幼儿有幸存活下来，缝几块破布当褯子[①]，就算是好的了。多数人家连破布都没有几块，别说出国买“尿不湿”了。怎么办？不愁。一周岁以内的孩子，一律穿土裤子。上街赶集扯上二尺布，缝个裤衩子准备着。孩子出生前，早就动手上山扒沙土晒干储存起来。这种土细腻、散落，抓在手里如干面粉。存上一褶子，足够小孩儿用到一岁多。我们家乡初生儿成活率大约不到半数，倘若生下几天后不肯吃奶，哭叫不止，很可能中了菌毒，得了脐带风，也不找医生看，单凭老一辈人判断。上了岁数的爷爷奶奶有经验，一看便说小孩儿活不成了，得赶紧让他（她）走人。

我大嫂生育频繁，几乎一两年就生一个。幼时，我不止一次看到奶奶几天前还是那么宝贝孩子，“乖儿”“乖儿”叫不停，但过不几天就对着哭闹不止的孩子絮絮叨叨数落起来：“其实，俺家里很穷，留不住你。那你就甭[②]来，少惹俺心烦。留不住就不留，该托生到谁家就托生到谁家吧。”幼小的我，对奶奶的话似懂非懂，听了不由心惊肉跳。

奶奶说完了，家后永功大爷胳肢窝挟来一卷麦草，将哭闹的婴孩捆在一卷麦草里，中间扎一道系子，慢悠悠走出大门。我从后头看到麦秸捆里踢踏不止的小脚丫儿，既悲戚，又恐惧。

---

① 褯子（jiè zi），尿布。

② 乡语：甭（béng），不用，别。

有幸活下来的孩子从此开始了“土裤人生”。

穿土裤子就免不了每晚“换腚”。特别是大冬天，嫂子厚厚的棉袄里揣着孩子，颤巍巍来到堂屋，全家赶紧让地方，随手把火盆调得热烘烘的。嫂子坐在父母地铺边缘的秫秸捆上，伸直双腿，两只小脚并拢搭在火盆沿儿上，将孩子倒着放下来，再把装着粪尿湿土的土裤脱下来，轻轻拍拍孩子的腚瓣儿[①]，干净净的，鸡蛋白一般。再把另一件干净的土裤子烤一烤，给孩子穿上，扎好两腿，然后，将炒过的不热不冷的干沙土徐徐倒进土裤中，系上腰带，连手脚一块儿裹在包被子里，扎成两道儿，细巧、挺拔，谁见了都想抱一抱。

满月后，孩子吃足奶就在屋里睡觉。一旦听到哭声，立即跑过去，免得从床上掉下来。平时，我去哥嫂屋最勤，一旦看到孩子醒着，我便将手指肚儿伸进他（她）的小嘴儿，享受那种小儿裹奶的感觉，仿佛心头扫过一根鹅毛、头发丝儿，浑身一激灵，令人欣喜。

病弱童年

我从小多病，因家庭贫窭，一般的病都是听其自然，自生自愈。祖母活到八十岁，终生没看过先生。那时农村卫生状况差，夏天蚊蝇乱飞，各种疾病肆虐。每年几乎人人都要得一次

① 乡语：屁股。

疟疾，谁也免不掉，乡人称“发疟子”。有的人迷信，到了夏秋之交，出外躲避，说这样可以避免瘟神找上门来，不用说完全无济于事。疟疾一般病程一周到十天，最后口唇生疱，日渐痊愈。还有一种病，就是拉肚子。夏季吃瓜果桃梨等不洁食物，腹痛腹泻，长期不愈。厉害的时候“拉大眼儿了”。我小时也是常得，甚至伴有发烧，烧得夜间说胡话，四处乱跑。有时就在肩膀上钉上一绺红布条，大人说：“别怕，抓副方子就好啦。”说罢，驮着上街找先生。兵荒马乱时，路上碰到飞机轰炸，随时躲进庄稼地，眼望着飞机俯冲下来，撂几个炸弹，打几梭子机关枪，大人望着天空叫几声“老天爷”，飞机就飞走了。奇怪，那时也不怕。有时飞机不扫射，反而觉得不过瘾，因为有的飞机，打过机枪，会把空炮筒子丢下来。那些粗大的机关枪黄铜弹壳，三三两两，掉落在翻耕的农田或玉米地里，黑魆魆的，冒着热气，捡上一个，宝贝非常。

冬天里常得的病是咳嗽。幼时贪玩，又不懂得随气候变化增减衣服，有时一个冬天都不见好。母亲常用铁勺油炸鸡蛋，刺啦刺啦，便是冬夜病儿最高兴之时。可惜农家养几只鸡，多半不是为了自食，一是应客，二是卖钱。庄稼人没有来钱的路，一个鸡蛋也有大用场。比如，一斤鸡蛋可以换一斤洋油。拿鸡蛋待客一般也只限于亲母舅或新闺女婿。炒一盘辣椒鸡蛋，或摊个蛋饼儿，切成小块儿，烩粉皮儿粉条儿，加上平时少不了的盐豆、咸菜，便是一桌难得的美食。

由此看来，病儿吃油炸鸡蛋，愈增其显贵，非比寻常。如此的待遇，一辈子苦守的母亲，根本是吃不上一口也绝对不会吃的……

如今，祖母、父母、兄嫂以及舅舅、妗子全都回归九原，一概成了故人，留给我的徒有旧时的亲情，时代的记忆，无尽的叹息。

自然地理

现在人们所说的“苏北”同往昔稍有不同，主要指镇江、扬州以及淮河以北地区。我幼时所持有的“苏北”的概念，是指盐城、宿迁以北，甚至仅限于陇海东段一部分。新中国成立后，徐州地属山东，我家乡为兰陵县临沂地区宿羊山区宿羊山乡。古代是黄河故道，所以田里到处都是贝壳、细沙石子儿等生物的残骸。下地曰“下湖”，劳作叫“干活”。一年四季，春种秋熟，夏收冬藏。种植小麦、黍、谷、稷、芝麻、苜蓿、苘麻等作物。大概千年未改。读白居易《观刈麦》，诗中情景同我幼年割麦的场景酷似。

我家所在地区，土壤属黏土层，旱天到处是干土，下雨一片泥水，连逼仄的庭院都是。小时候逢阴雨天，我从这屋到那屋，总是由大哥驮送，我只管在他脊背上打呼噜。不久前仿效古人蒋捷《虞美人·听雨》词，的确是写实。下雨天，依偎在祖母怀里，寂寞地望着门前檐沟的癞蛤蟆对我眨眼睛。

宿羊山旧名宿娘山，别看小小古镇，地图上都写着呢。山头是东端大武山，西侧山坳间有古刹瑞香寺，山势向西起伏绵延，于西端盘环突起，建古镇。家乡山野，与我有深情，幼少时代，一年总要上山多次。夏秋时节，碰到连绵阴雨，湖川涨腻，山草肥美，赶着牛驴到山上放牧，极富浪漫气。牲口啃草，人在树荫或石碑之畔读书、吃东西。人畜两乐，尽享山野之趣。冬春之间，每遇春荒，缺柴少粮，背着粪箕，扛着鹰嘴镢，到山上刨八根草烧锅。多年前读过作家萧乾回忆录，他在抗战期间曾作为《大公报》记者前往苏北访问，去过宿羊山，同水灾中失去家园聚集山顶的灾民对话。

刘斐然统治宿羊山时，榨取乡民财力，苦心经营巢穴。整个山镇，有围墙和护城河环绕，东西南北四方各有门楼一座。镇东门面向平原乡野，通行最多，城楼建筑也最考究。为了防备抗日军民突袭，夜间城门紧闭，白日开放。后来读孟尝君“鸡鸣狗盗”的故事以及日本小说《罗生门》，我就不由联想起宿羊山镇东门楼，老觉得应该很相像。

城镇中间小丘顶端有古寺，房舍俨然。日伪、国民党和新中国成立后历届区政府皆据此办公。日伪、国民党时代，先是两个哥哥，后来带着我一起到宿羊山镇上学，一早一晚，都要打东大门穿过。碉堡式门楼，桐木油漆大门，关闭轧轧有声。平时人们休息聊天、张贴各种告示，尤其是枪毙人时，同时张贴大布告，用红墨水赫然打上钩子，令人惊心动魄。

这几年关于先祖的追根溯源逐渐热起来。徐州和邳县似乎都各有专门的民俗机构，于是，关于陈氏先祖的研究也时髦起来，虽然大多延续过去的积累，但也有了很大扩展。目前结果大致如下：

小陈庄陈氏家族皆为清乾隆陈经九、陈略后裔。陈氏父子为清乾隆两代进士，陈经九与纪昀（纪晓岚）同朝，陈略相当于纪昀的“年侄”。历代邳县县志皆有记载，远者可追溯到三国时代陈登家族，亦即招待曹操一伙吃喝又被阿瞒残酷杀戮的那个陈登。

下面简述一下我出生时以及幼年时代的乡邻情况。我家居村中央，西邻半截庄是陈庄最大的家族四兄弟：大洋炮、二洋灯、三洋火、四洋油。我家紧邻是大洋炮，其次是四洋油、三洋火，尽西头是陈学京家族，他家斜对过是甲长二洋灯酒厂子，东侧居吴氏外姓一家。

我村除吴、汤、孟三个外姓之外，全都姓陈，根据传统祖制，严格按辈分分尊卑，甚于按年龄分长幼。就我出生的年代说，自祖辈起，辈分字序为“玉、凤、才、学、永、文、敦……”我是“文”字辈，祖、父辈分别是“学”“永”字辈。向下，则是“敦”字辈。新中国成立后，此种“辈分”标记，自我的下一代开始已不再被重视，可以自由为他们的子孙取名了。

小陈庄多数人家面南排列，七八十米外，是盖屋起土后的汪塘。村后头稀稀拉拉几户人家。面南一排住户，我家基本位于中心稍稍偏西，门前隔东西人行道，分别有两棵洋槐树。路南是一棵老槐树，斜斜矗立于我家和西邻两家边缘，据说有一百多年的历史了。东南面自下而上呈“中枯”状态，像高高竖起的独木舟，树枝大多朝向西北方向；东侧一棵洋槐在路北，树龄较轻。拿人作比，南侧一棵是老人，北侧一棵是壮年。两棵槐树每年春夏，绿叶葱茏，白花满头，香远益清。夏季白天，老槐树的清荫为村民和遛乡小贩提供歇晌、交易和做工的理想场所，如卖炕鸡的，张箩子，扒碗扒锅，收破烂换洋烟洋火，卖豆腐、卖凉粉和卖油馃子（炸油条）的，等等。夜里，保护户外露宿的乡邻，不受风寒侵扰。炎热季节，我在路北一棵槐树下铺上苫子芦席，同学乡友坐而论道，自由欢谈，臧否人物，月旦人生。他们尽兴而散，而我则昏昏入睡，翌日东方鱼肚白时，拂去满床的槐花落蕊将芦席和麦草苫子卷起。遇到半夜暴雨将至，大人再三呼唤，揉着眼睛，昏昏而起，跌跌撞撞，回到燠热气闷、蚊蚋如雷的土墙草屋内……

我的家乡小陈庄的故事，大多发生在西半截庄；而东半截没有留下太多的遗闻逸事，其余就是东台子几户人家，颇有特色，给小陈庄的历史添加了不少难忘的记忆。

先说我家的西邻大洋炮学义老爷家，老夫妻生下三儿三女，女儿早嫁，为我所不知，单说三个儿子，老大永柏大爷，中年丧偶，撇下三个儿子、一个女儿，后续一个麻面女子，不久又死了。女儿嫁给宿羊山街谢家，以弹棉花为业。

永柏大爷心眼儿好，我们小孩子剃头，他全包了。他有好几把剃刀，剃头时用热水烫头，只有把头发烫透了，刮起来才会减轻疼痛。所以，对于小孩子来说，剃头实在是一大难关，不被折磨得哭哭啼啼是过不去的。他还做颜料生意，称颜料所用的戥子，鱼骨雕成，红黑秤星，形状像一根白筷子，简直就是一件小小的艺术品。

永柏大爷长子泽文小于我大哥，早年国民党时代同村中一伙青年（包括我大哥、吴大杠等十余人），跟着本村同辈东台子陈秋文在山东兖州军医院混生活，说实话也就是讨口饭吃。1948 年解放军攻占兖州，军医院如鸟兽散，多数人逃回村，而只有泽文被俘虏。后经改编，留在杭州学开汽车，新中国成立后，入北京为首长开“红旗”轿车。大学入学那年，我常到交道口他家里玩。

院长秋文跑到中国台湾未归，家有老妻，白发待夫，至死，遗徐州小妾孟氏。逗留于我村日久，最初几年还在殷庄小学教过书，大杠、我大哥等一帮“老兖州”皆呼之“秋文嫂子”，后来回徐州，不知所终。

泽文二弟干文，游泳抓鱼能手，我的救命恩人。一直未进学校，文盲，久患气喘，终生未娶，中年病衰致死。三弟华文幼名“小废”，长我一岁，因贫穷辍学。后去东北打工，误食森林毒果而亡。不久，老父偕同三弟媳出外要饭。

老二永盘大爷，民国时代，黄河发大水，开封灾民多流落外地行乞。有老者偕女过其门，饱腹后遗女子而去。女留下做主人妻，是为二蛮大娘。一生未有子息。

老三当过村长，其子与我同年，老三后因陷牢狱之灾，长期在台儿庄、临沂等地蹲堆儿[①]。其妻老找我给其夫写信，读信。满脸凄苦，悲恸欲绝。夜晚独守，常与夫兄苟合，苦中寻乐，实出无奈。记得少时贪玩，宴晚归家，过院中，隔墙常闻嘤嘤啼哭，不由得为之叹惋。

大洋炮性格暴烈，行为霸道，与人冲突，三句话未了，则高声吆喝一声：“给我毁（打）！”三个儿子立即拎棍棒而出。大约在我上小学时，冬天一个夜晚，大洋炮同吴三儿一家发生争吵，在我家门前月光树影下互相斗殴，棍棒交加，刀枪飞舞。我亲眼看见吴家老二小异乎新剃的光头被击打，噼啪有声。学义子弟亦有重伤。

平时，大洋炮也能平和待人，和我家为邻，虽时露“欺弱”之相，但见我家一贯“仁让”，亦不好恣意妄为。幼时冬季晚上，大洋炮蹲踞门口与乡人闲聊，述说他梦见神人，夜间曾被邀入天国的情景。他信奉圣贤道，自称生有一对青光眼，能看

---

① 乡语：坐牢。

见死去的人。他在胡扯瞎侃之中，听者无不唯唯，也不敢贸然离开，只有等他兴尽而返时才算了事。

西邻粉坊

大洋炮老夫妇开粉坊，自制粉丝粉皮，浆水日夜不断漏泄，致使我家大门外污水成塘，行人车马皆绕行，无有敢言说者。我家水塘垛口，因长年浆水冲击，豁口逐渐扩大，渐向住宅土屋接近。但也只能忍气吞声，以求两家和平无事。

人工制作粉条的程序如下：在院子里砌上一口锅，烧上一锅开水，预先和（huò）粉汁，洗净粉瓢——底部钻上几个眼儿的葫芦瓢。将水粉舀进瓢里，高举过顶，向开水锅里平行晃动。粉汁顺着洞眼儿流下来，曲曲弯弯，像春雨霏霏，故日本人干脆用“春雨”两个汉字代称粉丝。紧接着快速从锅里捞出，疏疏落落，滴滴答答，晾在竹竿架上。

制作粉皮也很简单，将粉汁舀在圆形铜锅里，放在开水锅里转两圈儿，再揭下来放在冷水里拔一拔，摊在高粱秆儿编的箅子上晒干。冬天烧猪肉，夏天拌凉皮儿，皆是上品。当然，夏季拌凉粉浇芝麻酱，或油炒热粉，也都是大受欢迎的美食。

小时候，村上的孩子经常自动跑去他家帮助揭粉皮。粉皮粘连秫秸箅子上，一揭就破裂，炸开，所以要想获得一张完整而均匀的粉皮儿很不容易。不过，拿到街上卖亦不一定讲究整张，反正吃起来都一样。

乡间逸事

大洋炮西侧，则是四洋油学庆，日伪、国民党时代做过保长。故而诨号一生都是“四保长”。大婆未出，再纳小星，生一女一男。枯杨生稊，老树新花，不亦快哉？记得幼时有女匿其家，被当时国民党区镇人员搜出逼问，吊打于门前柳树枝上，仿佛在追查某某逃兵（不由得联想起三岛小说《金阁寺》里的有为子）。那个女子拒不回答，身子被吊打得转来转去，像屋檐上的“扫雨娘”。她却一点也不屈服，随后押解而去，不知所向。

我们那地方，按传统每年过年玩花鼓，老四家历来保藏“玩会”时使用的锣鼓、玩友（演员）的衣衫和旗幡等。他家也常借用老大家“推粉”的器具之便，做粉条儿、粉丝。

再向西是三洋火一族，老爹常常到附近汪塘辗转撒鱼，奉养老母于其家。生三子，一女早逝。老大有儿有女。老二生一女，早夭，其妻一生守寡。老三一儿一女。老二老三妯娌是死对头，常于夏日傍晚，污言秽语，高声对骂，至晚不歇。村人虽说满心不快，谁也不去干预，也只得边乘凉边倾听。

再向西便是陈学殿，此老儿日伪、国民党时期都当过甲长。我幼时亲历，他常分派我家做煎饼，给山上修工事的人吃。说“分派”，其实不妥，而是“专派”，全村唯我一家。每天推磨烙煎饼，一大早被他席卷而去。他家生三子，老大眇一目，常赴外乡撒鱼。老二颇有文化。老三与我小哥同年，早年出外工作，因男女情事，遭除名回家。老二永汉叔，妻子乃宿羊山街美女，新中国成立前结婚。当时我和小哥都在街上上小学，我上一年级，小哥上三年级，永汉叔似乎也在上高小。记得有一天，午夜梦醒，忽然发觉小哥先走了，我慌忙提起石板[①]，追他而去。出村很远，也不见人影。一路黑灯瞎火，又惊又吓，寒冬腊月，大汗淋漓。后来才知道，小哥和几个同乡都到永汉叔新婚洞房去取暖了。弄得我吃个大亏。

村人共知，永汉慢待其嫂，常常闹事。后嫂病死，虽与他无直接关系，但娘家人来陈庄寻衅闹事，叫骂村头。永汉东逃西躲，我亲眼见他飞身跳越我家门前水沟，鞋子都掉了，那腾空而起的气势，给我留下极深的印象。

借住酒厂旧屋的吴三儿家泼皮小异乎，妻子颇有几分姿色，犹如白色恋人，温淑可爱。有一年夏夜，夫妻在汪塘边柳荫下乘凉，偶有人来叫小异乎到东湖瓜屋子看西瓜。他去了，其妻睡在绳床上，白天做活儿很累，不知不觉睡着了。朦胧中有一男子滑入她的被窝，同她极尽缱绻。她只当是其夫回来睡觉，尽兴而发。过后，也没怎么多想，又沉沦梦乡。夜半，小异乎回家拿棉袄，见妻依旧没有回家，责曰：“夜半风寒，怎么还不回家屋？”妻子愕然，方知有异，惶恐不已。小异乎也觉得妻

① 一种石质薄板文具，染成黑色，用石笔练习写字。

子略显反常。几日后，力诘之，方吞吞吐吐，道其原委。从此，小异乎对那位道貌岸然的族舅怀恨在心，必欲报之。他经常站在二洋灯学殿大门口，滋事生非，厉声高喊："把你媳妇拉出来捩（liè，干）！"但骂归骂，偷腥的猫儿只管收紧爪儿，根本不理那个碴儿。永汉杜门不出，小异乎赔上夫人又招辱，自我出丑，久之自觉没趣，遂不了了之。

小异乎虽恶，但也偶尔显现可爱的一面。当年我们家盖二道屋时，他同邻里前来帮忙踩墙[①]、和泥，休息时为我做泥轱辘，刻小木车，陪我游戏、玩耍，留下深深印象。新中国成立后，宿羊山唱戏，他也迷上豫剧，有时喊上几句拉魂腔[②]，倒也字正腔圆，很像那么回事儿。

永汉叔聪明能干，结婚时自己为自己绘制"双喜"字，自己做中山装，用山泥染制，缝制数套，分给庄上多人穿用。记得他有一本连环画《鲁滨孙漂流记》，曾经坐在柴屋里，为我们几个小孩逐页朗读、翻阅。那情景至今不忘。例如，遇难船经过土耳其，使我们看到当地船商又高又黑的帽子，看到"星期五"跪在地上对鲁滨孙磕头作揖，请求不杀，后来成为患难相交的知己，看到他最后西服革履，口含烟斗，跨步于伦敦街道，身影高过大本钟尖塔。……兴奋不已，直到现在，仍历历在目。

---

① 将混合着麦草的硬泥块，一铲铲垛成四方墙框，人站在墙上，用脚踩实。山墙用土坯叠成，干后架梁缮顶。

② 徐州柳琴戏俗名。

村子尽西头是学京老爷家。他家二男一女，大儿早年在糖坊取暖，或许为黏一团糖稀吃，一头栽到熬糖锅里，被数百度灼热的糖汁活活烫死。据说当时隐忍着将混合着皮肉的蔗糖照例制作成品，拿到街上卖掉了。我幼时听见这事儿毛骨悚然，但也无须谴责其行为，若懂得一锅芝麻糖可拯救多少饥寒交迫的生命，你就不会轻易下结论了。

学京老爷性格开朗，喜欢逗乐，没大没小，不论是大人小孩，还是什么辈分，都拿来开玩笑，包括东邻西舍的孩童，甚至自家妻儿子女。但学京老爷，行为端正，乐于助人，有时要点儿小调皮，为平素庄户人家的寻常生活增添不少乐趣。记得有一年夏收季节，乡里干部动员“大跃进”，开村民会半夜不散，人们疲困不堪。而讲话者正在劲头上，木然不觉。此时，突然会场一角，放屁声连发，如殷殷滚雷，讲话人只得草草收场。事后问之，学京老爷只是说自有秘诀，竟笑而不答。

农家之乐

学京老爷一生爱好养鹌鹑斗鹌鹑，我读《聊斋》《王成》篇，觉得简直就是为学京老爷作传记。王成就是学京。那些描写己方“片时把出，素羽如鹭，神骏不凡”，继而“玉鹑健喙，则起如翔鹤以击之”；写敌鹑“雪毛摧落，垂翅而逃”“铩羽而归，再易再败”等词语，道出我幼时亲眼所见，亲耳所闻，其兴奋之情非同一般。他家闺女胖丫姑，待人亲切略带傻气，心眼儿好，会爬树，她和小异乎的妹妹小蕴都喜欢养蚕，一人一大笸箩，每年春夏，二人时常结伴外出搜求桑叶，登枝上树，集翠采绿。或许你要问干吗爬树，在树下捋桑叶不好吗？是的，君读辛稼轩“陌上柔桑破嫩芽，东邻蚕种已生些”句，就会知道，桑树三月开春发出嫩黄幼芽，此时农家将去年蚕种放入被窝焐一下，就会看到黑菜籽般的蚕种蠕动了。这时候，就要用一根鹅毛轻轻扫在硬纸板上，然后将新鲜的嫩桑叶洗净晾干掐碎，撒在上面。半夜再加两三次桑叶。到了五月，桑树绿叶葱茏，同时正是春蚕大量食叶长大的时候。收麦前后，蚕有的不吃不动，便是生命临终的征兆，要及时挑拣出来放在竖直的麦秆堆上让它吐丝结茧，谓之“上山”。

采桑是养蚕工作中的重要一环，要是养蚕的人家很多，附近桑叶一旦被采光，就得到邻村或更远的外地打游击了。如果同样都桑少蚕多，那就只能爬树采之。农家女儿常常两三人结伴行动，先是一两个人瞄准一棵大桑树，最好是稍稍弯曲或树干倾斜着的桑树。她们一边抬头打量着枝叶茂密的大树枝子，选择一定目标，一边脱掉鞋袜，向左右手心吐一口唾沫，搓一搓，从低俯的一边攀缘而上，随即拣一枝杈，坐稳身子。接着，下边人将筐篮用细绳投向树上人手中，拖拉上去，吊在树枝上。女孩子一边哼着小曲，一边采桑叶，一把一把将桑叶装进空中这些筐篮之中。关于采桑这一物事，历史留下多少风流韵事。那个根据民间故事改编的《秋胡戏妻》的古典戏剧，就是以桑园为舞台的。

桑树的绿叶可以养蚕，到了盛夏，还会结满黑红色的桑椹子，酸甜可口。我们家后菜园前两棵桑树，每年绿叶簇簇，桑椹缀满树枝，早晚坠落一地，任鸟雀啄食，无人问津。

记得少时，三洋火女儿爱姑久病卧堂屋间，为取风凉，凿通后墙通家后侧，我等少年常去园边野地玩耍，归来采桑椹给病人吃，换回她苦中一乐。

江浙一带或许是养蚕业发达之地。幼时读茅盾《春蚕》，记住了乌镇，记住了老通宝等旧时代人物。1996 年，我有幸拜访郁达夫故乡富阳，同是江浙富庶之地，远非我的家乡可比。

不用说，我们那里以农耕为主，养蚕只限于部分人家，我家也是偶尔为之。因为觉得很是新鲜，又有点儿浪漫，孩子们都喜欢，至今向往不已。

由此联想到我出生年代小陈庄的一些副业人家。不妨凭借儿时的记忆介绍如下：

西邻糖坊

前面略有触及，细说起来，颇有意味。我的西邻居几乎家家都做过麻糖。还是近邻永柏、永盘大爷做得最多。几乎每年过年前都要开上一两个月糖坊。

选一间出入方便的大平房，左侧挖一深坑，状如倒卧于地下的圆肚花瓶，下通一条砖砌的火路直达最右首的料塔。右端圆的一头坐上一口锅，锅沿儿上扣上一口截断的大缸，封严实。缸露出地面约半米高，筑台阶围成多半圆，紧挨着后墙。右侧缓缓高起一段坡台连着一座高过人头的料塔，如人作两腿叉开状。凹处斜插竹管，平时堵住，下置盆和竹箩子，盛接浆水。料塔内早有发芽的大麦、麦麯、谷子、酒糟等混合物。上午熬糖，先将料塔里经过发酵的料水一盆一盆打进锅里。左端状如瓶颈的长方形坑里有人烧火，燃料必须是高粱秆，既长且整齐，保持持续的火焰和热度。边熬边用长棒搅拌。至下午，糖浆渐渐浓稠，并且由酱色变浅黄色。这时候，改用糖铲子铲糖。糖铲子是一块T形木板，铲糖人由三四位青年壮汉轮流担当。先以两手握住左右两边把柄，徐徐一铲一铲向后墙方向铲糖浆。一旦锅热，就要跳着铲，接连不断。铲糖的目的是使糖浆逐渐变稠，又不能煳锅。始终保持鲜度。到了黄昏时分，已黏稠铲不动了，便用木瓢“挖”出来，放在糖土（山穴的白土）里，盘曲成团。于适当之日，加工熬稀，反复拉长，谓之“拉嗒”，即用木棍层层套起，一头连接墙壁的铁轴反复拉拽。渐渐变为象牙白，呈细孔状，或绞成环状，或做成棒形，蘸上炒芝麻或掺进花生米，随即放在糖盒里，密封。翌日赶集出售。乡邻知悉，先尝为快。有的专拣这时候抱着小孩来糖坊，折一根“格挡挺子[①]”，插到糖锅

① 高粱顶端细秆。

里，黏个糖团子给孩子吃。主人虽然心里不悦，也不好拒绝。

记得当时永盘大爷上街摆摊卖糖，顺便分给我们几个小孩一部分，叫我们端着去吆喝零卖。我的几个同伴叫唤得很欢，很快就卖光了。只有我，生性腼腆，不好意思吆喝，在拥挤的人群、杂沓的大腿中转了一圈子，只卖了一支，还是人家主动喊住要买的。

十多年前，武汉大学的丁教授回鄂探亲回来，其夫人赠我孝感麻糖，使我忆起少年快乐，至今不忘。然已非我家乡昔日之味矣。

明文烟店

东台子明文兄弟四人，农忙时，除老大常年经营宿羊山街烟店之外，老二一生务农，一年四季与牛驴犁耙为伍；老三跑生意，辗转徐州、开封等地贩布匹、日用百货；老四穿一身泛着烟草气的土黄色衣裤，常年闷在坐南朝北、不见阳光的南屋里“刮烟”。记得有一次奶奶娘家来人，我去买烟丝。进去看到老四贵文正用刨子，在一捆压成巨块的烟叶捆上刮烟丝，扑脸的烟味直冲鼻孔而来。眼见他把刮下的烟丝放在一边的笸箩里用红土上色，包在火纸包里，包成三角，交给我。那是我一生中唯一一次看到的旱烟烟丝制作的情景。小时候，我周围的大人都爱抽旱烟，每人一支或长或短的烟管烟袋，烟嘴烟锅十分考究。很少有人吸洋烟，一是买不起，二是太摆阔，招人嫌。新中国成立前夕，洋烟渐渐普及，销路不是很好。洋烟记得有南洋兄弟烟草公司的，二十支软硬纸包装，有天坛牌、红锡包等。硬纸盒中有的装一副类似扑克牌般的烟画，以此招徕生意。上面印着《水浒传》《三国演义》《西游记》的人物，根据出场先后标出序号。当时对那行竖写的文字中的“水浒传之几几几”不甚了了，只记得画面最多最普通的是混江龙李俊，一丈青扈三娘就不算多。这些烟画，成了我童年的重要游戏项目。例如，三五人齐聚在一起，各以自己硬挺的一张烟画，在一定距离外向墙根投掷，次第离墙根最近者为序号，然后每人各出一张，由胜出者向天抛撒，画面向下者皆为己有，所余者次第相继再行抛撒，以此为乐。当时，我曾赢得好几沓，此种游戏一直延续到抗美援朝、小学毕业。我的腕子柔软灵活，记得可以在教室内抛烟画时起时伏，穿越梁上梁下，似飞燕归巢。我还为“能子”表叔（姑奶奶的儿子）在街上看过烟摊儿。

明文每天到镇上去，碰到宿羊山逢集，更是时刻守在小小的窗口，一边卖烟，一边应对四周乡邻。他为人忠厚老实，待人亲切热情，彬彬有礼，他的不大的店面也成了庄上人赶集时临时存放杂物的地方。明文穿戴也很讲究，一年四季一身袍服大褂，朴实、洁净、大方。幼时常见他晨昏从村西头进出，走过各家门前，逢人必打招呼，必驻足寒暄，给我留下很深印象。

后来，遭村中吴大杠等坏人诬陷，硬说他家藏匿手枪，他又惊又怕，一时想不开，上吊死了。

永心油醋坊与私塾

村东头的永安、永心、永范上一辈开油醋坊，子承父业。新中国成立前我上的半年私塾，就是在永心家西屋。当时，早晚两顿饭后，先生好一阵子不来，屋里便是弟子们临时的天堂。八仙桌上放着乌油油的戒尺，鲁迅那篇写乡间私塾的文章简直就是我们那会儿的写照，虽然相隔这么久远，但时代也会有着前后的重叠与类似。我在那间白天不见阳光的土屋里，半年读完半部《论语》(《上论》) 和先祖陈略所撰《胡打算》，继续习学毛笔字，写大仿，练小楷，在大字的空白里写小字，看上去，黑压压，密密麻麻。男女少年，晨昏苦读，咿唔一室，至晚不散。

有时早晚出入中会看到沥醋和晃香油的情景。沥醋似乎只须在缸里泡上米谷高粱等，灌上水置于向阳处曝晒，醋水由竹管内一滴滴沥出来。晃香油，先把白生生上好的芝麻上锅炒香，掌握好火候，焦煳和不熟都会直接影响香油的香味儿。然后磨成芝麻糊，再舀入一口铁锅内，放在堂屋地面上左右摇晃，这时表层便有一层香油浮出，再用小铜勺撇进油壶里。刚晃的香油，浓香四溢，或拌蒜末黄瓜，或浇在萝卜盐豆里，或滴几滴在热汤面和泡烂煎饼的碗里，美味无比，南面王不易也。我小时家里来客临时被指派端个小茶碗去打香油，今日仍记忆犹新。

永心大爷双妻，和西邻两家各有异同，但不是因为正妻不生养，而是图享受。这样说也许不为过。小婆子是开封人，也是因上黄水那年流落我乡，遂购之为妾。外号小蛮子、小美人儿，肤色浅黑，鼻官秀挺，一绺S状的鬓发始终耷拉在额角。我偶见她于井畔弯腰汲水，一边不住将那一缕青丝撩向耳边的娇态，留下鲜明印象。设想一下这样一位美人儿，怎么会一直委身于整天光着上半身赤脚干活儿的粗汉子。后来新中国成立后随着妇女翻身，她撇下个儿子回河南老家了。

永心家境较为富足，在村里人缘很好，但有时做事也惹人不悦，他不在乎这些。我上私塾那年，他家养了一头猪，过年请杀猪匠子来家，经宰杀、鼓吹、剥皮、开膛，直到徒弟小刀手将整猪倒挂在横杆上割肉，围着一圈子人。小孩子看热闹，大人等着买肉。永心始终不开口，不报价。到最后，他打算尽量留作自用，遂将肉价定得很高，以至于等待多时准备买肉过年的村中邻里失望而回。永心家人将整个猪头腌制起来，每顿饭吃一碗炖猪头，竟然一直吃到收麦。他自以为乐，倒也得罪了不少人。

永心的两个堂兄弟永安、永范，他们的爹也溜乡卖过醋和香油。老大老实，在南方当过几天兵，大部分时间务农。老二永范极为聪明、能干，新中国成立前后，他在家乡“创人物[①]”，

---

① “物”读作“武”，三声。“创人物”系泛指树立个人才能与威望的行为。

最早知道延安有“朱毛”，最早使用自来水钢笔，平时插在上衣口袋里，纽扣上拴着一条小链子。他给村里人写状子，编顺口溜儿，为庄上青年人找工作写介绍信，不用毛笔，都用钢笔。他写字笔杆直立，笔尖在纸上哧哧啦啦划过去，转眼间一封介绍信作成。我小哥小学五年级辍学找工作，就是请永范写的申请书。不过在我幼小时，他老是欺负小孩子，无缘无故辱骂我们，庄上少年都很讨厌他。

永范夫人和我母亲娘家都是苏口人，生女二人。长女桂玲妹妹待人亲切，腮帮两边长着两个可爱的小酒窝儿。小时碰到有人结婚，大多都能在迎轿队列中看见她。后来她嫁到台儿庄镇上一户商家，我在北京上学时，暑假回家，曾路过她那里。记得那天酷热难耐，她和她阿嫂妯娌俩下面条待客，忙得不亦乐乎。盛夏的小院，阳光刚退，暑气蒸逼，一碗热汤面，火上浇油。为了赶路，我也不再等到稍稍凉一凉，心急面热，吃得我大汗淋漓，溻湿了短袖衫。接着，她们两个忙着为我洗衣服，竟不小心将上衫洗破了，嫂子觉得很过意不去，又不好意思跟我说，两个人嘀嘀咕咕，最后妹妹走到我跟前，说：“三哥你可别生气，嫂子把你的小褂揉破了。”我说，那小褂穿了好几年，丝丝缕缕，早该扔掉了，我包里还有一件，不妨事。

永范妻病逝后，前来我家商量购买早年为我祖母准备的楠木“物件”，当时迫于生计，祖母首先提出转让予她，以致后来

1959年祖母去世，听大哥说，仓促中临时购一薄材入殓，成为孙辈们永久的遗憾。

说起这件“物件”，我记得很清楚，父亲很早购置好几条高级楠木棒，腾出牛屋，专门留给木匠师傅当作业场。木匠画线锯开，木头的清香立即弥漫农家小院，数日不散。棺材板很厚，越厚越好，价钱也越贵。过去家乡要说人死后只有一副薄匣子，那就是命苦。有钱人家花巨资为先祖送大殡，用白绫子扎彩球，宾客盈门，热热闹闹。小时我见过学运老爷（就是在苍山遇车祸撞死的永松叔他爹），为他父母送殡，就是非常气派。按习惯，有钱人家父母一方亡故，入殓后灵柩先保留于墓地地面之上，柴帐护之，以避风雨，谓之“停厝”，待另一方死去，一块儿送殡，掘坑（窀穸，zhūn xī）土葬，地面堆个坟头。就像鲁迅小说《药》中华老栓儿子那种墓，有的书上叫土馒头，我们老家叫“林”，意思是居于树林之中。“一抔黄土”说的就是这个意思。这些坟头杂乱地分布于农田各处，耕作中也是一种障碍，犁耙要提起，牲口要绕圈儿走，反复耕作耙地，有些坟墓几乎被“夷为平地”了，只好等清明节或过年时好好挖新土修补。写到这里，不由联想到，儿时随父耕作过的先祖坟地，祖母、父母也已及早归于其中了……

兄弟书笔挑子

我的私塾先生学先老爷，一副标准的封建时代文人知识分子的形象，酷肖鲁迅笔下孔乙己。他家三个儿子，老三永念叔是我少年时代的挚友，两个异母哥哥都是跑纸笔生意的。农闲时从徐州贩货回来，平日到周围乡镇赶集。宿羊山逢集，弟兄俩及早吃完早饭，两副挑子一前一后出门，在东门内约五十米远明文烟店对过摆摊子。夏日两副雪白的帐篷下，在太阳底下闪光。兄弟各自弯腰笑脸应对前来买纸买笔的学生。当时，除了写毛笔字的仿纸、毛笔、黑墨、砚台，还有现在很少看到的墨盒子、压仿圈等学习用品。当时的小学生，从学龄前就学习写毛笔字。起初描红，也就是先由老师和别人写一张标准文字，放在仿纸底描摹。我们那会儿就叫写大仿，是日课，天天写。我村的小学生常写的就是那人人熟悉的数字短诗："一去二三里，烟村四五家，亭台六七座，八九十枝花。"当时以为就是老祖宗陈略公作的，长大后才知道是北宋的邵雍。四五年级，不再描摹，改为临帖，即选择一种满意的字帖，大体不外乎柳体或颜体。仿纸下垫一张只画着方格子的纸，将字写在格子内。老师每天批阅大字，凡是写得好的字，用朱砂红笔在右肩上"发圈"，整篇字按级别"超、优、中、可、劣"，或"优、上、中、下"或"甲、乙、丙、丁"等评定好坏。自打踏入学校大门，毛笔字天天写，假期也不中断。在我来说，一直到高小毕业。上初中时，先是废除写大仿，继而废止用小楷字写作文，后来全部改用钢笔。半个世纪过去了，日本直到现在依然重视全民书写，小学教小学生写毛笔字，民众团体组织经常举行业余书法比赛，评判秀作，奖掖后进。

除了上述几种副业，小陈庄还有过豆油坊、酒厂等，但大都于我出生前衰败停业，我又不熟悉当年情景，不说也罢。

另有于农闲时跑开封贩点儿洋布、笔墨纸砚和洋红洋蓝，还有唱玉鼓的，也是幼时之常见。我父亲也到开封跑过生意，小时我家里有一沓开封到碾庄的火车票，就是当时留下来的，小时握在手里记得又长又大，后来想想，小孩子人小手小，才会有如此感觉，其实和后来的车票相比大不了多少。

叫 魂

日伪时代，我因年小，只留下一些梦幻般的模糊记忆。我们庄除了东台子包括汉奸刘老斐子伪团部参谋长警卫员之外，村子中段人家的长子永品也在镇上当过小队长。永品结过两次婚，前妻麻子，红红的脸，一直受婆婆、丈夫的歧视，后来上吊死了。我记得那是个秋夜，我睡在门口过道屋里。半夜，突然被撕心裂肺的喊叫声惊醒。我赶紧爬起来，外头月明星稀，寒气森森。只见小队长的草屋顶上，站着一个人影，手拿一把扫帚，一边呼喊一边抡起扫帚砸屋脊："大尹来——家来喽！大尹来——家来喽！"夜阑人静，声震四乡，听起来头皮阵阵发麻。我知道了，那是在叫魂。什么是叫魂？旧时传说，人死了魂就离开肉体走了，这时赶紧高呼此人乳名，借此将离开不远的魂儿叫回来。在我们家乡，多半用在女人上吊的时候。茅草都被砸烂了，一团团掉落下来。过一会儿，叫魂的人累了，这时屋内走出一个人来，仰首说道："下来吧，不行啦。"

这位麻面媳妇死后，葬在东南湖刚刚耕过的地里，传说是天狗星，坟头上扣着一只涂了白粉的陶罐，周围插了一圈儿白色木头杆子，说是为了防止夜间恶狗盗尸。

前妻死了一年，永品又将街上一位姿色动人的女子娶回家中。结婚那天很热闹，喇叭班子点灯演大戏，细吹细打，惹得小孩子围成一堆儿，听到半夜不肯睡觉。这种喇叭班子，一伙四五个人，一个喇叭（唢呐）手，两个吹笙的，一个敲小糖锣的，有的再配上个敲梆子的。白天为婚礼吹打，晚上在门口场边大显身手。一般都是喇叭手为主演，大都以河南豫剧为基础，运用手中大小唢呐，模仿各种人物的道白及歌唱。男女老少，惟妙惟肖，比起真实的舞台，更加充满幻想与浪漫。有时舍弃唢呐前段的竹管子，直接将哨子连在最后的铜喇叭口上，一只手扣住，腾出另一只手，拎起一只茶碗，盖在喇叭口前，一开一合，模仿老生净丑，无不惟妙惟肖！别看三五个汉子，也能吹出个《百鸟朝凤》《抬花轿》，甚至许多传统剧目《窦娥冤》《玉簪记》《桃花扇》等老百姓喜闻乐见的名曲来……

永品后来大病一场，右腮长痈，数年都不好。记得冬天，他一声不吭地坐在门口晒太阳，静听乡人们拉呱。二十世纪后半，我从北京回乡，返京时经过县城，偶遇永品于公交车上。他肩背一副渔网，问他到哪里，他说到外地撒鱼。看他神情有些颓唐，我也没再说什么。自那之后不知所终。他有两个弟弟，老二参了军，老三比我小两三岁，考初中未取，后来去了西北，听说在兰州铁路局任职落户。

挨　淹

大概是 1946 年或 1947 年，那年大旱，好几个月不下雨，夏天汪塘涸（方言中读 hào）干了。乡人们虽然为缺水发愁，但老天作孽，实出无奈。老百姓除“竭泽而渔”之外，趁机起土垫台子。各家都在属于自己的塘底下挖泥土，将崖（方言中读 yái）头垫高些。记得那都是松软的沙泥土，摸在手里凉阴阴的，舒服极了。这种土晒干了正适合婴儿穿土裤子，有孩子的妇女也都借此存满了货，以免小孩落生时为缺沙土犯愁。

大旱时节，村中小孩子们都到挖过的水坑里洗澡，玩泥巴。几天后下了一场暴雨，积聚了半汪水，土井子淹没了。一天，我照旧去玩水，不小心滑进去，立即水没头顶，拼命挣扎也毫不顶用。当时，只觉得两耳时沉时浮，水声哗哗，除了被迫大口大口喝水，只好等死，别无他法。过了三四分钟，只听一位妇女高喊：“有小孩掉汪塘里啦——！快救人哪——！”喊了几遍都没人应，过了几分钟，那妇女又高叫：“干文，干文，快快快！”我知道干文熟悉水性，他会踩水。不能死，得坚持一会儿。但好一阵子没动静，又过了几分钟，眼看就要喝饱了，突然，有人搂住我的双腿，用力举出水面。这时，我的肚子宛若一只白色大气球，在夏日的阳光下闪耀。当干文将我抱上岸时，我几乎衰竭了，两腿绵软无力，站都站不住。乡人们都说，要拍打，使劲拍打，叫他大哭吐脏水。但说归说，祖母、父母、兄嫂都没有当回事儿，全家忙着煮玉米吃。西邻大奶给我母亲出点子，说把大锅揭下来扣在地上，叫孩子趴上去，用鞭子狠抽，这样我就会一边哭喊一边大口吐汪塘水。所有这些，家人都一概未予置理，竟使我逃过一场应得的惩罚。孩子受淹，再挨一顿揍，哪里受得了。这就是当时家人的心态吧。谁知，喝了一肚子水，尿了几泡尿，肚子瘪了，顿时觉得饿了，吃起煮玉米来比昨天甘甜无比。我知道，这是天地神祇的赐予、生命再造的馨香。

挨了一次淹，觉得很没面子，不大好意思出门玩了。因为一旦同别的孩子有矛盾，人家动辄就将胳膊举过头，挤眉弄眼，模仿我水里挣扎的样子。我也二话不说，赶紧灰溜溜离开现场。

这次灾难也教育了我，以至于多年后重新回忆起来，又增添了新的感悟。遂作小诗一首以志喜："人生可宝贵，坚韧知多久。危难不当死，暗中神来助。"现在回忆起来，依然不寒而栗。多少个必然死亡的要素凑在一起，都没能战胜几条相聚一处的偶然因素的护持，致使生命之树蔚然不凋。例如，我滑入泥塘、水没头顶拼命挣扎时，正巧没有人在汪南的田里劳动；即使有人劳动，他或她只顾干活儿，目不旁顾；或只是草草瞥一眼，并未注意有小孩子被淹；或即使发现后大喊救人，而附近没有别的人；即使有别人，他或她都不善于游水；即使会游水，即半吊子本领，不像干文那般会踩水，能腾出双手，举我过头……一切的一切，都是这么巧合，这么积极地绞结成一条生命的锁链，将我从鬼门关前硬生生拽了回来。

其实，我心里有数，我在水里挣扎喝水的时间，绝不是五分钟，也绝不是十分钟，凭我后来的感觉，肯定接近一刻钟或更长些时间。那次被淹的耻辱持续很久，时时有人提起，直到我到宿羊山上学才渐渐被乡人淡忘。

由此联想到住在北湖的猫子叔，他似乎在我挨淹第二年，蹲在不老河桥上看人激流逮鱼，一时高兴，不小心栽了下去，被河水冲走，在下游很远处才被救上来。和我一样，挨淹不但不获同情，反而遭到嘲笑和欺侮，再加上自卑，好久抬不起头来。

那还是这座水泥桥尚未被炸的时候。

兵匪之害

抗战胜利，祖母、父母、兄嫂同诸亲友村民，结束了异国异种的奴役与统治。但走了牛鬼，却来了蛇神，日伪、国民党一样货。最惹老百姓恨的是那些失掉人性、丧尽天良的国民党军队兵丁，过队伍或长驻乡里，以欺压百姓为本领。我亲眼看到一拨所谓“讨伐队”（似乎是同铁路南土山八岔路一带新四军打游击的杂牌军），路过我村，钢枪支在场上，到处逮老百姓鸡煮吃。实在低劣、无耻，叫人瞧不上眼。所以，每逢国民党过队伍，老百姓跑光躲光，决不给这些兽兵留下方便。不难想象，这样的军队还能打仗吗？所以后来在淮海战役中被解放军打得落花流水，节节败退，一溜烟儿四散逃离，实出于天理自然。

具体给我留下的记忆是，那年砍高粱，父亲和我赶着拖车到南湖运秫秸。路面上耷拉下来一根电线，掩埋在沙土里，似有若无。这时，我们的拖车刚好打上面碾过。这时抬头一望，前面迎头看见两个国民党乡丁，各人手里拿着一根木柴，嘻嘻哈哈走来。他们一眼看到我们父子的拖车，冷笑一声，一人挽住黄牛的缰绳，另一人抡起木柴就照着父亲的背部砸来。他们轮换着，连连打了十多个回合。打得父亲皮开肉绽，鲜血直流。好容易艰难回到家中，父亲向四保长学庆诉苦，四保长端着水烟袋，咕噜咕噜只顾吸烟，不置一词。其实，就算他有点儿良心，他又有什么办法呢？更何况，国民党乡丁和保甲长之类，平日横行乡里，无恶不作，上下岂不都是一路行货？

启蒙时代

国民党时代。我的两个哥哥都在宿羊山断断续续上过小学。那时的小学课本，偶见“时辰钟，敲六响，我起床。时辰钟，敲七响，我吃早饭。时辰钟，敲八响，我上学校”等句子。字体很大，文章很短，一句或几句。小时候，我跟父兄学读《三字经》《百家姓》，翻看过大哥的作业本，每天一大早听小哥念国语。在奶奶的床边，母亲的箱头上，点着一盏豆油灯。小哥一早爬起来，舀一勺水缸里的井水洗把脸，就在灯下读书了。当时，国民党国语课本的内容有：“国父孙中山”、汉高祖刘邦、成吉思汗、沈桂兄弟等。小哥唱歌一般朗读的那篇关于孙中山就任大总统的课文是这样的：

“国父孙中山先生，名文号逸仙，一八六六年生于广东省香山县翠亨村……”下面内容大约是，孙中山就任中华民国临时大总统，他来上班，走到总统府门口，守门的卫兵将他拦住，要检查他的通行证。警卫官对那卫兵说，他就是孙大总统，那卫兵听了，“连忙举枪敬礼”。大总统表扬了那位卫兵，对他说：“你做得很对”，云云……不知怎的，我的这段记忆十分深刻，一生都不会忘却。

二十世纪八十年代，江苏省文联作协曾以“总统府”为据点，我曾经好几次去过那里。听取批判几位戏剧家的回忆。记得当时顾尔谭就坐在我对过，不时默默揉搓脸部，一脸苦涩。会议间隙，参观过西侧的总统府，还见到了胡耀邦的题词。

我童年很想上学，但当时一个普通农民家庭，很难同时“供”三个子弟进学堂。奶奶说，想上学，不愧为我陈家儿孙，那还得慢慢来，先“供”两个哥哥，以后自然会“供”我。当时，我已等不及了，便时常将糖盒[①]搬到光亮的地方，翻出哥哥们的国语书籍和作文本阅读。当时，我读过《伊索寓言》中的《乌鸦和狐狸》的故事，内容是说，乌鸦衔着一块肉，站在高高的树枝上，狐狸打树下走过，它很想吃那块肉。但乌鸦不会白白给它，总得想个办法才好。于是，狐狸抬头喊道：“乌鸦姐姐，你的羽毛真美丽。”乌鸦听了，没有理睬。狐狸又说：“人家都说你的歌声很优美，为何不唱一曲呢？”乌鸦听了，非常高兴，它很想唱一首，一张嘴，那块肉掉下来，狐狸连忙抢去吃了。乌鸦向别人诉苦，大骂狐狸狡猾。别人都说：“谁叫你爱听恭维的话呢。”当时我不认识“恭维”两个字，也不知什么意思。问了好多人才搞清楚。

但我不满足于哥哥们的教科书，后来不知是谁送给我一本古老的“唱书”，似乎是说书人的底本。一段白话，间隔一段唱词，内容是描述元末明初朱元璋起兵的故事。朱元璋先是打败元

---

① 盛芝麻糖的木箱子。为使其不漏风，接缝处糊上纸条。

末诸将，后和陈友谅在鄱阳湖作战。书中的几个人物，什么半人半兽的白元驼、年少的小花苇等，至今都还记得。同时，我还从奶奶那里源源不断地听到那些传统的历史故事：孟姜女哭长城、孙膑斗庞涓、杨家将、薛平贵、郭子仪征西等。

白天，薅草、干活儿，有空就拿起书本，高高兴兴念一遍，学着说书人扯起嗓门唱上一段，倒也很有意思。读书使我酷爱文学，文学促使我迷上读书。记得有一年冬天刮大风，我和小哥下湖干活儿，穿得很少，冻得直流鼻水。小哥叫我回家穿衣服，我一路顶风回家，狂风呼号，我一路迎风自编自唱：哗哗哗，好大的风呀，你来自海边，你奔向天涯。哗哗哗……这词是临时杜撰，记得回家后小哥对人大大夸奖一番。说我脑子好，是个小天才。很长一个时期，不论是平时和假期，我在土屋有限的空间都要争得一方空地摆上一张地八仙，一盏油灯，一盒洋火，桌面上有笔砚书籍，随时可以读写。对于家人将筐、篮、碗筷放在我的桌面上十分反感。所以除了实在不得已，母亲和嫂子绝不会轻易侵犯我的这块领地。晚上，豆油灯的火焰时明时暗，偶尔爆出一声灯花的声响。灯暗了，就用剔灯棒挑挑灯捻子，使它跳亮。换成煤油灯之后，绝不可断了油，一旦发现墨水瓶里以及油瓶里没油了，即便天黑或阴雨，也要跑到街上打洋油去……

除了稗史演绎小说之类，我还迷恋过赶集听大鼓书，尤其是第一次考初中落第，精神崩溃，逢集必到书场，陶醉于古代人的悲欢离合之中。说书的也分三六九等，有的听众黑压压一片，有的只有几个人，聚在树荫底下。阔气的书场，夏天一顶大帐篷，遮住阳光，听众都席地坐在帐篷内听讲。记得最受欢迎的是一个叫刘书彪的说书者，他又说又唱，左手执两片半圆铜板，右手敲鼓。他唱的时候先大声咳嗽几声，吐几口唾沫，高举铜板，耳边叮咚，用力敲鼓，使尽浑身力气，“咚个隆咚，郭老爷——，咚个隆咚。”然后卖个关子，甩个包袱，突然停止。于是，他老婆端着草帽齐钱了。站在外围的人都悄悄散去，等齐完钱再来……

冬夜听戏

我们家乡很少娱乐，老百姓苦于生计，一年到头，忙于劳作，哪有工夫去玩乐。平日干活，除了过年玩会和“参会”之外，听戏倒是一景。老家当时流行一种极为平俗的地方戏曲——“拉魂腔”，意思是能将你的头魂儿拉走。长大了才知道就是徐州柳琴戏。那时就从大人口里得知，徐州拉魂腔有两大名人，男角儿“里外黑”，女角儿“大金牙”。幼时农闲季节常有小戏班子到乡间巡回演出，有的白天求乞，遇到好事者有意留他们表演，就随即在人家场边檐下，演上几个晚上。那些节目一般都比较“臊”，以迎合农村中一些泼皮无赖、好色之徒。而这些演员多为自家成员，比如夫妻、父女、母子，而他（她）

们应角色需要在戏中扮演各种人物，并非因实际婚姻或血缘关系而避忌之。这也是旧时艺人们的命运所致。新中国成立后，柳琴戏已经跻身于国家传统戏曲种类之中，经常参加全国观摩会演，盛况空前。

与拉魂腔齐名的河南梆子（即豫剧）也是家乡老百姓十分喜爱的剧种。新中国刚刚成立那几年的每年冬天，尤其是农历过年以后，宿羊山都有河南梆子戏夜场演出。剧团是街上一些戏剧业余爱好者自发组织的，他们请上一些流落乡间的老年演员教曲子，教拉胡琴，选择剧目等。靠近东边护城河畔的一座土台子，后面两侧围上几张苇帘子或芦席，前边拉一道布幕，这布幕往往不够大，就像小孩子勒一块小布兜。演出时有专门负责拉幕的人，嘴里含着铜哨子，开幕或闭幕时，一边吹哨一边拉着布幕从舞台一头跑到另一头。而这块总也遮不严谨的舞台布幕，时常被风刮得飘来飘去，幕后的一切全都看得清清楚楚。

别看场地狭小，舞台简陋，但观众却人山人海，水泄不通。场内男女老少，拥过来挤过去，每个人都身不由己，只好随着人海的波涛荡来荡去。人群里不时腾起一股股“嗝噜”出来的葱蒜味、酸味，或屁臭，随着夜间寒风飘荡四方。记得最有人气的是一出现代多幕剧《七七泪》，题材是农村恶霸欺压平民百姓的事，连演数月，轰动乡里。抗美援朝时，我上高小后，宿羊山才开始来电影放映队，但只放一些战地新闻，志愿军英雄事迹。偶尔看一次故事片。小学毕业前夕我看的第一部故事片是

《陕北牧歌》，并迷上了那首插曲，其中有一句："崖畔上开花崖畔上红，受苦人盼望着好光景。"还有一句记得更牢："妹妹你好来实在好，走起那路来好像水上漂。"

初小时代

大约是 1946 年，永汉利用他家昔日残留下来的破酒厂子，私人开办了小型学校（就是一间屋子），只有他一人任教。学生分为两部分，一部分是庄上小哥一辈年龄稍大的人，编入高年级，另一部分，即初级班，就是我们这些年龄幼小的少年儿童……上课分为两拨，永汉交叉为学生讲课。当时，我们初级班学生写算都用铅笔，我小哥他们各人都用蘸水钢笔。一枚梭子形状的带沟儿的笔尖，内含蓝墨水，写几个字没有墨水了，就得插在墨水瓶里蘸一蘸，继续写。写下的字水灵灵的，鲜明，好看，老大一会儿才干。有时墨水瓶里的墨水不多了，笔尖插进去，哗啦一晃荡。等墨水用光了，花三五分零钱向西邻永柏大爷买一点颜料（他是贩卖颜料的，时常担着杂货挑子赶集卖颜料），回来自己兑水和一和就成了。永柏大爷用什么秤称那一点儿轻如鸡毛的颜料呢？用小戥子。杆子是鱼骨头做的，细如鹅毛筒儿，上面镌刻着刻度，黑红相间，非常悦目，简直就是一件精细的工艺品。

和[①]墨水也有讲究，先加少量井水，待颜料慢慢化开，反复试试浓淡，达到满意为止。否则，水加多了，会发生“化学”反应，几乎变成全纯白水，还得向大人要钱再买颜料。那可不是容易获准的。

当时的语文课本至今记得第一课是：进学校，进学校，学校里，真热闹……还有一篇，几乎全部记得：荷花红，荷叶青，飞来一只大蜻蜓。大眼睛，亮晶晶，身体一挺像根钉。一会儿，飞起来，好像飞机在飞行……

还有：一只青蛙一张嘴，两只眼睛四条腿。两只青蛙两张嘴，四只眼睛八条腿。三只青蛙……

除了国语，就是算术，学的是简单的加减乘除四则运算。史地笔记则由老师写在黑板上，学生再抄在自己笔记本上。每天写一张“大仿”。

永汉是老师，但他最不像老师，他教他的，你学你的。不急不躁，任你成绩好坏，都没关系。师生十分相得。他把高级班的七八个人刚刚说的未婚媳妇，都分别凭借想象画上一系列肖像画，标上文字说明：“徐楼小姐”“桃园姑娘”“刘庄美人”“岔河女士”……悬挂起来。那年夏天，麦熟季节，他还带领全体学生到套种的麦地里偷摘豌豆吃。那豌豆刚刚鼓胀起来，尚未长成，也未发黄发硬，甜脆爽口。大家蹲下身子，远处根本看不见。豌豆角含在嘴里，猛一咬，“啪”的一声脆响，别提多享

① 和（huò）：混合。

受了。吃个够，悄然回家，谁也不知道。其实，主人很难发现，因为豌豆结果繁多，吃不尽，摘不完，过两天又会多生一些豌豆荚来。种豌豆的人家谁也不在乎，任你吃个够。豌豆一旦黄熟变硬，采摘下来，上锅煮了，非常美味，那是吃不够的美食。此种享受，只可回味，不能再得。

我们的邻村阴庄也有一座类似的学校，也只有一位姓杜的老师任课。学生不仅限于本村，还招收了一部分外乡人。他们其中有我们村子东南角何庄子的几名男女学生。他们上学放学，每天打汪塘南岸经过，我校几个调皮鬼，还经常向人家挑衅，惹是生非。何庄子学生中有个女生，叫何彩丽，长得很漂亮，说话嗲兮兮的，好可爱。有一次，有人朝汪塘扔石子，水珠儿溅湿了她的红裙子，她竟然没生气，还友善地嫣然一笑。后来竟然双方隔岸对起话来。哦，“所谓伊人，在水一方”。何彩丽告诉我们说，她家种了好多玫瑰花和月季花，请我们星期天薅草时顺道去看看。但我们一直没有勇气去何庄子找那些先是冤家后是友人玩玩，只能在薅草时有意绕道东南湖，朝何庄子多望几眼，偶尔也能看到一闪即逝的红裙子。

总之，酒厂初小时代给我留下不少愉快的记忆，使我苦难的童年稍稍增添了亮色。

新中国成立前这段时间，我和小哥上学也是断断续续。继私塾之后，我又随他到宿羊山北校上小学二年级，小哥上五年级。戴圩子戴启英、戴启杰兄弟二人在校任教。戴启英兼任校长，戴启杰担当我们班主任，胖胖的，平时长袍大褂，攀裹腿，执教鞭（湘妃竹竿子），兴体罚。学生经常被老师罚站、拧耳朵、打手心。我一向老实，听话，成绩良好，从未尝过体罚的滋味。而班上却有几个调皮鬼，其中一位少年，两耳戴耳环。几乎天天受体罚——拧耳朵，身子随着老师的手指打转转，哭爹喊娘。过了一夜又忘了，第二天照犯。

1948 年，宿羊山解放了，老师一夜跑光。记得我一早到学校扛桌子，还从乱纸堆里捡出大仿簿子，看到发了好多红圈儿，得了个“超”，满心欢喜地带回家来。

乡民春秋

我们庄七八十户人家，除了少数几个外姓之外，都姓陈。外姓除了吴家，还有汤嬷嬷、耿孟堂几家。耿孟堂孤家寡人，一身破袍度冬夏，早死。汤嬷嬷和儿子儿媳汤士吉夫妻住永心车屋和东台子汪塘边，与“瘦瓜老爷”为邻。儿子汤士吉冬天过年贩麻糖到贾汪去卖，他长年拉稀，早逝。婆婆和媳妇分别又被乡人唤作大老汤和小老汤。丈夫死后，小老汤性格活跃，又有几分姿色，曾经赢得好多年轻人喜欢。老汤嬷嬷麻脸、尖鼻，能说会道，新中国成立后一直吃香。“文化大革命”中斗“走资派”，老汤嬷嬷是“文化大革命”小组长，别人只喊“打倒”，她嫌不过瘾，又增添了“油炸”一词。没有“走资派”，拉出地富反坏来斗。

现在重点说说吴家，它对陈庄的影响巨大，左右过大多数人的生死命运。据说日伪时代，北边五十里开外的台儿庄，有户人家流落到陈庄，这家男儿和我村邻里一家作亲，娶村中陈氏女为妻，遂代代留居于陈庄。吴某排行老三，外号吴三桂，乡人都称他吴三儿。吴三儿膝下二子一女。二子大杠、二杠，一女早嫁。大杠再娶村后其母本家族弟之女为妻，亲上加亲，遂成陈庄一强，无人敢惹。婆媳外号分别称大老吴和小老吴。吴家虽是陈氏家族女婿，非但不报恩，反而加害于陈氏家族。吴家两个儿子两条虎，尤其是吴大杠，集中着旧社会一切流氓地痞之脾性，一生横行乡里，通吃日伪、国民党和新中国成立后三个时代，搅得小陈庄动荡不安，人心惶惶。

日伪时，吴大杠担任宿羊山刘斐然团长兼镇长的参谋长陈永钦的贴身警卫，狗仗人势，横行乡里，作恶多端，罄竹难书。我小时亲眼看到下面一幕，至今历历如在目前：一个破衣烂衫的老乞丐，行乞至邻家，主人没给煎饼，老乞丐不满意，嘴里叨咕了几句。碰巧，被路过这里的吴大杠看到了，他询问了老乞丐怎么回事，那位老者一看见黄皮军装，简直吓瘫了，大呼："啊，老总饶了我吧。我再也不敢了。"大杠吐掉嘴里的烟头子，用脚尖儿拧了拧，一把抓住那老儿，一溜烟儿拖到家后，吊在他舅家菜园旁边的桑树枝上，用皮鞭猛抽，嘴里骂道："八路探子，是谁派你来的，说！"老人哭诉道："俺可不是八路，俺是良民。放了俺吧。”又打了几鞭子，大杠累了，扔下鞭子，走了。到了晌午，有人看见他在马路边小烟店里喝高粱酒，吃茶叶蛋。经他允许，才放走了那个老乞丐。

大杠高个头儿，一身土黄色军装，左肩斜挂着盒子枪，走起路来，屁股上的“9”字形牛皮盒子颠颠簸簸，“8”字形的穗子晃来晃去。嘴含洋烟，神气活现，当地一虎，人见人怕。后来，鲁南游击队一团人，夜袭宿羊山匪巢，击毙刘老斐子，参谋长陈永钦逃遁时坠落苇沟溺水而死，警卫员吴大杠逃回陈庄隐匿不出。

国民党时代，他同庄上一般青年一样读过私塾，识得不多的几个字，兄弟两人似乎都没进过小学。他和庄上一伙青年，包括我大哥，相约一同去兖州，在本村陈秋文为院长的一家军医院讨生活，当时只是为了混碗饭吃。记得那时过年前回家，每人都廉价购买了高粱，有的多，有的少，装在麻袋里。我大哥最少，我父亲有些不高兴，说人家都买了一麻袋，就是你哥少，连麻袋底儿都盖不严。大哥回家，我很高兴，他们一身军大氅，双排铜扣子，后腰还有一道横攀带子，走起路来，一松一紧的，好气派。更喜人的是有手电，按钮一推，满屋透亮。后来，我拿着玩，闪了泡子，不亮了。弄得很晦气。

不久，母亲问大哥，过年时还来不，大哥就说一直没空儿，不来了。后来，人家每问起大哥情况，我就抢着回答：“大哥

‘遂早晚’[1]不来了。”对方惊怖半晌，母亲没说什么，只是叹了口气。我也觉察了，我说了“碍方子”[2]的一句话，使得家人和亲友觉得很不妙，随后就远播周边，亲戚家无人不晓。我也从此恓恓惶惶心情郁闷了好久好久，直到大哥平安回家。

兖州大约于1948年六七月解放，收高粱时，大哥等人八仙过海，各显神通，分别逃回老家。那天在场上，大哥拖着疲惫的身子，满腿泥巴，躺在芦席上休息。听说他是从兖州蹚过几道河，穿过无数高粱地，硬是走回家的。大哥连连睡了好几天，才歇过乏来。

陈庄除了明文长子“小官”解放兖州时被流弹击中身亡之外，都先后逃回来了。

战事风云

二十世纪四十年代初，我的家乡苏北和鲁南一带，关于日伪时期以及接近光复之际的记忆，已经模糊不清。但还是有几件往事留下较为鲜明的印记。

我们那地方地处苏北和鲁南，是日伪、国民党和八路军、新四军以及各方抗日游击队频繁活动你来我往之地。同是一个邳县，铁路南面的土山、八岔路一带，国共两党斗争激烈，一个

① 乡语：“永远”之意。

② 乡语：“忌讳”之意。

村子既有国民党也有共产党，国民党来了，疯狂残杀、活埋共产党员和干部，共产党来了，领导民众，清查汉奸，剪除乡间黑暗势力。与此相反，我的家乡一带，老百姓大都逆来顺受、胆小怕事，对于当兵打仗等一概不感兴趣。像吴大杠那样的人，要是换个地方，早就被枪毙几次了，哪里容得他那样胡作非为。

当然，也有人不自觉成为那个时代的不幸者，例如，日伪后期，东台子最东头的一位素朴百姓，曾经在八路军驻守家乡时，短时期做过村长，为新四军征集粮食什么的，后来八路军退离之后，维持会一帮人，将此人倒挂在水井畔的木架上，用皮鞭暴打，灌辣椒水。打得他皮开肉绽，喊爹叫娘。一大早，村中人家家关门闭户，谁也不敢到井畔挑水。有一次，国民党势力统治家乡，保长向甲长派任务，说你村要指派一名壮年入伍抗战，打鬼子。全村聚在一起开会。乡民一致指向父亲："他！"奶奶慌了，听人说，鬼子打枪很准，一旦上战场，十人九不归。非被打死不可。但又有什么办法？母子抱头痛哭，奶奶说："那就去吧，听天由命。"不久，宿羊山地区全体应征人员，集中在窝儿庙（瑞香寺的俗称，位于宿羊山东侧主峰大武山西山坳里）接受训练，学习作战打枪。约略过了半年，不听动静。当时正逢秋耕，耩（jiǎng）地（播种）种麦的大忙时节。父亲抛下奶奶一人在家，去借牲口耕地、耙（bà）地。谁知正在此时，上级忽然宣布解散训练，各人回家种麦去。

刘传信

局势陡转，父亲亦喜亦忧，回家到哪儿去弄来牛驴整地？困惑之际，一个同在一起训练的人员、小河北边小刘庄的刘传信，笑嘻嘻地走到父亲面前，亲切地说：“大哥，别犯愁，我家的牛你拉去用吧。”“那你呢？”“我自有办法，我老二家早已替我种完麦子了。”

父亲紧接着就跟刘传信到他家牵回一条犍子牛，回到家里，知道奶奶娘家岱山来人，两个哑巴侄儿帮着把几亩麦子给种上了。从此以后，父亲和刘传信交上了朋友。他经常去宿羊山赶集，顺便绕道我家，和父亲谈古论今，他们谈得最多的是《论语》上的文字。他读的四书五经比父亲多，见识很广，提出的问题很有见地。我从小就爱听他那一副鸭嗓子侃来侃去，谈笑风生。有时下连阴雨，他在我家一住就是好几天，睡在锅屋的锅门口，吃住随便，宛如家人。那时候人们朴实简素，对朋友真诚相待，对方也不客气。没有现代人那么讲究，那么多繁文缛节。交友最贵真诚，不需一切虚饰。哪怕陌路相逢，只要谈得投机，也会把臂邀至其家，好饭好酒以待之。那样的时代一去不复返了。

小时候，不知怎的，他们家还给父亲“匀”出两亩临近运河边的土地，每年种一季小麦。因为是每年上水留下“淤土”，收成很好。且说，我和小哥都住过刘家庄——刘台子。这个庄子没有水井，村人、牛驴皆吃食汪塘水。因此，他家女主人时常发牢骚：“叫俺成天吃喝的是男人们洗鸡巴涮屌的水，这日子可怎么过？”

刘传信兄弟二人，皆积善人家，共居于同一宅邸。其弟家后院皆废宅，墙壁倾塌，狐兔出没，使我联想到《聊斋志异》的《青凤》等篇章……

刘家两儿两女，长女与我小哥同年，早年参加工作，她似乎对小哥有点意思，记得她每次到宿羊山赶集，总是路过我们学校，要么通过班主任赖铭鼎老师通知我，要么直接趴在教室外窗台上喊我出去，问“俺二哥”在不在家。但奶奶不是很满意，叫我不要搭理她。次女小蛮子，生于南方，漂亮、可爱。长子老鸹与我同岁，小小年纪，已经像大人一样干活，收割拉打，无所不能。我记得每次到他家，很少见他有空闲的时候，一天到晚和牲口做伴，在野外耕地耙地，风霜雨露，宵行夜归。他家东边就是大运河，远望，河岸耸峙，白帆点点。老鸹拉着一犋牛驴，过往其间，构成一道奇异的风景。

老鸹只去过我家一次，那是个夏天。不知为何，他虽然沉默寡言，但也还聪明伶俐，热情懂礼。但一到我们庄上，就变了一个人，东张西望，魂不守舍。当晚铡草，他扶铡把，小哥续草。正在小哥薅去塞在沟槽里的碎草时，老鸹下铡，家人惊呼，还好，钢刃刚刚接触手背，停住了。老鸹也吓出一身大汗，翌日便神情黯然地回家了。因此，小哥生前手背上一直留有一道犹如蚯蚓的伤痕。

刘传信还介绍父亲加入一个乡间慈善组织，宗旨是为儿孙行善积德做好事。有一年，我家忽然来了几位女子，大都未婚，她们没有正式的名字，都是什么曹三姐、陈二姑、李二姐。人人都很有教养和学识，尤其是毛笔字写得漂亮。就以那位曹三姐来说，她身子骨略显单薄。面黄肌瘦，脸上有少量雀斑。我亲眼看到她写过一张借条，至今还记得这样的文字：“白安石和白安贤兄弟各借得银圆数元，粮食若干”，一行楷书甚为整饬有序，恪守书法规矩。后来，她给父亲写过信，开头“陈先生……云云”，一手行草，笔墨酣畅秀丽，堪称艺术珍品。父亲为了回信，从宿羊山街买来一沓子红格信笺，反复在新购的八仙桌上练笔，写了好几张都不满意，终于叹了口气，搁笔了。为了“藏拙”，后来不了了之。

童年的游戏

乡间百姓生活清苦，大人为全家生计奔波，小孩子也力尽其能，下湖割草喂牲口，帮助大人干农活。但毕竟年小体弱，有父母兄弟照料，可以自娱自乐。除了一般的过年过节，同大人共享有限的热闹之外，也有作为儿童的特殊游乐。诸如：玩会、挑旗、踩高跷、放风筝、打老瓦、驮布鞋、弹琉子、甩泥蛋儿、踢毽子，以及捉麻雀、网鸟、粘知了、摸鱼儿……

除此之外，我个人“创造”的游戏有：打电话，捡两只空火柴盒，穿孔，拴线，两人各持一端，互相对话，似有嗡嗡之声。我便大声问：“听见没有？”对方有的回答“听到了”，也有的回答“没听到”。问话人对前者，自然高兴，对后者则稍有不悦。这种线电话，我随身携带，逢人必定打一次试一试。还有一种游戏“插汽车”，用高粱秆外皮作篾子，折成圆形作车轮，内瓤纵横组合成车箱，车头糊彩纸，兜风疾驰，自得其乐。

淮海战役

国民党败逃，守不住徐州，退守碾庄，国共双方都在准备打大仗。我村家家都住满了解放军，他们自己蒸馒头，煮面汤，熬白菜，军民和乐。记得有个三排长，人特别亲切，他们在我们槐树底下用铁棍、锄头杆子等物做单杠，他们排的战士有的能一连绕上好几个大圈子，看得我们孩子好眼馋。有一次开饭，他怀里揣着不少领来的白馒头。我小哥从他身边过，望了他两眼，三排长立即塞给小哥两个馒头，笑笑跑开了。后来听说他们的米面粮食都是配给的，有限量，我们再也不接受他们的赠予了。

后来，淮海战役打响，我们都跑反去了大运河北，一个月归来，听说原来住在我庄的那一团将士，首批上战场，战斗激烈，全部牺牲。三排长那排人后来也没有一点消息，乡民们闻之唏嘘……

农家日月

新中国成立后，我乡暂归山东兰陵县管辖，原来的日伪汉奸吴大杠摇身一变，被宿羊山乡政府指派为陈庄村长。短盒子枪换成长杆步枪，故态复萌，又在小陈庄宿羊山“跩”起来了。

当时男女结婚，大都由媒妁介绍，父母包办，双方不见面。二嫂娘家是西桃园，家境较为殷实，姊妹二人都嫁在小陈庄。长姐早嫁于东台子烟店老四为妻，其妹便是我家二嫂。结婚当在这年夏天。记得有一次，我陪西院子永和叔去桃园拉床，一路泥泞，时时蹚水，小路两侧都是绿森森的高粱地。永和叔告诉我，他见到新媳妇了，一条乌黑的大辫子，甩来甩去的。我听了既神秘又喜悦。办喜事时，依照老规矩，雇了响手，请街上名厨刘师傅掌勺。院子里临时支起两口大锅。花轿进门那天，吴大杠也来了，他坐在门屋里，似乎在想心事。父亲赶紧叫老伙计（伴娘）向他献炒米红糖茶，送馃子。那位老伙计人很好，嘴又甜，不管见了什么人，都十分亲切，依着我们的辈分呼唤乡人，招待来客，就像我家的一名成员。她陪伴新娘子整整一个月，才依依不舍地离开了。

多难之秋

到了秋天，大概是阴历十月间，全家都在吃早饭，记得当时桌面上有一盘炒菜绿豆芽，早饭快吃完了，菜盘子里只有两三缕红辣椒丝儿。此时，二蛮大娘走来，对我父亲说，吴大杠派了几个人，吃过饭要来分你家粮食了。全家听了一时愕然相顾，但似乎又有预感，知道这种事早晚会发生。父亲听罢，沉默不语，眼睛瞧着空菜盘子发愣。大约十点光景，进来了五六个人，有的手里领着口袋，有的夹着麻袋。大杠的岳父永志除了分得粮食土地外，还有那头耕牛。永志扒走了半口袋小麦，下午来牵牛。他把缰绳握在手里，老牛“哞——哞——”叫唤，不肯挪动一步。老牛恋旧，当时它又一时看不到儿子——刚生不到三个月的小牛犊。父亲对来人说：“等等吧，我去找牛犊，一起拉走。”父亲好容易把牛犊找回了，并送它们母子一块儿离去。

当天午后，全家人痛不欲生，躺在床上起不来，锅里高粱糊糊都酸了，谁还能咽下那一口汤？从此，我家莫名其妙地成了“地主”，只能参加村民会，不许参加其他小范围集会。背上这口黑锅，全家老小，都会变得灰头灰脑，在人前抬不起头。尤其是读书人，更是深受其害。虽然后来得到平反，恶人被捕入狱，但也很难彻底摆脱原有印象，逢到升学、就职、服兵役，直到大学毕业分配到中央外事机关部门，学校和各级组织都会像烫剩饭一般，反复调查明白，才会确信无疑。其苦恼是未经历的人难以想象的。

艰苦日月

遭难之后，犹如小河断流，全家生活的小船立即搁浅了。但对困难从不低头的祖母，登高一呼："都给我起来，老天饿不死瞎鹰，咱们得生办法活下去。"于是，父兄摸索着做起些小生意来，例如卖盐，卖花生。家乡不兴种花生，买来生花生炒熟了卖。主要是卖面。为此，父亲又置了盘石磨，放在过道屋里，为的是下雨天不受影响。从街上买来麦子，头天晚上用湿手巾细细"抹（mā）"一遍，第二天一早上磨。小白驴是拉磨的主力，但也不能老使唤它，牲畜也要休息。平时，它既要拉院中的旧磨磨煎饼，又要拉屋里的新磨磨面粉，受得了吗？于是人畜同上，小白驴休息吃草时，家人轮流抱磨棍。什么叫"抱磨棍"？那就是用一根短木棍或竹竿套在上半磨盘眼儿里的绳套上（石磨两边各拴一个绳套），棍棒抵在肚子上用力推着转圈儿。一般是两个人，一人推太吃力，必须壮汉才行，两个嫂子和我都不行。即使勉强上，也只能推上几圈儿。驴拉磨可以持久些，但牲口也知道偷懒。使驴推磨，应给它吃得不饱不饿，太饱了，懒得动，而且一上磨就拉屎撒尿。小白驴上了套，戴上驴帽眼子[①]，就会自动前走，转圈儿。大概两圈下一勺粮食。麦麸面粉混合向外落在周围磨盘内。然后，用瓢舀面到笸箩里上罗子。磨好了面，挑个好天，到贾汪出售。大都卖给打锅饼或炸油条的个体小店。全家人累死累活，挣不到钱，只是不求太蚀本，赚点儿麸皮充饥罢了。卖面也是有个摸索的过程，先是买了一根两头翘的大扁担，两端打上两根两头带环子的铁箍，大环套在扁担上，绳系子穿过小环挽在扁担上。担挑子需要体力，又要技术，尤其是走远门，起初的"轻载"，随着路程加长，体能的损耗，会渐次变成"重载"。父亲身板单弱，从来没干过这种活儿。又要去百里开外的徐州，先试着挑三四十斤，以后习惯了再多挑。谁知第一次挑担子走远门，扁担、鞋袜和路况都没有设想到，心理准备不足，一路上膀子磨得像烂桃，吃尽了苦头受足了罪。不得已这才买了小头车。这种车子外形像站立的拉丁字母"A"，尖端部分镶个木轮子，另一头是左右两根木把子。两只面口袋顺着放在车子上面。这种车子一旦架起两只车把，东西的重量全压在推车者的肩膀上，因此肩膀上要襻上一条车襻子才行。我拉车子，就是在前头拴根绳子，一端结个套子套在肩膀，再垫块手巾或小褂，用力向前拽着走。先是我小哥放假后拉车子，后来我接替小哥拉车子。地点也改道去贾汪窑老矿区，离宿羊山五十多里路，比徐州近了一半。

就这样，卖面持续了一两年，也只限于初春一段时间实行。

---

① 眼罩。

后来因为小麦涨价，也没啥赚头，又是重体力活，也就作罢了。

殷庄小学

1949 年春，村中几个具有高小以上学历的青年，鼓捣着建立初级小学校，校址选在殷庄西头一家地主的空宅子里，几间大瓦屋作为教室。教师大都是我们庄上的，东台子的法文、化文，村西头的永汉，我大哥，后来孟宪珍也加入了。殷庄上只有一位叫杜什么坤的，一个成天病病歪歪的青年。计划报到兰陵县临沂地区教育部门，很快获得批准，当即将大瓦屋粉刷一新，竖立起旗杆，升起了国旗，各个教室悬上领袖像，制定课表，摇响铃铛，上起课来了。

殷庄小学成立后，我即转学过来上三年级，小哥继续留在宿羊山原校上五年级。周围几个庄子的男女少年都来上学了。上课时，人声嘈杂，下课后热热闹闹。老师同学都很兴奋，西大院里热火朝天。

1949 年秋天，新中国宣告成立，全国欢腾。学校里学唱国歌，几个班主任老师同时在三个年级的教室里教唱国歌。一时间，到处都响起“起来，不愿做奴隶的人们”的歌声。歌声震荡着小村庄沉睡的土地，红旗照亮了故乡河川池沼的角角落落。

记得我当时有个红布面的笔记本子，封面封底都印着国歌《义勇军进行曲》，我当时对着作曲者的名字默想过好久，觉得很新奇。后来我上初中，一开学也是唱国歌，初见聂耳像，嗬，一个胖乎乎的小男孩，于是立即成了“聂粉”。这是后话。

初小时代的生活平静而清苦，由于家中经济状况不佳，我也经常辍学，在家干农活儿。农忙时节更是三天打鱼，两天晒网。冬天，上学的时间比较多些。我们家乡一天两顿饭，上午课间操，回家吃煎饼。冬季里没菜吃，将干辣椒放在锅底下烤焦，红黑两色，趁热塞进蒜臼里，放些盐加点儿水捣烂。吃时，将高粱煎饼烤软乎儿，卷起来，沿着蒜臼口儿，一边擦一边转着吃。辣椒只要放进盐，又拉馋，又下饭，倒也吃得有滋有味。这是农村少年较为普遍的“午前间食”。

来回都要经过两村交界处，靠近中间公路西侧姓席的一家，开办牲畜配种站，场地上喂养着马、牛、驴等种畜。起初还有一道柴帐遮挡，后来一切交易完全在空场上进行。逢到宿羊山有集市或庙会，周围村庄上的人都对这家配种站咒骂不止。但作用不大，即便临时收敛一个时期，过一阵子又回到老样子。但从另一方面看，也方便了周围村子的百姓，因为在那个时代，普遍喂养牛驴，耕地拉车推磨都少不了这些牲畜。即便养不起两头牲畜，多数人家也都有一头毛驴。因为三天两头都要推煎饼，磨糊子。除非阴天下雨，才凑合擀一顿面条儿，包一次饺子。庄户人家很少有那样奢侈的时候。

同人一样，牛驴也有动物常有的性欲，每年春天，母驴就发情，这时就得及时“找牲口”，完成自然交配。届时牵到殷庄，又近又方便。所以周围的庄户人家都对殷庄配种站睁一眼闭一眼。谁也不便于再较真了。

平时见惯了牛马等动物四肢地面行走的常态，谁也不会在意，可是它们一旦站立或趴在异性身子上的那种罕见的“表演”，不堪卒睹，那动作既奇特又怪异，既丑恶又可怖！不过，那种难得一见的场景，倒成了一部分调皮的男孩子沉闷而单调的课余生活的良好调节。

小哥与我

当我转入殷庄初小之后，家中生活越发困顿，父亲勒令小哥退学找工作。小哥的班主任刘继贤，一位温文尔雅的老师，特意到我家里说情，父亲还是没有答应。父子僵持了一段时期，结果小哥只得辍学，经庄上永范叔写了一封介绍信，到台儿庄县政府税务局工作。小哥退学时留给我一只铅笔盒，两杆蘸水钢笔。铅笔盒盒盖上画着一群男女儿童玩乐的情景，迎面是一个女孩子跳绳的特写。两杆钢笔一红一黑，石蜡笔杆。这只铅笔盒和两杆蘸水钢笔，我一直用到大学。并随身携带南来北往，从机关回到大学。后来钢笔不知所踪，铅笔盒至今还躺在南京家中的抽斗里。

小哥最初就职于山东省兰陵县税务局，地址在台儿庄。当年年末，他用第一个月薪水给我买了《中华人民共和国全国分省精图》、一瓶装在黄色硬纸盒里的蓝黑墨水，还有一本小字典。地图为亚光舆地学社出版，测绘印刷准确详尽，连“宿羊山”都能查到。蓝黑墨水，大瓶齿轮形盖子，中心呈鼓形，绘拳头拇指图，标有“民生一指”字样。打开瓶盖，清香好闻。小字典像重叠的豆腐块，厚而高，名人马叙伦编纂。

另外，小哥还买了一头猪，托人从县城“吆来”，为全家过年享用。从台儿庄到达老家，沿途四十里泥土路，驱赶一头猪行走，呼噜噜呼噜噜，那得多大耐心，多大辛苦！但那一年，我家头一回杀猪，全家吃个够。不过那是唯一一次……

1950 年寒假，我十一岁，初小毕业后（那时寒假升学）报考宿羊山完小。那年这所小学分初高级两个地方，初级原址不动，还在镇上老校舍；高级（五、六年级）转移到宿羊山大武山下的瑞香寺。记得当时天寒地冻，我们是在刚刚搬空神像的大雄宝殿右侧的佛堂里做试卷的。监考的张效轼老师，穿着一件薄薄的大褂，瑟缩着身子，在不久前还是古佛青灯的佛殿里，一副红腮白脸，走来走去。

录取后，新生分甲乙两班，我被编在乙班，班主任孙长仁，学校领导校长孙子明，一位长髯老人，教导主任程伯禄，体育老师赖铭鼎、历史老师孙业佩、自然老师李志林、数学和音乐老师马士讷等。宿羊山完小，古庙佛殿作教室，那些精雕细镂的神像被堆到巷口里任其风吹雨淋。中间的弥勒堂，悬起一段台赵路铁轨作铃铛。从此，木鱼梵呗诵经之音，化作少男少女咿唔读书之声。

学校的地理环境颇为幽雅，外表上望去，古寺坐落于山坳之中，山门半圆，左右有青石雕制的石狮子，龟驮碑，草书碑文，精美壮观。寺前有水塘，银杏树环绕池畔。夏季牧牛人歇晌于树下，牛群或卧或立，宛然一幅元人笔下的牧牛图。银杏黄熟季节，有的掉落水里，绿果漂荡，随手捞起一个，剥掉果肉，就是白生生的果核。寺东有菱塘，水绿似玉，长满又黑又硬的蝙蝠菱角，贸然采摘，弄不好会被尖刺刺伤手指。东南高台上一棵古楝，据传是元代人栽种下的，在我上学时，依旧枝叶簇簇，生机盎然。古木老树，被乡人视作神明，每于春晨秋夕，红女白婆，匝匝满地，求老楝树为全家人消灾灭病。我们小学生一遍遍劝说，不听亦不回。

少时读熊的故事。据说熊不食死的生物，两位少年在树下游玩，突然熊来了，一位少年会爬树，立即上树；另一位少年不会爬树，苦苦哀求朋友拉他上树。可是那位朋友只顾自己，置同伴生死于不顾。那位树下少年只得躺地装死。熊对他的脑袋嗅了嗅，以为是死尸，走开了。其后，树上少年下来对树下少年说："我看到熊在你耳边对你说话，它究竟说了些什么呢？"那位少年回答道："熊对我说，只顾自己逃命的人，万万不可同他做朋友。"

小学时代的老师们也都极为亲切，使我等少年除家庭之爱外，另有一方温暖的天地。重点记述一下教数学和音乐的马士讷老师，徐州人，她身个儿浑圆、小巧，细白牙齿，两根编在脑后的小辫子，沾满粉笔末的两手相握，简直就像叠在一起的两个小肉团。她上课时，总是尽量伸长身子，踮起前脚掌在黑板上写字。马老师除了为我们上数学和音乐课之外，还担任舞蹈队辅导员。每天下午在佛殿改装的大礼堂上教舞蹈。一男对一女，大家都有些害羞，马老师总是鼓励大家："搂过去，扒起来。"可是，我们只是傻笑，谁也不肯主动出手。

马老师的音乐课，也很有意思。我们特别爱听她唱歌。她的嗓子像银铃，唱起歌来很动听。马老师教我们唱的歌有《六一儿童节歌》："六月里花儿香，六月里好阳光……"；《放牛的孩子王二小》，歌词感人，唱得小学生泪流满面。至今我仍经常唱起这些歌曲。舞蹈队的曲谱至今还记得。到宿羊山看的第一部电影是《陕北牧歌》，还看了有关抗美援朝新闻集锦。

第二年，马老师忽然被调到梁口小学去了，临走那天，全校学生一拉溜儿排在山间小道上，冒着刺骨的寒风，吸溜着鼻涕和眼泪，依依不舍为马老师送行。马老师走了，她一边欢笑，一边流着眼泪向深爱她的学生告别。

高小课程安排很紧张，但我个人还是订阅了一份报纸《新少年报》，读了班主任孙长仁老师送我的《牛虻》《绞刑架下的报告》《卓娅和舒拉的故事》等，前两本直到现在还站立于我的书架上。

学生们放学后，很少有人马上回家，都留下来做作业，读小说，或者排队打乒乓球，或者到西山掘土点种瓜豆。教室地面刚刚扫过，洒上水，泛着泥土的清香。班主任孙长仁老师对学生要求很严，对调皮捣蛋成绩不良者从不放过。孙老师是安徽省萧县人，他的口音显然带有他家乡的方言俗语色彩，责问调皮学生最常用的一句话就是：“你干哈啦？干哈啦？”1953 年 3 月，一个寒冷的春天的早晨，学生们集合在大礼堂上，由孙老师宣读斯大林大元帅逝世的消息。孙老师一段一段念着，逝者那长长的名字十分清楚地进入我们的脑海里，至今还能说出来一大串。那种使得我首次体验到天下同悲的味道，至今记忆犹新。

孙老师自从调到我们那里之后，似乎一直留在邳县，直到“文化大革命”后期。二十世纪六十年代，他转到县团委和党校工作，我暑假回家还去看望过他。师生二人躺在运河堤的一张芦席上，乘凉，聊天，至今难忘。

使我难以忘怀的还有班长梁丽燕，一位美丽、善良的大姐姐。她皮肤白皙，说话细声细气，笑起来很有魅力。班长每周都要对全班学生情况作一次汇报，一到周六下午开班会，她就走到讲台边，两手插进列宁服口袋，雪白的内衣翻领，衬托着一张桃圆脸，手心里握着个小纸团儿，一边思考一边讲述。有时忘记了，很不好意思地转头望望门外，再低头伸出手来展开小纸团儿看看。

当时学生按照平时和期考成绩，分为甲、乙、丙、丁四个等级。我们乙班约五十名学生，甲等生和乙等生分别为七八个人，毕业考试成绩，我是乙等生第一名，上头还有甲等生七八个人，班长梁丽燕排名第一。那年，家乡刚划归江苏省邳县不久，县里本来有一所邳城初级中学（邳中），但交通不便，1953年毕业，我便报考了即将成立的邳县八义集初级中学（八中）。暑假，孙老师亲自带队去八义集应考。我背着一把温州油纸伞，一个甜瓜，一包煎饼。先步行十八里，从碾庄乘火车西行，只是一站路，没有站稳脚跟就下车了。那是我平生第一次乘火车。

下车后，再走二里多路，就到达新建的校舍，青瓦红柱，泛着阵阵水泥、油漆的新鲜香味儿，撩拨着我等少年的心绪。我的报名号数是1777，分在第×考场（不记得了）。头天晚上在声音嘈杂的新教室芦席上迷迷糊糊睡上一夜，第二天应考。找到自己的座位，将准考证号码和座位号认定一致之后，拆封试卷。卷子顶端左右角皆印着准考证号码，一明一暗（明码敞开，暗码封卷），三者确认无误之后，撕掉左角，开始答卷……

录取分为两步走，根据笔试成绩，发布草榜，刷掉大半，凡是榜上有名的考生接受口试和体检。两项完成后，回家等候通知。

此后的事，不想多费笔墨，引一段旧作纪念。

1953年小学毕业后，到八义集考初中。一同赴试的有街上的小跛子和本庄的平文哥。暂时放下畚箕和镰刀，洗洗满手的草垢，背上一摞煎饼，挟着一把油纸伞，上路了。

草榜公布了，上面有我和小跛子，没有平文。他死了心，先走了，我和小跛子参加了口试和体检，然后回家静等着好消息。一想到就要上中学了，心中好不兴奋。再见了，我的畚箕和镰刀！再见了，那满湖青青的野草！对不起了，还有我的牛驴们！

该轻松一下了，于是赶集就去听大鼓书，讲的是郭子仪征西，一幕幕激动人心的情节使我欲罢不能。一天，我正站在大布篷边上听得入迷，衣服忽然被人拽了一下，回头一看，是小跛子。他高兴地告诉我，他刚接到了录取通知，邮局的人对他说，还有一份是陈庄的，正等人拿哩！我连忙跑到邮局，看到墙上信袋里插着一个大牛皮纸信封，露出半拉“陈”字来。邮递员立即交到我手中。一看，傻了，上头竟然写着“陈平文”三个字。这是怎么回事？肯定是搞错了，平文不是连草榜都没上吗？这通知无疑是我的。

于是赶紧到八义集查问。母亲又为我包了煎饼，怕我路上渴，往口袋塞了个香瓜。我带上那把油纸伞，蹚了三十里泥水路，赶到了学校。挂着“校长室”木牌的房子里坐着一位胖乎乎的老头儿，他就是校长吧。我在门口逡巡良久，壮着胆子走了进去。校长看了看那信，亲切地对我说：“没错，没错，上头有了新精神，要照顾军属嘛。”

我绝望地走出了校长室，眼泪唰地淌了下来。一回到家，就把信交给平文。他正坐在石碌碡上，仰着脸望天。他接了信，傻愣愣的，半天说不出话来。

（散文《秋草》）

班长梁丽燕当年考取山东兰陵中学（兰中，校址台儿庄）。暑假某日，父亲有事路过梁口村头时，偶遇一女孩儿，热情地上前打招呼，对父亲说："大爷，叫他别气馁，明年再考。"父亲很疑惑，那女孩儿怎么知道我们是父子？怎么在路上偶然一见就如此熟悉？自从毕业之后，我一直再未见过梁丽燕，这个疑问始终悬在心里，一直没有解决。

后来，我又在孙老师的围追堵截和街上几个同学的强拉硬拽之下，回校复读一年，考取八义集初中，当年，也就是1954年如愿以偿，成为我们家族中第一个初中学生。

第二章　青春之门（上）

八义集初中（1954 年秋—1957 年夏）

八中印象

1954 年 8 月，我去宿羊山小学校看有没有发榜，在校门口遇到班主任赖铭鼎老师。他见我来询问发榜消息，没有马上回答我，连忙回到办公室，直接拿来八中新生录取名单给我看。一共五人，头一个便是我，以下四人是于君如、黄玉凤、荐保民和陈孝文。其间原有张某某，用毛笔杠掉了，不知何故。张某某外号小胖子，对人说话，总是笑眯眯，爱打乒乓球，一下课就拉着我一道去“抢案子”。他学习成绩优良，当时教室内贴着一圈儿世界各国共产党领导人画像，他和我竞赛看谁记得全。不过，后来知道他家是地主出身。

8 月底，秋风送爽，天气微凉。后园的向日葵叶子打卷了。

母亲为我套被子，还用大哥的旧被单子一折为二，做了一条窄窄的小褥子。这是我生下来头一回铺褥子。以前冬天直接睡芦席，母亲心疼小孩子皮嫩，特地垫上一条帆布口袋。无奈帆布口袋太窄，又“硌得慌”，干脆推掉睡席子。大约这个月 28 日，我们新老八中学生五六人，各人背着行李干粮（被褥、煎饼），步行直指大西南，前往约莫四十里以外的八义集。

上午 9 时出发，下午 2 时可到。跨过铁道，就是一片新建的青灰色平房校舍。心情也随之兴奋起来。

入学后第一次离开家人独立生活，对于一个十四岁的少年无疑是严峻的考验。兴奋，好奇，畏惧，想家……心情总是不得平静。

八中校区位于八义集街西北角一片平畴沃野中，西北二里是八义集车站。校舍新建于前一年，八义集初中成立之前，邳县还有一所邳城中学，我入学时已经有两所初中了。不仅有来自邳县南北全境的学生，还有铜山、新沂、古邳、东海等地的学生。校内建筑、桌椅等全新，油漆明亮。中间南北通道，自南至北，东侧依次是教师教研室兼寝室栋、学生男女宿舍，通道西侧则是三列教室栋。东侧教研室栋则两人一室，各据南北一窗，置桌置床。冬日生火炉，夏日设蚊帐。学生宿舍则全是大房子，摆双人床，一室可居住三四十人。每栋房舍南侧都有东西走廊和红漆木柱。 西边是大操场，操场西北角设有木柱高桥，三根柱子顶着一道狭窄的木梯，木柱之间有单杠、双杠、沙坑等体育设施。给我最深印象的是宋伴樵老师，经常在单杠上打几圈大循环，动作惊险。下来后还不住地走来走去，揉揉手腕子。

校舍北侧是一排草房，有为学生做饭做菜的厨房，膳食科、伙房 、校工宿舍、理发店、开水房等。尽东头是教师小厨房。

刚入学时，经过报到、缴费、注册、查体等繁杂手续，临时分班之后，就开始上课了。一天的作息时间大致是 6 时起床，6 时半早操，7 时早饭，8 时上课。学生成分及穿戴，依我看来大体分为铁路南铁路北两类特色。铁路南尤其以土山、八岔路一带，比较开放、时髦，女同学有的留短发，穿男服，雌雄莫辨；铁路北学生如我等则显得保守、土气，冬天撅腚棉袄，夏天粗布小褂，麻茼鞋。拙口笨腮，寡言少语。

在似乎不长也不短的编班的过程里，全校师生在教导主任李觉生的大力倡导和带领下，饭后和课余时间开展舞蹈活动，每班学生都围在教室前跳集体舞，其中《找朋友》舞曲，热烈欢畅，明朗悠扬，少年男女，对对双双，相牵相抱，歌声荡漾。初识君面，绣帕在掌。锦瑟华年，山高水长！

校园生活

提起李觉生主任，他是第一位给我留下深刻印象的校领导。整个人的形象好似一头骆驼，瘦长个儿，短发，背微驼，下巴颏朝前，颇具男人魅力。他人高马大，在一群天真烂漫的少男少女圈子里转来转去，就像鱼群中的一只大海虾。他口齿清晰流利，讲话简洁明确，不蔓不枝。关于他的一个“镜头”始终闪耀在我的脑子里：一群学生排队站在教室前边，李主任从容登上台阶讲话：

“同学们，今天我们将要乘车东去，参观拖拉机耕地……”

李主任几句话使我深受启发，觉得说话要简短有力，幽默风趣，还要讲究文采。

五个班级的新生（150~200人）按男女比例，分成甲、乙、丙、丁、戊五个班级，只是序号，同入学成绩没关系。其中戊班是年龄较小的红领巾班，随着升级，称为一红、二红、三红。我在丙班，我们班约有四十人，女同学五人。两个留短发穿男制服的女生，其中一人我即刻认出，另一人我隔了很久才知道是女的。其实，女子男装，言行举止总会有几分女性特征，但我等性格愚直之少年很难觉察出来。

前一位就是霞姐，我坐第一排中间，她坐在我背后。霞姐看样子长我二三岁，性格内向，寡言少语。但待人真诚，善良，确实像个大姐姐。她喜欢读书、唱歌。其他几个女生，也都爱唱。恰好我和吴绍金、李金岭、吴文元等几个男生也都爱唱歌。所以，三年里我们丙班的歌咏娱乐活动，是很有点名气的。二年级时，全校歌咏比赛，我们丙班歌唱队男女同学，日夕排练歌颂修青藏公路英雄题材的《二郎山》，其中一节男高音怎么也

“顶”不上去，后来改成年纪最小的我和吴绍金独唱。但我们也没把握，有时上去，有时上不去。怎么办？只好认了。比赛当晚，我们人人兴奋登台，担当那一节男高音独唱的我们俩，更是跃跃欲试。临场时，不喜不惊，心无旁骛，竟然一下子“顶”上去了。其后的跟唱也十分顺利、自然，最后获得了歌咏比赛第一名。

平时，周六周日或不上自习的晚间，我们几个爱唱的男生，坐在教室各人的座位上唱歌。走廊或通道上，每每有人走过，总是高歌不停，尤其看到是女同学，越是唱得起劲。当时最爱唱的歌有《康定情歌》《我们新疆好地方》《小河淌水》《水兵恋歌》《勘探队员之歌》《敖包相会》等。

每天吃早饭前，也是在教室前排队唱歌，统一吹哨开吃。一周一次音乐课，另外还有全校合唱队 。主题歌曲是《义勇军进行曲》以及以光未然、冼星海创作词曲的《黄河大合唱》为中心的抗日救亡歌曲。当时距离抗战胜利不到十年，大人们记忆犹新，少年们更是新鲜非常，那些具有深刻血肉之情的歌词歌曲，唱得我们人人热血沸腾、激动不已。这些歌曲，直到现在，我依旧时常吟唱，从头到底，毫不打愣。

老师们也有几位喜欢唱歌的，担当音乐课的康乐园老师自不必说，还有一位教化学的女老师彭腾华老师，我们学生给她起了个外号“黑牡丹”，其实，她皮肤一点不黑，人长得漂亮、可爱，又会唱歌。她在给我们上课做实验时，两根短辫子镶嵌在那张桃圆脸两侧，乌黑的眸子紧盯着面前的酒精灯，微翘的樱唇似乎随时都能流淌出动人的歌声。彭老师给我的印象始终同我小学的音乐兼数学老师马士讷老师的影像暗相重叠，只是马老师略带稚气，像小姑娘，彭老师老练成熟些，常见她和尹荣定、李春亮老师等说说笑笑，一块儿去教师小食堂吃饭，走起路来两手插在裤兜里，英气勃勃，令男女同学都很艳羡。

当时新中国成立初期，经过两次战争，一切都在恢复发展、巩固提高之中，农村中学，关于娱乐，大致都局限于校内。至于社会外部的娱乐，除了济南铁路局电影放映队，每隔一两个月巡回来车站放映一次电影之外，几乎等于零。学生每天课业繁重，周一至周六的安排是：六点起床，洗漱，六点半出操。七点吃早饭，八点上课。一连四节，其中一、二节和三、四节之间间隔二十分钟，十二点半吃午饭，下午一点半上课，接连两节，三点半至五点半文体及自由活动。晚饭后接连三节晚自习。学校规定，第一节晚自习开始读报 15 分钟，每班选出两三名读报员，每晚轮流读报。听读报时一概不许做其他事。然后做作业，温课，预习第二天课程。做完作业之后，分别交给各位课代表，或由他们直接收取。第三节可以自由阅读，鼓励看小说。九点统一就寝。

一天里的作息时间安排，全由校工李纯师傅准时敲响的钟声有序进行。钟声几响，区别鲜明，起床一响，集合出操两响，上课与自习两响，下课与预备一响，开饭三响，午睡单双轮响。

每天早晨操练之后，全体学生集中于大操场听校长训话，然后值日教师登台提问时事。只见他（她）从一个小口袋里掏出写有名字的小竹牌，提出昨天世界发生的大事，叫中选者当场回答。有些调皮的学生为了“安全”起见，趁着值日老师疏忽，想方设法要把写有自己名字的小竹牌偷出来。

那时候，普遍没有电气设备，就连难得看一次电影，也要由放映队自带手摇发电机。晚自习怎么办？点汽灯。这种汽灯大体有两种，有底座的和没有底座的。燃料还是煤油，石棉灯泡，经常出问题，点着点着，光就暗淡了，灭了。还得有人脚踹着课桌上去打气，或者到总务室换一盏来。

每天天刚黑，校工李纯师傅都在汽灯室里点燃汽灯。一盏盏摆满几案，灯盖上用白漆写着“一甲”“二乙”“一丙”等。每晚由值日生负责来拿来送。

有电影的晚上和周六晚上不给点汽灯，学生宿舍只有一盏小煤油灯。那就说说看电影吧，每当有电影队巡回，全校师生一起出动，扛着椅子到二里外的八义集车站广场看电影。说“广场”好听点儿，其实就是一片凹凸不平的淌水沟。

物以稀为贵，我对当时看过的电影几乎都能罗列出来。不过没必要，还是拣主要的吧。刚入学不久，看的是《六号门》，反映新中国成立前天津工人受封建把头剥削和压迫的悲惨生活。后来陆续看了《哈森与加米拉》《沙漠里的战斗》《神秘的旅伴》《山间铃响马帮来》《梁山伯与祝英台》……大部分都是少数民族以及反特之类的片子。影片中的插曲尤其令人喜爱，经常咏唱，从少年唱到中年，唱到老年。比如“缅桂花儿哎，哎哎——十里香啊啊——戴花，你要常年地戴，莫要把鲜花丢路旁……”，这些电影大都由王心刚和王晓棠担纲主演。

彭老师经常用她那银铃般的嗓子唱这部电影的插曲，听得我们如醉如痴。有一回，她唱着这首电影插曲打我们教室旁边走过，她一旦唱这句歌词，我们几个爱唱的学生，立即为那段长长的间奏打着舌鼓，弄得她很不好意思，羞涩嬉笑而去。

那时的师生感情十分融洽，班主任老师经常挽着男女同学的手去野外游玩。我们丙班的班主任老师，在八义集车站看彩色电影《梁山伯与祝英台》时，从一开始到终场，一直将一位女同学揽在怀里，母鸡焐小鸡一般，弄得全班学生不敢回头。这位班主任的行为一贯较为放纵，他甚至利用寒暑假，到这个女生家里去，女生母待之为上宾，还给他做了一双厚毛翁[①]，班主任公然穿到学校课堂里，上课时在教室里趿趿拉拉，出出进进。

现在想想，当时的管理过于放松，个别教师不太遵守道德规范。

新中国成立后那种宽容放达的师生关系，有利有弊，一方面密切了师生关系；另一方面也客观上纵容了少数行为不检的教师。

---

① 用芦花编制的冬日防寒草绒鞋。

我的学习与阅读

入学时，我就及时交完费，领了新书，先睹为快。课程表有语文、数学（几何、代数）、物理化学、史地、动植物、生理卫生、政治常识等多门。我上初中第一年，是班里年龄较小的一个，排在第一排第四个座位，同张德鹏坐在一起。我对每门功课都喜欢，尤其热爱语文课。一年级时，课本中古典部分占有很大比重，既有诗经、唐宋诗词，也有现当代小说。开篇第一课就是君子于役，投我以木桃等。也有大作家茅盾、赵树理、丁玲、周立波、刘白羽的文章。戴宗专老师担任语文老师，他讲解认真细致，一丝不苟，特别强调背诵。戴老师教我们吃透文句文意，注意词句结构、虚实搭配。比如他讲解志愿军英雄罗盛教救助落水少年的事迹那一课。戴老师边读边表演，边引导我们思考：

“他一边跑，一边脱棉衣，下面该怎么着？噢，对啦，跑到就立刻跳到水里。”同学们也都读得兴奋异常，热汗淋漓，我更是如醉如痴，忘乎所以。

每两周作文课总是牵动每个学生的心。课代表或老师自己将阅改过的一大摞作文簿快要发光了，最后总要有三两人的留在老师手里。这些被留下来的，分别作为范文和恶文当众宣读，以示褒扬和批评。

我的作文每学期总会有一两次被当作范文在班上宣读。戴老师带有家乡土音的朗读很有魅力，记得他在为我们读壮族诗人韦其麟的爱情民歌体长诗时（题目忘记了），对于其中的诗句——“古卡啊古卡，伊丽啊伊丽”十分投入，左手捧书本，右手拿粉笔，有时插在裤兜里，边读边左右微微晃动着身子。有的学生听着听着哭了起来。

另外，戴老师曾经花了两节课对我的一篇作文《星期六的晚上》详加分析，重点讲解，文末书写在我作文簿上的一段近乎文言用词的评语，以及令我深深敬服的毛笔行草体，更是使我激动不已。如今，这些经过恩师批改的作文簿，早已不知丢到哪里去了，所幸，没有丢掉的，还有老师的恩惠，家人的辛劳，学生时代的忧苦。

我的其他几门功课也都不错，虽然不太喜欢数理化，但成绩还好，最突出的就是语文史地等科目。每次期中期末考试成绩几乎都是我和张德鹏“轮流坐庄”，不是他第一我第二，就是我第一他第二。

我从第一学期起，就利用课余时间投入阅读，同时用一点零用钱订阅了《中学生》《萌芽》和《文艺学习》三本杂志。一年级我读过山东作家峻青的短篇小说集《在河边》以及孔厥、袁静的长篇小说《新儿女英雄传》，还有女作家白朗的《地道战》等抗日文学作品。二年级时，在言语无多的霞姐的影响下，我逐一阅读了巴金的“《激流》三部曲”“《灭亡》三部曲”，茅盾的《春蚕》《子夜》《腐蚀》《蚀》，周立波的《暴风骤雨》以及《吕梁英雄传》，苏联文学《钢铁是怎样炼成的》《静静的顿河》《远离莫斯科的地方》等。学校图书室藏书有限，几乎都被我们几个爱读课外书的人看完了。有的书不仅读一遍，甚至读上三五遍，书页都被翻烂了。比如《新儿女英雄转》的开头，至今记忆犹新：“牛大水二十一了，还没娶媳妇。他娘死得早，家里只有老爹和小兄弟。没个娘们家过日子真难啊！……”还有那首儿歌：“小小子儿，坐门墩儿，哭哭啼啼，要媳妇儿，要媳妇做什么？点灯，说话儿；吹灯，做伴儿。”

爱屋及乌，耽读小说，连带也就崇仰作者，我觉得作家很了不起，孔厥、袁静究竟是什么样的人啊？真想见上一面。心里常想，嘴上常说，同学们看我很着迷，干脆送我一个外号——小作家。

演讲比赛、作文比赛

大约二年级或三年级上学期，分别举行了全校规模的两场比赛：演讲与作文。演讲比赛夺冠者乙班高圣银，他的讲题是闻一多的《最后的演讲》，高的演讲语调慷慨激昂，有声有色，仿佛就是当事者本人，给全体听众留下深刻印象。奖品是当时最受青年学生欢迎的苏联小说《钢铁是怎样炼成的》，此书开头的作者留言几乎人人会背诵。

作文比赛的题目忘记了，时间似乎是三年级上学期，我获得第一名，获奖作文全文被张贴在学校布告栏里。全校颁奖大会上我登台领奖，由教导主任徐烈发奖。奖品是鲁彦写的小说《愤怒的乡村》，一个笔记本，一枚小镜子。

对文学一往情深

课内偏爱语文和作文，课余耽读中外名著，使我眼界大开，原来广大世界有着这么多未知的人和事。为了认识这个世界，我要珍惜一分一秒的时间，努力学习，不断充实自己，做个对国家人民有贡献的人。

文学艺术，是天然的组合，我热爱读书，同时也喜欢音乐和绘画。读书和音乐可以说一直伴随着我，但绘画没能坚持，放弃了。初中时代的《黄河大合唱》组合中的每一首歌曲，我都爱唱，从《黄河船夫曲》到《保卫黄河》《黄河颂》《黄水谣》，我都会唱。其次喜欢内蒙古、新疆和西藏等少数民族的歌曲，对祖国西北西南充满浪漫的向往。我也喜爱戏曲，爱听京剧、豫剧、黄梅戏，不忘家乡的拉魂腔，最痴迷于曲调悠扬婉丽的昆曲。当时的几首歌曲时时在校园回荡：黄梅戏“树上的鸟儿成双对，绿水青山带笑颜……”《小放牛》：“今天天气好，呀子尼嗨呀……”《新疆颂》：“我们新疆好地方哎，天山南北好牧场……”《敖包相会》：“十五的月亮，升上了天空哪——”《康定情歌》：“跑马溜溜的山上，一朵溜溜的云哟……”

一年四季，从早到晚，歌声在这片坐落于半年绿野、半年黄土的平畴中始终回荡不已。

“少年心事当拏云”，文学和音乐陪伴着我的青春，洗涤着我的灵魂。在我的前方逐渐闪现出一方玫瑰红的理想的霞光。

班里同学之间相处很融洽，有几个和我很要好，其中就有张辅世、霞姐等。二年级寒假，张辅世邀约我和霞姐到他家玩，他家祖父母亲和弟弟辅仁待我们很亲切。张家生活较为富裕，冬天有炉子，隔三岔五还能吃上猪肉熬白菜，在煤炉上烧得咕嘟咕嘟冒气，营造出过年时一家人祥和的空气。张辅世初中时代一直是我的入团介绍人，他对我的入团十分关心，但遗憾的是，我一直未能如愿，颇令他失望。其实原因很简单，三年间，每次都卡在那位班内年龄最大、政治资源最富、学习成绩最差的李某典手上。每次和我谈话，总是先表扬我一大堆优点，然后停一下，傻笑两声，两腿不住地捯弄，作“稍息”状，换来换去。最后安慰一句：“等下次吧，继续努力。”

此君后来进了县计生办，大学一年级暑假我回家，曾在运河镇见过一次。天将黑，我和张辅世一道散步，一个身影猛然从路旁站起来，叫着我的名字，随之寒暄了几句。从此别后无所见，但他的名字永远都不会忘记。

老师风采

初中三年的课程有十五六门，教过我们的老师也有二三十人之多。半个多世纪过去了，但几乎每位老师的音容笑貌都清晰地留在我的记忆里。

教学栋位于校舍东列最南边一排房子。这栋房子建筑较为高级，高出地表三个台阶，地面水泥光亮平滑，冬天残雪没化，走在上面不小心会跌跤。最西端是校长室，常见一位身材不高、体形微胖的老人，他就是去年我专门跑来找过的张弼忠校长。张校长每日或坐在办公桌前等待师生来访，或巡视校园各处，解决各方急难。每天上完早操，张校长登台讲话，宣传时政要事，通报校内诸事，随时奖惩善恶。第二间是教导处，初中时代，经历过四代教导主任：李觉生主任、骆维周主任、韦耀主任和徐烈主任。骆维周主任，听口音似乎是东海一带人，他经常站在走廊上，瞅着一位小同学，用尖细的嗓音亲切地跟她打招呼。他那浓重的海州方言给我留下鲜明的印象，至今难忘。

校长室和教导处以下，皆为老师们的宿舍兼教研室，向东次第排列，若沿着走廊自西向东走一回，室内老师的活动情景尽收眼帘。老师们大都单身在校，两人一室，各占一半，临窗放桌椅，靠墙置床铺。夏天支蚊帐，冬日生煤炉。

宋伴樵——上面略有介绍。宋老师本是我的乡党，宿羊山宋庄人，我进入八中前就时常听人说起他，赞扬他的才能，以为乡里少年未来之榜样。宋老师和我们丙班班主任钱宗泽老师住在一起，东侧临窗前一张紫漆木桌，桌上放着高脚煤油灯，西侧放床，一床整齐华美的绿色缎被。他担任物理和化学课老师，喜欢音乐，爱拉胡琴。他有一把比较高级的二胡，是从徐州买来的，平时挂在桌端东墙上。课余时经常听他房间里传出悠扬的胡琴声。宋老师喜爱的大都是古代名曲，诸如《梅花三弄》《寒鸦戏水》《光明行》《汉宫秋月》《良宵》《病中吟》等，我都比较熟悉。冬天，我们最爱去的就是宋、钱两位老师这个房间，烤烤火炉，听听二胡演奏，有时也拉上几弓子。

徐烈，本是宋伴樵老师的表兄弟，同样在家乡时有所闻。他俩幼时都不叫现在这个名字。他平时不大言语，但又不乏幽默，和学生打扑克，时常“耍赖”。冬天，口袋里藏着小铁盒“孔雀羚”香脂，偶尔会和我们学生的一样。冬天寒风凛凛，面皮皴裂，时常买些蛤蜊油搽脸，后来鸟枪换炮，我也买了一小盒香脂。男女同学，几乎人人都有。上课时教室里暗香流动，芬芳四溢。我当时十四岁，个子矮小，坐在第一排靠西门口第四个位子。初入学时没有讲台，老师们上课大都把教案和粉笔盒放在我的课桌上。徐烈老师担任数学老师，记得有一年冬日，混合着香脂味儿的粉笔末，迷雾般向我扑来。尤其那一件颇为惹眼的蓝咔叽列宁服新棉袄，两只袖子在身子两侧蹭来蹭去，嚓、嚓、嚓，响个不停。

徐烈老师后来在八中入了党，做了教导主任。八中时代的老师，后来有好几位调入了运河中学，包括宋老师，但徐烈老师没有调去运中，从我们初中毕业时就断了消息，不知去了哪里。

张可群老师，大个头，宽骨架，较瘦，但精神抖擞，发音洪亮。他的粉笔字很潇洒，有时能写出毛笔的韵致。张老师在黑板上每遇到写“拉大脚”的汉字，例如“放”“大”“教”等，最后一笔，看那动作犹如芭蕾舞里的“白鹤亮翅”。我受惠于张可群老师多多，做教师后受他影响，可使用粉笔写出一整板行草，笔画婉转盘曲，粗细有别，扁平自如，神采飞扬，自觉颇带有毛笔风格。直到三年前我在课堂里，有时上完课，学生走光之后，随便写几首诗词，利用粉笔的软硬、尖钝、横竖的不同角度，尽量模仿毛笔，在黑板上练习毛笔板书，独自站在教室里自我欣赏。

汪仲清——汪老师东海人，一顶帽子始终盖在眉毛上，家乡口音特别重。他为我们上生理卫生课，讲授“蒸发”一节，当场念一段课文：“滴一点酒精在自己的手背上，你就会感觉发凉，这是为什么呢？这就叫蒸发。”汪老师读起来抑扬顿挫，有声有色，极其鲜明地流入我的耳朵。我不但会背，还会模仿，有好几次，晚上第三节自习，大家都有些累了，不愿继续苦读，便一起撺掇我表演汪老师讲“蒸发”。有一次，我三两步走到自己的课桌前边，转过身子面向大家，将帽子卡在眉眼上，随即模仿起来，引得全教室内哄笑一团。有一次，我正在表演，偶尔转头向门外望去，看见值班老师正站在走廊上看着我，他是谁？不是别人，正是汪仲清老师！他没有任何反应，默默然走了过去，倒弄得我很尴尬 。

别看他人很清瘦，平时看起来精神有些萎靡不振，但打篮球时，他的动作十分敏捷，满场飞跑，酷似沙漠疾风。

骆继伦——地理课老师，听口音像是苏南人，他爱抽烟，牙齿不太好。冬天套着一件柿黄色毡毛大衣，似乎从来不扣钮子，脖子上松松垮垮挂着一条围巾。他上世界地理，讲到非洲沙漠，同学们记不住那些奇奇怪怪的山川地名，比如非洲西北部的阿特拉斯山脉，不论念叨多少遍，也不往脑子里去。骆老师教给大家一个“窍门”，他大喝一声：“丫头拉屎”山！虽云粗鄙，但很管用，永远都不会忘记。

王孟如——王老师先后担任我们的生物课老师，一年级是《植物学》，开篇印着两幅彩图 ：切开两半的苹果籽粒分明，还有米丘林像。二年级是《动物学》，一幅家兔解剖图，五脏六腑，栩栩如生，看得我有点儿惊心动魄。王老师是当地人，或许是教师里年龄最大的。他个头不高，衣着整洁，腰带紧紧勒在衬衣外边，显得精明强干。他走进课堂，先把教科书摊在讲台上（后来添置），用一只手按一按，然后搔搔头皮，开始就前一周讲的内容提问。他先念题目，接着在点名簿上，上下观察寻找一番，弄得大伙儿心里怦怦直跳，然后他才慢悠悠报出名字来。王老师的提问很全面，什么都问，生物的育种、播种，生长成熟，雌雄交合，无所不包，而且喜欢向女生提问。听王老师上植物学课，时常令我想起我家的菜园。每年春天，母亲把南瓜、黄瓜、向日葵等种子，放在麦糠里，浇上水泡两天，等发出嫩芽，就开始点种。镢头刨个坑，捏一颗籽粒埋在坑里，堆个椭圆形。过几天，种子破土，长出嫩叶，使我感到很惊喜。然后接连几天，浇水，用杂草为幼苗搭凉棚，防止阳光毒晒。听着王老师讲课，每每引起幼时联想，无端生出几缕乡愁，几分思亲，几度悲凉。

教授音乐课的先后有两位老师，最先是康乐园老师，全校只有一架风琴，逢到上音乐课时抬来抬去。入学时的音乐课，以及全校开展《黄河大合唱》，都有康老师一份功劳。

二、三年级的音乐课改由一位和我同姓的老师担当。这位陈老师教给我们好多首少数民族民歌，曲调优美，我们很爱唱。他有一个厚厚的本子，似乎抄写了很多歌曲。每教一首新歌，都要翻翻这个本子。但这本子又好像兼做日记。有一回他把这本子丢了，被一个调皮的学生拾去，当众大声朗读起来：“这两天心情不好，又莫名其妙想起兰来，为什么又想到她呢？嗨……”

这位陈老师在我们毕业后不久就升任八中校长了。

还有教授体育课的王老师，瘦而健，在大操场上体育课，脖子上套着一个铜哨子，荡来荡去。总是叫学生排成两列，他面对大家讲话，露出满口金牙，有时候又闭不严，罩着一张红脸，颇为吓人：“同学呀，这个钟点呀……”他一边讲话，一边抓挠不停，两臂，大腿，弄得我们很不好意思。说到激动之处，他嗓门高昂，面红耳赤，仿佛跟人吵架。教新动作时，王老师先做一两遍示范，然后让学生一一学习。他的体育课不能说不认真，但总叫人有几分畏惧，提不起劲来。

其他老师，留下的印象有深有浅，就不一一介绍了。

评议助学金

初中三年，幼小的心灵初涉世间冷热寒凉，经历各种苦乐悲喜，饱尝潜在的精神压抑。评助学金便是其中之一。先是，每学期结束时，学校发给每个学生两份材料：《成绩报告单》和《助学金申请表》。前者登录着该学期各门功课的考试成绩，以及操行评语。凡有不及格者标红字，操行评语一栏由班主任老师填写。这是交学生带给家长看的。后者就是为了新学期开学后评定助学金用的。家长看过成绩单和操行评语，总有一份满满的喜悦，因为学习成绩没话说，操行也是年年甲等。至于助学金一事就无法过问了。

但自己心里还是割舍不下。栏目中的家庭经济状况，包括土地、房屋、人口，自然由自己照实填写，此外还有村、乡、区各级政府的审核签字盖章。村长不大管，自己写好后拿给村长，他往往一边干活（打场、晒粮或拉车、耕地），一边掏出小小木章，扔给你自己盖。然后去乡政府或区政府。当时，乡级是有的，区级有时有，有时没有。我上初中三年是有的，记得我们宿羊山区秘书姓“戚”，大家都喊他“老戚”。暑假期间，他专门吩咐陈庄村长，通知我们三个中学生平文、孝文和我到区里帮他计算各种报表。暑假，乡间最为繁忙，家家户户为收庄稼、整地、播种等农事操劳不已，连孩子都派上用场，看家，照顾弟妹。借用一句日本谚语——猫爪子都想借用一下。但父亲还是反复叮咛，一定要做好这份光荣的任务。我们三个人三盘珠算，老戚将几大摞资料，各乡镇的已缴和应缴的公粮和余粮等各类报表搬到桌子上，由他念数字，我们三把算盘噼里啪啦一齐打，只要有两人打出的数字一致就算通过。如果三人都不一样，那就再打一遍。我们干得勤勤恳恳，一方面认为是区领导对我们的信任，另一方面也想给戚秘书一个好印象，以便求他在助学金申请表的区政府意见栏里写得好一点。老戚倒也乐意送个人情，大致对我们自己所填的内容都写上“情况属实”几个字，然后盖上红印公章。

我在唯一搭大伙的第一学期里，早饭三碗大米稀饭就[①]萝卜豆小菜，没有干的吃，中午竹筐箩大米饭，晚上玉米金色馒头就豆瓣酱……写着写着，流涎了。

我当时因为不久前家里遭受厄运，一蹶不振，生活一直不如意，但困难都由大人们负担，家族成员中最小的我几乎没有受到多大难为。助学金虽说只有 2 元，但对自己的学习生活不无小补，

① “就”，伴随，这里是“佐餐”之意。

在当时来说，还是很管用的。过了第一学期打菜伙的黄金期，第二学期就断了，但平文和孝文都一直有。从个人找原因也有两点，一是刚刚参军的二哥从每月 6 元钱的零花钱里节约下来，半年间一次性给我汇来 10 元现金，桑皮纸封套，红色文字，丝线缉边儿。有一天钱老师悄悄拍拍我的肩膀，手里拿着这样一个桑皮纸信袋，用剪刀当场剪开，抽出不久才改为新币的 10 张面值 1 元的红版人民币来，默默交给我。还有一件，一次我回家拿的煎饼中，母亲在高粱里掺了一把小麦，磨成糊子烙出的煎饼，红里泛白，尤其好看，早饭开饭时，从大厨房抬出来馏在笼屉里的煎饼，唯有我那卷绑着名牌的煎饼赛过刚睡醒的婴儿腮帮，在那些灰暗的山芋或薯干煎饼里特别显眼。诸种因素凑在一起，随之断送了我首次吃学校装在大管箩里的大红米饭的快感。

三年级上半学期，家里生活愈趋艰难，回家不大容易拿到煎饼了，班主任朱灿然老师看不下去，批了 6 元补助金，为我解决一学期伙食方面的燃眉之急。

二、三年级，我们宿羊山地区的几个学生，主要靠回家拿煎饼。周六下午相约一起离校，天黑时分抵家，当晚母亲忙着簸粮食，淘粮食，夜半套驴上磨磨糊子，嫂子支鏊子烙煎饼，小半晌午（10 时光景）烙完。母亲拣出较为整状的 20 张来，叠好，是给我带走的。我家鏊子大，一尺八，别家都是一尺六。一天三张煎饼足够了。问题是小菜怎么弄？要么夹在煎饼内，但一经压挤，汁水尽出，不仅浸泡煎饼，而且干焦无味。

不得已上街买了一只瓷壶，秋凉时节，将“拉秧的青红两色辣椒”[①]一切两半，晒得半干半湿，一起混炒豆腐干，美味无比，装满一小瓷壶。煎饼用笼布（从粮站买来空面口袋，拆开成四方形）包好，打个结背在肩上，一手提小瓷壶。几个人尽可能等在一起走，说说笑笑，不觉得累。11时出发，三四十里路程，下午两三点钟可到达学校。也许有读者想，为什么不用塑料袋呢？嘿嘿，当时还没有塑料袋，到了二十世纪六十年代的大学时代才有所谓塑料这玩意儿。

说起这段路程，可不像今天的柏油路或石板路，而是乡间泥土路，晴天里还好，坑坑洼洼，可以拣着走，到了阴雨天，可就不一样了。有一年寒假开学在即，我干了一件傻事，直到现在都很后悔。我竟然光着腿脚在冰雪泥水中走了大半天，到达学校时，打来一盆热水，泡了半天都没有恢复知觉。

每周的最初两三天，新鲜的煎饼就着可口的小菜，吃得很舒服，但也就是这几天，有个李某岭同学，一眼“标”上了我的小菜壶，每到开饭时，他就拿着筷子走过来，左肘儿压在我的肩膀上，右手里的筷子，频繁地在我小菜壶里捯弄，不到周四，小瓷壶就给吃个底儿朝天，李同学也不再来了。当时，心里虽然硌硬，但又不好得罪他，我以“友善”回应他的“亲切”。因为我有私心，正在申请入团，他是团干部，惹恼他没好

---

① “拉秧”，秋末清理瓜菜园地，改种其他当季作物。此时的青红辣椒由辣变甜，尤其适合“甘口辛口”转换期的老人儿童食用。

处。嗨，细想想，我做学生时候的忍耐力比现在好多了。不得已只得到八义集街上买点用荷叶或故纸包裹的酱菜，来凑合周末的一两天。

到了二、三年级，农闲时期，我们陈庄三人也叫家长轮流送过煎饼，每逢周日将三家制作的煎饼集合在一起，由各家父亲轮流挑到学校去。路程不远也不近，三位老人也都五六十岁了。挑着担子走三四十里路，现在的人简直不可想象。不过，只有一两轮就停止了。仍然由自己回家拿干粮。

后来实行统购统销，不知为何，学校将一部分油分发给每个人，于是人人都忙着搜寻小瓶子装香油。那时候没有塑料瓶子制品，弄个玻璃瓶子并非易事。平常上课教室内的窗台上摆满瓶瓶罐罐，像酱园店，吃饭时各人搬上课桌，浇在米饭上、煎饼内或分到的小菜碗中。

初中二、三年级时，实行简化汉字和推广普通话，国家文字改革委员会主席吴玉章，陆续公布第一批和第二批简化汉字，我们班由毛笔字写得好的耿庆邦同学，将规定简化的汉字，繁简两体对照着写在两张大桑皮纸上，张贴在教室后墙上，让每个人都能经常看到。这使得我们这一代人由“繁”入“简”，虽然经过一番苦记苦练，但也受惠良多，对每个简化字的由来十分熟悉，知道它们是谁的“后代”，不会像现在好多年轻人那样，对繁简两种汉字的“亲子”关系感到不解。推广普通话，使得老师和学生的南腔北调也有很大改善，但学生不算很难，倒是难为了老师们。年轻人接受新事物总比成年、老年人来得快，到了自己进入老年才深有体会。就拿我个人来说，大学时代一口普通话，在上海生活了两年，全部听懂了上海话，后来调来南大，居住古都金陵，南腔北调，既混杂一处，又无所依凭。

初中三年也有几件新鲜事和滑稽事。随便举出几件来：

其一，过年时各班和个人互赠贺年片。那时没有印刷好的成品，但自制贺年片更具人情味儿。班级之间一般由会画画的同学画些小幅绘画 ，再写上祝福语即可，个人之间则各显神通，有的贴上各种颜色的小纸花，有的用小竹筒吸附红墨水喷洒。虽属粗制，亦显真心。

其二，除“四害”，打麻雀。记得二年级下学期，麦子长到大腿深，全体总动员，按照同一时间，站在田野里，各人保持一定距离，到时一声令下，敲锣打鼓，齐声喧呼，使得麻雀无处躲藏，飞翔不息，疲劳致死。此事只是短期实行过，后来忽有鸟类学家力争给麻雀平反，说它虽然啄食粮食，但也同时捕捉害虫，随之为麻雀平反。此鸟从此获得解放。“四害”少了一害，拉上老鼠补缺。

其三，半夜里查血丝虫。当时有一种传闻，说血液中有一种小虫，叫血丝虫，单在人睡眠时活动明显，因此半夜里全宿舍人被叫醒，在耳朵上采血检查，使得大家战战兢兢。但没听说有谁被查出有血丝虫病。

初中时代，平日课程安排相当紧凑，各门功课老师布置的作业都很重，晚间三节自习课，有时前两节不够用 ，只得拖到第三节。尤其是临近毕业，为升学考试用的各科复习材料每天雪片般飘来，真使人有时感到应接不暇。那时校内所有印刷品一律使用钢板、蜡纸和油墨印制，记得当时全由写一首好字的温纪民同学刻字，再通过油印机一页一页印来，发到每人手中。我也写过钢板，但总是不如意，尤其是喘出的热气一熏蒸，蜡纸湿漉漉的，分不出刻写的白色缝隙，而小温手法十分娴熟，不但字字清晰，而且字体整齐，笔画潇洒，十分好看。

宿舍偶记

初中生除了紧张地学习之外，课余晚间多半待在宿舍里。全班一个大房间，双人床，入学时从八义集街上置办一些生活用品，八分钱买一只陶制小泥盆，洗脸洗脚共用。记得盆底涂白漆，自然形成几层云纹。还有单人芦席，以及洗漱用品。一开始睡在门口床上层，没有遮拦，夜半翻身掉下地来，身子没摔伤，小泥盆砸碎了。后来换在底层，床头顶着北边窗口，外头离手压水井不远，一大早就听到伙房负责挑水的武师傅，哗啦哗啦压水的响声。因为没经验，芦席太短，脚头还剩一大截床板，小腿抵着席子边缘，扎扎拉拉，很不舒服。绿宝香皂放在枕头边，被老鼠啃去一半。

我们丙班的宿舍距教室很近，顺着走廊经过戊班和丁班，下边就是丙班教室，只有几步路。记得当时经过南北通道，踏上西侧教室长廊时，时常看到戊班一位小女生和她的几位女伴，在教室前边的空地上踢毽子。那时，在我们家乡，踢毽子本为男女少年常常所爱玩，没有什么好稀奇的，但这位女生不但动作娴熟，还会时时表演“上脸儿”，那就是很稀奇的事了。所谓“上脸儿”，就是用脚踢起毽子，用脸部接住。这本是男孩子的“专利”，不想这小女子也打破常规，颇觉非凡，印象至今深深留在脑中。

男生宿舍里，全班三四十个男孩子睡在一个大房间，冬天一时睡不着觉，很不“老实”，熄灯铃响之后，还要说笑“胡侃”一段时间。最富代表性的就是自创歇后语，你一句我一句，不乏“佳作”，大家先默默思考，随后一人出题，全体思考一番，鸦雀无声，突然有一人猜出，全室哗然。那些歇后语多数都很“臊”，上不得台面，说过就忘了，有时还会惹出麻烦。记得有一次有人先说出上半句：“W 医师看病”，两三人一起作答：“肚子疼抹红汞！”全室哄笑不止。正在余兴未尽，全都沉浸于喜悦之中时，一个低沉的声音，从黑暗的门口传来：“谁说我看病抹红汞啊？”于是，全体惊骇，不敢再出声了。——那天，W 医师轮到值宿。

闹了一阵，便昏昏欲睡了。十四五岁的少年，冬天也不觉得特别寒冷，经过一天上课苦读，体育锻炼，或下乡劳动、东跑西奔，弄得筋疲力尽，倒头就睡着了。不大听到打鼾声，倒是另一种声音频发——锉牙。借用古人所形容，东边浑如刀切玉，西边恰似石磨沙。

十五六七岁的男孩子，大都开始进入青春期，不少人已经有了生理躁动，我也有确实体会。但谁都讳莫若深，不好意思说出来。班里一位同学，和我无话不说，他迷恋上一女生，但那女生似乎同另外一名男同学恋爱了。他如醉如狂，每天晚饭后强拉着我诉说思恋之苦。我对他十分同情，但又无能为力。我们俩一边在一片白薯地里转来转去，始终找不到解决问题的良策。我劝说他想得开些，天涯何处无芳草？干吗拘泥于一女一身。后来，这位同学因健康原因休学了。那位女生没有升学。

有一年夏天午睡过后，下午上课的预备铃已经敲过，一位Z姓同学，忽然从床上起不来了，仿佛生了重病，哭丧着脸托邻床的人代为请假，说要晚到些时候。原来他午睡时香梦萦怀，摆脱不开。使得腿间之物挺然而立，一时不肯服软，慌乱之中只得坦露真情。

还有，多数学生家中都很清贫，只有一条被子，冬天普遍找人“通腿”，互借体暖，度过严寒。我曾经和几个同学“通过腿”，记得有一年冬天，和一位年龄大我些的同学通腿，半夜酣睡，忽然被惊醒，觉得左脚脚心，不住被一根温热之物有节奏地顶来顶去，既非手指头，亦非胳膊肘，正想发问，随即明白，为了不使对方难堪，我故意装作熟睡不知，让他尽情陶然其中。

当时，八中宿舍也很紧张，各年级总有一班男学生轮流到八义集街临时租借的宿舍住宿。那是一座颇为阴湿的大瓦屋，当中搭起一排木板床。有一次一位 G 姓同学，无端找碴儿欺负我，将我身底的那块木板一脚踢得塌下来，还要扔我的被子。他人高马大，恃强欺弱，我敌不过他，只得耐着性子，默默强忍下去。这些小事，不值一提，但都是上学时的小小记忆，聊作当年生活羽翼之一闪，随手捕捉，笔以录之……

初中三年总算走过去了，毕业时的成绩还算满意。唯一一项成绩不太理想，体育。只有 60 分。那时候，要求严格，体育不及格不能毕业。各门功课考完之后，我还留下体育课考试——拉单杠，引体向上，只要过下巴颏儿就算及格。为此，我反复求班里体育委员，晚饭后和我一道去大操场拉单杠，拉了几个晚上都没成功。体育委员腻烦了，我便对他说：这是最后一次，再拉不上去就算了，保证！他这才勉强跟在我身后走到单杠下，谁知一使劲过了脖颈，照及格算，好，总算过关了，可以考高中了！

升学考试

1957 年暑假，我从八中毕业，报考刚招生两届的邳县运河中学高中部。记得那年高考时期，连降暴雨，大运河涨水，随时都有决口的危险，河岸上人声嘈杂，灯火辉煌，日夜有人巡逻。我们八中的考生，由朱灿然老师带领，头天晚上赶往县城运河镇，临时住在运中“工”字形校舍的毗邻——邳县党校平房。朱老师派我值总夜班，交给我一只三节电池的长手电，叮咛我睡得警醒些，一旦水情有变，立即向上级报告。还好，夜间无事，第二天就是考试的日子，招生办的领导安慰我们不用担心，全力投入考试，一门心思放在答题上，有人保护考生。终于，紧张的一天过去了，我对高中升学考试自我感觉良好，虽然试题全都忘记了，但当时的印象对各门的回答大都比较满意。

第三章　青春之门（下）

运河高中时代（1957 年秋—1960 年夏）

高中第一年

1957 年 8 月 28 日，母亲依旧像三年前一样，为我套好棉被，到碾庄乘火车去运河中学。新生分（一）班和（二）班，我在（一）班。全班成员大部分来自本县“邳中”和“八中”，多是常见面没说过话的同级不同班的男女。少部分来自古邳、铜山等地。好友张辅世，仍与我同班，那个踢毽子的红班（原先是戊班，因为全是少先队员，后改称红领巾班，简称红班）的女生也坐到最前排去了。宋伴樵老师也调转到运中，仍然教授理化课程。

高中一年级上半学期（1957—1958），师生同学之间互相了解和熟悉得有半年时间，虽说好多人来自八中，识得君面，但只是表面印象，并不知道各人志趣及爱好。第一学期很重要的一项课外活动是仍然持续初中时期的除四害任务。麻雀平反了，化敌为友，剩下“三害”——苍蝇、蚊子、臭虫，再递补上一害——老鼠。开春二三月，“草色遥看近却无”，再过一两周，天气渐暖，麦苗返青，远观之，田野一派油绿，好似无边无际的巨幅绒毯。我们班被分成好几个小组，我同原八中乙班的朱同学等三人，上午课余时间，各人扛着一把铁锹，下湖挖老鼠。田间老鼠就是田鼠，也就是《诗经》上的《硕鼠》，幼时念过“硕鼠硕鼠，无食我黍！三岁贯女，莫我肯顾”，意思是：“老鼠呀老鼠，不要偷吃我的粮食了，三年来的辛苦养肥了你，我的死活你一点也不顾及。”谁都知道，《诗经》是古代典籍，离现代好几千年了，可见田鼠自古就是庄稼一害，一直偷吃祖先的粮食，而我们现在每天挖老鼠，能一下子灭得了它们吗？

有老鼠的地方总有些异样，接连不断地挖下去，有时能掘出裹在一团干草和枯叶中的幼鼠来，那也是特别高兴的时候。挖鼠是硬任务，必须按计划完成。挖鼠的成绩以鼠尾计算，每天都要向班主任老师汇报一次，再由班主任将全班成绩汇总上报。我记得挖鼠一事高一高二持续两年，放寒假回家也带着任务。有一年我未完成，还向生产队长要过几条充数。

我们高一（一）班，班主任是刘寿凯老师，刘老师是常州人，身个儿不很高，面孔白净，穿戴整洁。冬天一件丝绵袄，脖子上的羊毛围巾于左侧耳下前后交叉，围成个倒“6”字形。他教我们两班新生俄语，课堂上十分认真。俄语中的卷舌音“P”，是一大难关。记得有个姓花的同学，对“П е р о”（钢笔尖）一词一直读不出来，刘老师“必绕必绕”一遍遍教，花同学“必涝必涝”一遍遍学，但始终“绕”不到准确的发音上来。男女同学只得暗暗窃笑。既为他着急，又怕因为他而拖课。

语文老师林正和，林老师是浙江温州人士，毕业于南京师范学院（南师大前身）中文系。性情温文尔雅，身子弱不禁风。或许他自幼生长于南方，过惯了安逸的生活，突然只身来到苦寒贫窭的苏北，后来听说大学时代又碰上那场“反右”斗争，林老师也被“刮”了一下。所以，出现在课堂上的他始终是一副愁眉苦脸的形象。

林老师上语文课，一边捂着肚子，一边脸朝门外，似乎有些心不在焉，但他也有满心欢喜的时候。那是他在讲遇到好诗文激发他的兴致的时候。他满怀欣喜，带着他的温州方言，一字一顿，忘情地读着课本上柯仲平的诗：

延安契（吃）的小米饭，
延安圈（穿）的麻巧（草）鞋，
你为什么还爱延安？

林老师的温州方言以及十分认真的面部表情，鲜明又深刻地留在我的记忆里，至今不忘。

林老师朗读课本上袁水拍的诗《寄给顿河上的向日葵》：

你这顿河岸上的向日葵，
开着轮子似的火红花。
好像是太阳做的，
静静地站在顿河岸上。

你这肖洛霍夫的心爱，
葛利高利曾经坐在
你的翠绿的叶子底下，
和他的娜克西妮亚谈情……（记忆不确）

林老师把我的一首扫盲小诗，拿到课堂上高声朗诵，他的一口混合着温州方言的普通话，融进一腔热情，十分动人，至今记忆犹新：

大波（白）马，波（白）亮亮，
大娘骑在它身上，
大娘今年六十六，
扫盲模范传遍乡。

记得高一那年冬天很冷，临近春节放寒假时，林老师要回温州老家过年。暮色朦胧之中，张辅世、李静杰、李凤舞和我等七八个人，一起送林老师去运河车站乘车。那时车站站房与月台位于铁道北边，火车要是早到，机车头紧挨着十字路口，上下车都要惊心动魄地绕过喷着白热水蒸气的火车头。所以，60 多年后，我在翻译川端康成《雪国》和三岛由纪夫《星期天》时，写到绕过火车头的文字，自然联想起高中时代的运河车站来。

寒假短短的两周瞬息即过，期间我给林老师写过信，他也回过我。高二上学期，全校师生开展“反右”，先是“大鸣大放”，互相提意见。师生对校领导，老师和老师，学生对老师，对同学。平时交往中的疙疙瘩瘩、恩恩怨怨、鸡毛蒜皮、鸡零狗碎，一律写成大字报、小字报，铺天盖地张贴在屋檐下、走廊上。白纸黄纸有光纸，糨糊干湿，墨汁淋漓……

学生们对校领导了解甚少，眼里只看到周教导主任的夫人，比他年轻得多，不知出于何种想法，对她贴了不少大字报。我呢，说实话，不是很积极，凭空捏造，一向不为我人生所取。但又是硬任务，是有指标的。正好，有位老师，在课堂上谈到我们未来考大学，曾说过这样的话：“我劝你们实际些，少想北大清华，能考上徐州师院也就不错了。”他的话是合乎当时运中实际的。但我听了有些反感，因为他的话和我初中以来的理想不一致，为我所不能容忍。立即写成小字报，当面贴到他教研室的椅背上。从此以后，在课堂上，这位老师不看我，我也不看他。

学生中也搞得很热烈。有一两位同学受到的冲击很大，甚至影响后来的升学。有的同学干脆转到徐州或其他地方了，有的退学了。老师们互相贴了一阵子之后，也只是一团混战，不了了之。林正和老师据说早在大学时代已经有过结论，不再追究。所以他没有受到冲击。只是他愈加忧郁，愁眉紧锁，少言寡语。听说有胃病，上课时总是一只手捂着肚子。我们高二寒假时，林老师没有回温州，夫人来看他，带来些羊肉。林老师点起煤油炉炖羊肉，有几天，语文教研室内时时有羊肉飘香。……

出乎意料，1958 年大炼钢铁时代，记得一本杂志封面上印着领袖手拿一只无缝钢管，号召增加钢产量，十五年赶英美。当年年产 1070 万吨。为了完成钢铁生产任务，全国城乡掀起轰轰烈烈的全民大炼钢铁群众运动，几千万人夜以继日，大搞“小（小高炉）、土（土法炼铁、炼钢）、群（群众运动）”。各行各业都支援“钢帅升帐”，“一切向 1070 万吨让路”。“以钢为纲，全面跃进”，电力、交通、水利、邮电、教育、文化、卫生等事业也都开展“全民大办”。甚至科学研究、诗歌书画，都要“大跃进”，放“卫星”。

我当时也不甘落后，积极投入。作为学生，人人都无条件服从，可以说没有一个人抱有疑虑。我个人甚至尤其振奋，或许因为其中含吮着初萌的“爱的记忆”。记得我当时和另外三位男同学，站在一座大高炉炉顶添加煤炭，三位女同学在下边用小簸箕端煤运送，其中一位女生姗姗而来，不慌不忙，每次都轮到送到我手里。是偶然碰巧，还是心灵暗示？唉，无端惹起闲烦恼，有话将谁告？但转念一想，何必一厢多情，自寻烦恼。

当时，我还为大炼钢铁运动，写过这样一首《浣溪沙》：

“黑云压城城欲摧，炉火冲天天欲破，夕阳平地水漫脚（jué）……”遗憾，上半阕忘记了，只记得下半阕了。

不久，宣布人民公社为全民所有制，并试点“向共产主义过渡”。操场上支起一座座小高炉，专为炼钢使用的徐州煤矿和枣庄煤矿的优质煤炭——黑又亮，源源不绝投入炉膛。学生中选出一位 W 姓同学，日日坐在炉前，时时用钢钎拨活炉膛煤火，使其充分燃烧。说起总指挥老师，你可能不会相信，不是别人，正是林正和老师！

林老师带领我们（一）班全班同学，和（二）班同学开展竞赛。他时常光着晒得红黑的膀子，出出进进，到教室里找班长和团支部书记谈工作。

到了秋天，林正和老师身体看样子愈加不好，胃疼常犯，讲课时总是捂着肚子，愁眉不展。这年入秋，妻子来探望他，不久他就自动辞职，回温州老家了。从此我们就不知道他去了哪儿。接替他的语文课的是一位光头大耳、两只炯炯有神的眼睛，除了上课，一天到晚吭哧吭哧喘粗气的老先生——薛鹤琴老师。薛老师教授高中两班语文课，一直到我们毕业考大学，将近两学年。我都是语文课代表，同他接触最多。他开始为我们上的第一堂课就是毛主席词《水调歌头·游泳》，薛老师引经据典，从

《三国志》吴孙皓时期的童谣“宁饮建业水，不食武昌鱼”，一路讲来，取譬联想，触类旁通。两句话整整讲了一堂课。最后指明要旨：这两句无疑就是写作者行踪的。

高中语文包括伟人诗词在内，名篇佳什，琳琅满目。薛老师每堂课都上得很精彩。尤其是观摩教学的日子，全县语文名师集合于运中，教室里济济一堂，各校老师精神紧张地听薛老师侃侃而谈，认真做笔记。我们学生也战战兢兢，将课业背熟，随时等待薛老师提问。一堂课的时间很快过去了，人人意犹未尽，不肯离开。现在想想，听薛老师讲课真是难得的文学享受！薛鹤琴老师之后，我再也没有见过如此深刻难忘的课堂语文讲解。

高雅静淑的周雪婴老师

周老师夫妇都在邳县教书，丈夫在运师，她在运中，教我们代数、三角。周老师是南方人，据说是苏州师范学院毕业。她身个儿不算高，皮肤白净，头发乌黑，一番融合吴侬软语的女性话语很有魅力。逢到上代数，周老师讲课，念书本上的拉丁字母：“三哎——科三哎；特宁思哎——科特宁思哎”，高低疾徐，抑扬顿挫，仿佛在吟诗，在唱歌。

周老师讲完一段理论之后，要进行求证。她拿起圆规或三角尺在黑板上画图。当她转过身子，一头经过精心电烫、布满“旋涡花”的头发，出现在全班学生眼前。我不由觉得乌云翻空，油光闪亮，在深蓝色上衣和暗花围巾的衬托下，高雅，靓丽，成为一道深印在脑海里的不灭的风景。估计时间快要下课了，她就将左手缩在讲台下，低头看看时间。逢到此时，我们也就知道要下课了。

然而，由于我性格腼腆，又不太亲近数学，所以高中三年，不记得和周老师说过话。

但是，当我接到北大录取通知，第一个回到母校运中时，首先见到的就是周雪婴老师。记得她从教研室前走廊上过来，见到我，满面春风地叫着我的名字，喜笑颜开地说："你考上北大啦！"我听了十分激动，几乎流下泪来。周老师终于用喜悦和温爱同我这个土里土气的乡下少年开启了语言交流之门……

离开母校运河中学之后，我一直未能再次见到周雪婴老师。

还有一位程老师，教我们历史，扬州人。高个头，精明爽快，一副江都嗓音极富魅力。我和程老师"混"得很熟，后来他也回南方了。二十世纪七十年代初，我调到南京工作，又见到了程老师，他住在南京亲戚家时，经常到我家里玩，我也到他南京家里看他。程老师依旧热情洋溢，快人快语，我们师生二人彼此甚为相得。

暗夜行路般的高二时代

生活上一日三餐，头天傍晚先由生活委员或轮值进行订饭，就是把钱粮（粮票）交清，最后将全班订饭人数报送大伙房。不记得当时早饭有稀饭，只记得午饭吃蒸米饭，一只四方铁盒子，四个人一组，用筷子从中间画十字，分成四份，一人一份。学生每人都有自备的碗筷，开饭时派值班小组到伙房运饭抬开水。开水装在圆铅桶里，铅桶左右有两只耳朵，两人分别用左右两手抬着同向而行，铅皮滚烫，开水咣当不止，碰到抬水人一高一矮，互相担心，一直到教室前边放在矮台阶上，实在是一件艰苦备尝的差事。

记不清吃什么菜，有时只记得配上一碗自己班里种的青菜烩豆腐，有时菜碗会藏着一条肥胖的白色菜虫。晚餐似乎是个扁长的白面馍馍（卷子）。到后来，粮食越来越紧张，馍馍没有了，换成了豆面窝窝。每人课桌上摆着一只黑红窝窝，仿佛棋盘。似乎肚子不曾吃饱过。

但没有听到过谁叫苦，同学们都把精力投入学习之中。当时一二年级时运河镇上依然没通电，高二下学期县领导下通知，实行突击，全校这才通上电。记得那天黄昏，电工们攀上屋内屋下，拉线装荧光灯，晚自习时，全校大放光明，师生兴奋异常。从此以后，告别了汽灯油灯时代。

记得二下时，遇到过一件倒霉事，遭偷了。窃手不是外人，正是班内一位退学前往边疆的学生，寻机偷走了。有一天，我发现枕头下的衣服少了：锦纶背心、红三角运动短裤和“学生蓝”长裤。另一位同学少了一件毛衣。当时正逢困难时期，这三样东西对我来说是多么重要！我呼告无门，痛惜不已，张辅世见了十分同情，陪我一起到窃贼家乡寻找，其时那位同学早已远走高飞了。

为了释放胸中悲苦，我逢人就诉说一通。周六下午，我回家，在新华书店门口偶遇本班那位女同学，也对她说了一番。她听了很同情，但也不想多谈，只是羞羞答答说了几句慰藉的话不肯多说下去。不过，经过“高炉送炭”到“失窃慰语”，想想近来各方迹象，心中不免萌生一种莫名其妙的温暖的思绪，若问到底源自哪里，我也说不清楚。

二下开始，我沉下心来投入学习。首先上好语文课，作好作文，同时结合课文及老师讲解，重点强化古典文学，以便迎合毕业后的升学志愿。古典诗词文学中，我选择了冯至的《杜甫诗选》，高中语文教科书上有杜甫诗篇，我推而广之。戏剧则以郭沫若写于抗战时期的历史剧为重点，尤其喜爱《虎符》，和信陵君同样为剧中人物的如姬尤其使我感动，为他们二人的爱国情怀与朦胧恋情所迷醉。此外还苦读《诗经》，连带着深入钻研了杜诗一些著名篇章。阅读了郭沫若的历史剧。和我同位的同学杨万春在我的笔记本上为我抄写《诗经》的原文与现代译文，珍贵的同窗友谊，至今难忘。经过一番苦练自学，大大充实了自己的古典文学知识范围。

自二下以后，我感到来自班内个别干部一伙的嫉妒与压力，他们嫉妒我什么呢？来源于何种事情的压力呢？我也闹不清楚。

只记得有一次，校长办公室的甘老师叫我去帮忙填写三好学生奖状，顺便问我：你们班的三好生年年都评给某某某，他的考试成绩只属中等水平，到底怎么评上的呢？我一时无语，心想，校领导都不解，我哪里会知道呢？

但在班干部群里，班长刘顺中似乎是个独立的存在，并且对我极为信任，委任我为治安委员，掌管教室钥匙。为我初萌的情感发展提供了不少交流酝酿的良机。自打我遭受偷盗之后，校内治安良好，似乎从未再发生过同类事情。刘顺中考入北京矿业学院，我曾到矿院找他一道玩过，后来听说改名中国矿业大学搬迁徐州，就没有联络了，我一直很思念他。

勤工俭学与文体娱乐

高二时开展了勤工俭学，班里同学结成团，到车站货场抬石头，我也去了几次，随即作罢了。后来部分学生自发去运兽骨，我也没去。但我和几个同学一起参加了运河大桥的新桥梁建筑工程，还和李成早一起学会了工地上打夯的号子。那声调很是沉重、有力，外带几分悲怆。直到现在，我有时还会哼唱一时：

提起来呀，
哎——哎嗨嗨嗨嗨——呀，
放下去呀，

哎——哎嗨嗨嗨嗨——呀，

建大桥呀，

哎——哎嗨嗨嗨嗨——呀，

嗨——嗨呀，嗨呀。

不惜力呀，

嗨啦啦地伊呼嗨呀，

嗨呀，嗨呀，嗨呀……

当年夏季，大桥工程完成，同学李文法去大桥工地拾字纸，凭着自己的辛苦获取一笔收入，颇为感人。小李三年高中，一直对我很好，兄弟二人，兄长是我初中时的美术老师。高中时全校举行“诗海画林”活动，我们俩负责谋划，配合默契，全部诗词的撰稿及书法都由我负责，小李负责总设计，美术老师尹荣定帮我班剪制了“诗海画林”四个大字。那次“诗海画林”活动，我班在主题设计、思想内容、会场布置等方面，最终获得总分第一名。

高中时代仅有的一次演剧活动给我留下深刻印象。剧本名称记不真切了，大概叫《阴谋》什么的，内容是一位医学老专家，回国参加社会主义建设，遭到一位满脑子资本主义的学者暗算，关键时刻，受到接待和陪伴他的年轻护士的保护。剧中的医学专家由我扮演，阴谋学者和他的帮手由另外两名同学扮演，那位女护士则由班内那位女同学扮演。当她在化装后，身穿洁白的护士服，笑吟吟来到我身边时，我一时愣住了，好半天才认出来。

不过现在回想起来，一次偶然的演剧，我们几位戏中扮演者，后来走向社会的职业和命运，竟然与角色相差无几。当然，不是说饰演坏人的两位同学变坏了，而是两人都人生日短，青春早逝，令我唏嘘不已。

高二时期还有一项勤工俭学活动，就是纳鞋底，每人分到一套材料和工具，课余时做布鞋，男女同学一下课就将鞋底夹在两膝之间，先用锥子从鞋底扎个眼儿，然后将两根麻绳分别从两侧穿进去，锁紧，然后再扎新的眼儿，再用麻绳穿进新眼儿锁紧。就这样，一周间可以纳好一双鞋底。

班内不祥事

除了我等遭遇某同学偷窃之外，还有一件，那就是秀才沦为小偷。

原本八中时代与我同在丙班的一位品学兼优的D君出事了。他和我们一道升入运中，也和我一样，身个儿猛蹿，但我走路笔直，D君两只手臂很长，佝偻着身子。开始他一年级时各方面表现照样很好，想不到二年级时，有了一种怪癖：一旦进入百货公司，看到琳琅满目的商品，就想白拿一件自己使用，尤其是衣服。他屡次作案，已经被反复拘留施以教育，但始终不能痛改前非，弄得全班都为他甚感惋惜。记得一个周末的晚上，班里好多同学看电影去了，那天晚上电影场放的似乎是《乌鸦和麻雀》，我因为有事没有去看，很遗憾，所以记得很清楚。等到看电影的同学都回来了，洗漱完毕，大家上床聊天时，发现D君还没有回来。一个同学担心地说："可别又被公安局给抓走了。"一句话，提醒大家，于是全寝室的人都睡不着了。

等到天亮，果然没有出乎大家的预料。

当天中午，一只白面卷子孤零零搁在盖式课桌上，等着它的主人吃它。

上面爬满了苍蝇……

但这位同学实属一时糊涂，同学们都一致认为他本质良好，后来他果然以实际表现痛改前非，据闻获得了全县民办中学教学奖。

祖母去世

1959年寒假前大哥到运河看我，兄弟二人站在新华书店门口，他特意平静地告诉我，奶奶过世了。他怕我过度伤悲，安慰我说，一切后事都办完了，你不必挂心，安心读书，准备明年考大学。我想到一生护佑爱抚她的三个孙儿的奶奶，永远离开了我们，我回家再也见不到她慈祥的面孔、听不到那欢笑的话音了，不由得悲从中来，泪如泉涌。

寒假我回家去，母亲的粗布棉袄外边，还勒着白苘绳。母亲对我说："奶奶看不出有什么不适，临走前想喝一碗萝卜汤，可哪里有呢？就平静地走了。你哥把奶奶的事办得很周到，真是没白疼他。"

从此，家里永远失去了奶奶那副慈祥而和善的面孔，听不到她亲切的呼唤了，再也看不见那背着粪箕，在家后菜园徘徊的身影了。但奶奶一直活在我的头脑里，我经常梦里回家，远远看到堂屋里点着灯，等我跨入大门，正要喊一声"奶奶"，灯灭了，忽然惊醒，随之鬓角流下清冷的泪水。那些幼年时代奶奶给我讲的文学历史故事，却永远存留于心底，成为我心灵中从事写作与翻译的不绝的源泉……

查验飞行员

高二那年暑假，学校进行一次空军飞行员征兵体检，经过政审和县级、地市级体检，全校高初中班，包括我共有男生七人合格。记得为我查体的一位女医生，十分仔细，她叫我赤裸着下身，正对坐在她面前，各种工序都做了。一个多小时，是我既恐怖又羞怯的一次体检。

接着，校办主任甘老师带领我们七人，乘火车到徐州接受江苏省级体检。当时我们落脚东车站附近一家旅馆，伙食很好，大米饭，青菜熬猪肉，美味无比，原来人间会有如此佳肴！

当晚躺在旅馆的睡床上，夜间听到车站上女声广播："各位旅客，由北京开往上海的13次特快，马上就要进站了，请大家做好准备，等候上车。”约略一个小时后，再次传来那种车站广播特有的美妙的女声：“各位旅客，由上海开往北京的14次特快，马上就要进站了，请大家做好准备，等候上车。”

此种美妙的女声广播，屡屡搅动着我的万千思绪。我便想，这些乘坐最高级车厢，来回于两大城市之间的，都是些什么人呢？为什么他们能省去挤车的烦恼，自由自在，东跑西奔，而自己作为一个农村的孩子，却活在这片穷乡僻壤，受尽艰苦，而没有出头之日呢？眼下来查飞行员，说不定就是改变命运的好机会，我还是吃好睡好，保持良好心态，信心百倍迎接明日体检，争取当上一名光荣的空军飞行员！

省级体检似乎尚未就绪，当天，我们便一同去云龙山，拜谒了云龙大佛，拍了纪念照，甘老师坐在山石上，我和李士君分别坐在他两侧，几个年龄小些的初中班同学，站在后排，摆出各种姿势。

第二天，吃过早饭我们跟随甘老师来到市内体检地点，记得做完一般检查后，一位中年医生叫我仰卧在台子上，时而轻柔，时而用力摸按我的肚子。等检查完之后，他便若无其事地问道：“你小时候还来过尿[①]？”“来过。”我只好如实回答，哪敢撒谎？这可是行前学校领导再三强调的纪律啊！“那好，起来吧。”

---

① “来尿”（lái suī）：乡语，即尿床。

过后，我问同来的小李，他说那位医生也拿这话问他，他也回答“来过”。小李说，看来没望了。接着他又说，他本来也不想当飞行员，想考大学。我听后，默默无语，一派茫然。

回到学校，在校领导和班主任老师指导下，专心致志为应考大学而奋斗。薛老师安慰我：“飞行员你未必适合，你的目标是北大。”

当年高考分三种：一、理工类，二、医农类，三、文史类。原来两班高中拆散，重新组成一、二、三三个班组。第一类人最多，二类次之，三类人数较少。高考科目，第三类文史类为语文、俄语、史地、政治常识。

不久开始报志愿，当年江苏省高等学校招生委员会规定：文科类考生，第一志愿北大和南大中文系只能二者选一，就是说报北大就不能再报南大，报南大同时也不得报北大。当时班里几位同学，出于莫名其妙的原因，同我暗暗争名额，都抢着报北大。作为班主任的刘老师，只好找每个人谈话。我当时想，只要刘老师找到我，我就毫不犹豫放弃久已梦想的北大，改报南大。结果刘老师都一一劝退了，直到最后都没有找我。我也就顺水推舟，听乎自然了。

于是，我的报考志愿决定了。第一类：北大中文系、北师大中文系、复旦新闻系；第二类：复旦历史系、南大历史系；第三类：徐州师范学院……最后：听从国家分配。

七月初旬，前往徐州迎接考试。考场设在徐州四中。其中，语文又分为“甲”和“乙”两部分，“甲”是作文；“乙”是古文翻译。

第一天上午考语文，座位两两相邻，我坐在入口门边第二个位子，光线明亮，较为有利。同桌是手表金星笔，我没有手表，只有一支吸饱上海民生蓝墨水的三号小型博士钢笔。

作文题目为《记一次有意义的劳动》，格子稿纸双页一枚，一页 500 字，两页 1000 字。时间 40 分钟，限时交卷。我稍作思忖，便选取我写过的作文，内容是我当年参加刘山闸工地义务劳动的经过。预先写明构思要旨：1. 开门见山，一开头就点明主题；2. 记述其过程，突出重点；3. 阐明“有意义”的理由……

开头第一段是这样的：

假期，我参加一次刘山闸工地劳动，那是一次很有意义的劳动。

写作很顺利，几乎没有什么改动。末尾正巧写到最后一行的一多半，结束了。

半小时后，考语文乙，原文是文言，似乎选取《艾子后语》的一段，二百字左右，没有标点符号。原文大意是：艾子出行，发现有人将一碑碣搭在水沟上作小桥。艾子说，这是谁干的呀，对古人太亵渎了。

两点要求：点标点；翻译成现代汉语。

标点，我点的全对，翻译也很通顺流畅。只有对“亵渎”一词有点模棱两可，一时找不到适当的译语，用了“开玩笑”这个词。回校问薛老师，他略一沉吟，随即点头：“可以。”

第二天的文史考试更有趣。本来高考范围十分广泛，为了给考生一个大概的范围，我们每人手里都有一册《高考复习提纲》，平时在校时基本照提纲划定的范围复习，念得滚瓜烂熟，凡是不列入《高考复习提纲》的，规定不考。

那天中午午睡，因兴奋而睡不着，顺手将《高考复习提纲》拿起来随便翻翻。那是一本用报纸纸质印的，灰乎乎的，又轻又软。看到那些画满红线的段落有些厌烦，换个没有画红线、不会考的段落，歇歇眼睛。于是看到了不太注意过的“井冈山会师”一段，不知怎的，忽然觉得很新鲜，很重要。其实，凭着我的脑袋，早在课堂上都记住了，这回不过再次得到强化罢了。

谁知，下午的史地考试打开试卷一看，大吃一惊，试卷中真真有这么一道考题：“请简述一下井冈山会师经过”。我兴奋异常，将那一段原原本本回答出来，一个字一个标点都不差。其他各门“俄语”“政治常识”的考试，也都很顺利，心情十分愉快。

高考结束，各自回家。我在东车站买了二斤月饼，枣泥馅的，提着回家了。回想多年前，到台儿庄考初中，看榜上无名，也是同样买了枣泥馅月饼带回家的。接着我再去母校见了各位老师，回答了薛老师对我的详细询问，然后就徒步去山东小哥那里了。

假日手足情

高中三年三个暑假，我都在小哥工作的苍山县（兰陵县旧称）。

这条路我已走过好多遍了。同父亲一起走过，单独一人走过，很少坐车。先是经过呦鹿山东边，每次都念叨着“呦呦鹿鸣，食野之苹”。然后，越过苏鲁省境，这里除了一道普通沟渠之外，最明显的就是公路断然不一样，南边的较为宽阔，公路一侧栽种着绵延好几公里的银杏树林。北边邻接的山东一侧，路面较为狭窄。第一座集镇是长城，再走一段就是坊前、芦作，到了下午，看到小塔山，精神为之一振，因为再蹚一条河，再渡一次水漫的石板桥，就到卞庄了。提到这条石板桥，我有过一次冒险，或曰“拿生命开玩笑”。或许就是这一年暑假，我走到这里，天上乌云翻滚，地上大雨不停。河水漫漫，绿草漂浮。我开始蹚水过桥，时时提醒自己，小心过河，万不可大意。我用一根茼杆子探路。（翻译《伊豆的舞女》时，读到舞女抽了路边的竹竿，随即联想起当年）踏稳水下青石板桥面，两眼时刻盯着两边水草。要知道，身子两侧的两条水草线，就是石桥的两边边缘。万不可踏入一步。否则滑入深水，喊救命都来不及。出奇的沉着心态，使我安全渡过水下石板桥。不一会儿，雨住了，天晴了，终于到达苍山。

当时小哥复员后回到苍山县林业局当会计，县委机关设在塔山东侧斜坡上的一片红瓦房中。东边一片果树园。局长是一位姓刘的老革命，单独居一室，办公室白日是干部们会聚、吃饭的地方，晚上便是小哥的住房。屋角落一张大床，中间两座文件柜隔开。办公桌设在对面靠墙边。一天三顿饭，大都是馍馍加小米绿豆稀饭，就芫荽调腌大头菜，美味无比。中午吃新麦煎饼，有时会有辣子炒小公鸡。春末孵出的小炕鸡，到炎热的盛夏，刚好长到一斤多重，正好，长过了和未长成都不行。宰杀快炒，烩以新鲜红辣椒，令人垂涎三尺。弟兄两个同桌共食，此番光景，何能再现？

这当儿，我结识一位原籍东海县姓逯的科员，我们俩都酷爱唱歌，因为不久前在校刚看过印度电影《两亩地》和《流浪者》，其中的插曲，歌词苍凉悲怆，曲调优美动人，唱得我们俩晕头转向，茶饭无心。这些插曲中的唱段和过门，反复重合，相互映衬，迷魅情深，无以言状。有时他唱我哼曲，有时我唱他哼曲，饭都顾不上吃，一组电影插曲，像一条绳子，紧紧把我们俩捆绑在一起。半个月后，两人依依难舍，回家那天，我不得不一大早躲着他偷偷逃了出来。

第二年暑假，遇到一位老史科员，记得他大热天喜欢喝热茶。其间，全局人员去文峰山游玩避暑。老史用自行车带我，一行人浩浩荡荡向百里以外的文峰山进发。车行剌剌，炎阳热风，四方形的货架上垫着一只折叠的线口袋，滑来滑去，硌得屁股生疼，很是受罪。文峰山山高林密，清凉宜人，倒也玩得痛快。据说山上有革命烈士墓，找了好久，未得寻见。……

林业局有一位工人老金，山东本地人，平时在果园里劳动，中午到局里和大家一起吃饭。老金和我关系极好，他买来饭菜，摘掉头上的芦皮帽（我们家乡俗称席夹子），吃饭时，坐在我对面，边吃边聊，问这问那，嗓音浑厚，笑起来似乎还有两只酒窝。我和老金短短两个多星期，同样相处得难舍难分。

第三年暑假，考完大学，我又去山东。到达苍山后，知道小哥有任务，下去到本线石门附近的山区农村“搞社教”去了。我听了一下子蒙了，怎么办？今晚到哪去？思忖半天，先去汽车站买一张开往石门的汽车票再说。

我买了一张票（这张票我一直贴在日记本上），在车站傻等着，心里茫茫然，不知如何是好。不料，一辆由临沂途经苍山驶往峄县的班车抵达，有人到了目的地；有人临时下车休息。于是，我灵机一动，登上车厢，坐在中间的过道椅子上。我底气十足，因为有车票在手，不怕查票。开车时，乘务员点来点去：“咦，怎么多了个人？哎，开车！”汽车开动后，我放心了，约莫四五点钟，我从石门下车，放眼一看，周围青山罗列，黑云攒聚。曲折寻路而行，经过南菜园等地，天黑前到达前龙湾。

小哥蚊帐支在一间又黑又暗的草房子里，大暑天，倒也阴凉舒适，具有浓郁的沂蒙山区的韵味儿。

第二天中午，一位乡民在我们屋子门口支锅煮了一锅鲜鱼，招待我，吃得我好痛快。午睡前，我偶尔瞥见门口方桌上，放着一本新出版的 1960 年 7 月号《人民文学》杂志，封面上显赫地印着毛泽东、刘少奇等国家领导人接见以野间宏为团长的日本文学代表团的大幅照片。当时万没有想到，后来我会学日语，更没有想到，二十多年后，我竟然去了小石川野间宏的家，时常通信，还陪他访问了南京各地。

由此，我怀疑，命运或许有约定，有暗示。

后来几天，我几乎天天跟着那位乡民外出炸鱼。取一只干净的啤酒玻璃瓶子，填满炸药，捣实，密封，找一处清流湾湾，点上捻子，等火即将进入火药之时，投入水里。我赶紧跑开。只听轰然一声，回头一看，清流中白花花一片，全是被临时震昏的山白鱼，捡了满满一篮子。

其后，那位山民朋友一直记挂着我，我也想念和他一起炸鱼的日子。但直到大学毕业，我都没有机会再回前龙湾会他。最近我专门询问了我的侄儿江山，他说那位朋友可能最近不幸病逝了。论年龄，他大约离九十不远了。我悲戚不已，再也见不到这位深情、朴实的山民朋友了。

喜接北大录取通知

暑假快要结束了，小哥要到枣庄开会、办事，我要回家，兄弟结伴而行。偏巧路上遇河水猛涨，激流滚滚。两人相互搀扶，觉得没过膝盖的水流随时都会把身子冲倒。只得靠近水中的树木，小心翼翼，谨慎前行。到达枣庄，住了两天，上车那天又逢暴雨，前往车站时，丢失了高考功臣——3号博士钢笔，跑掉布鞋鞋底。坐在车厢里，浑身透湿，到达徐州，入住一家旅舍。店老板娘一人独坐店中纳鞋底，只有我一人登记入住。我悄悄掀开被褥一看，上面布满尿花，臊气充盈。此时雨过天晴，看看天色尚早，便退掉旅舍，买张东陇海到达碾庄站的火车票，回家了。

刚到家门口，侄女月兰从家里跑出来，迎头拉着我的衣角就说："小叔，你考上北大了！俺老爷[①]上街去给爸爸发电报，叫你快回来呢。"

听到这一喜讯，我很激动。不久父亲回家，讲述了在街上打电报的过程以及周围人们为之恭喜的情景。顺手拿起饭桌上的省招办的鼓鼓囊囊的粗纸质信封，抽出好几份材料，其中有北大学生会和校团委的祝贺信，此外还有《入学须知》，所带物品通知等。

① 乡语：老爷即祖父。

在家休息几天，便去母校运河中学，当时学校里空空荡荡，老师和学生大都回家休假，只有几位居住在运河镇的南方老师经常在校。在走廊上迎面碰到周雪婴老师，周老师满面春风，呼唤着我的名字对我说：“你考上北大啦！”周老师充满感情的吴侬软语，使我听了感到无限温暖。要知道，多数出身南方的老师，大都与我们这些铁路北的又穷又土的学生基本上不交流，一年间也说不上一句话，如今周老师主动跟我打招呼，我怎能不无比感动?

再去看一直关照我鼓励我考北大的薛鹤琴老师，其时他已经调到铁佛寺中学去了，没有见到。几个我想见到的同学也都不在学校，盘桓两日我就回家了。

那年，大哥正式调入县农林局，负责岔河地区的蚕桑指导工作。当时《邳县大众》小报还报道过他写的新闻稿。为了练习写作，他还专门买了一本绿色封面的《臧克家诗选》研读。

八月底，菜园边上的转莲（向日葵）叶子打卷儿了，母亲为我套被褥。学校原来的旧被子太薄，母亲正发愁，觉得北京肯定比家里冷。大哥说，不怕，他把自己新做的一条棉被送给我，外加一条西庄上的好友明昆学裁缝时，自己用碎布片拼接连缀而成的枕头皮，五彩花色，十分漂亮。所以我在上大学时，宿舍门后的双人床下层两条被子叠在一起，显得很高，开会时可以作靠背椅。专门集中过来的女同学们都喜欢坐我的床。这是后话。

赴京的日子到了，那天夜里下了暴雨，从宿羊山到碾庄的公路，左右破烂坍塌，很难行走。大哥为我扛着行李，我自己背着网兜，告别父母和家人，带着随身换洗的几件衣服出发了。

从陈庄到东龙海线上的碾庄车站（这地方以淮海战役而闻名）约莫十八里，步行两三个小时。将托运的行李缝上写着“北京大学中文系”白布条的一面显露出来，便于站上搬运人员一眼看到。不想聚集一圈儿等车的人，都以好奇的目光盯着这几个字。

记得我到窗口买了一张直接到达北京的车票，小小的长方形硬纸上印着“永定门”三个粗体字，我问售票员，他说通票只能是慢车票，中途大城市遇到快车可以随时办理加快手续。从未坐过比徐州更远的火车，对于出门远行京师，心里几多兴奋，几多畏惧。大哥送我到徐州，兄弟离别，蓦地使我怆然泪下。离开大哥，我才彻底感觉到确确实实离开了家乡，离开了亲人，独自一人的生活就此开始了。

从徐州到济南这段路程，使我既陌生又熟悉，坐上车不久就是贾汪，这里是我童年跟父亲一道卖面的地方。接着就是微山湖，我似乎不久前看过《铁道游击队》电影，还听过当时武侠小说中的原型刘洪将军在县委礼堂的报告。再向北走，邹县、曲阜，是儒家圣祖孔孟之乡，中华文明之摇篮。深夜，我透过黑暗望着车窗外偶尔闪亮的钢轨。心里联想着当年孔子周游列国，坐的是什么样的车子呢？“土人与之块”，具体的泥土块是个什么样子？有多大？方的圆的？孔子周游列国走的是什么样的路呢？是田间小路，还是康庄大道？

疲倦中打了个盹儿，醒来发觉列车右侧笼罩在黑黢黢的阴影之中，那是泰山的影像。此时，我的泰山的零碎记忆一齐涌上心头："孔子登泰山而小天下""岱宗夫如何，齐鲁青未了""挟泰山以超北海""或重于泰山，或轻于鸿毛"……今晚，我倒实实在在体验了"齐鲁青未了"是怎么回事了。醒来睡去，反反复复，总是一派郁黑，浓青。我心中一直激动难平。等到车过德州，进入河北，我才醒悟，我已经远离家乡，远离疼我爱我的父亲母亲、哥嫂群侄，走入独立生活的人生之旅了。刚才我对窗外景色的感叹与留恋，则是我少年时代家乡属于山东省的一番摆脱不掉的旧有情怀……

第四章　我与北大

（一）

走进燕园

1960年（庚子）8月末某日，北京永定门车站，刚刚停下的火车还在呼呼喘气，一个远来的南方青年，背着一小包衣物和几本书，从车上下来，站着寻望了一会儿，然后朝着停在树荫下、写有“北京大学”标记的甲壳虫绿色汽车走去。站在车旁边的人，跑着迎上来招呼道：“是新同学吗？快上车吧。”

又等了一会儿，坐满了一车人，那位老同学看看表，对司机挥挥手：“开车。”那位青年随即将胸前“运河中学”的校徽摘掉，抚平针眼儿和皱褶。

迎新的校车特意绕道天安门广场、人民大会堂、民族宫……朝着西北方向悠悠而去。车过动物园，看白石桥北侧一片菜地，远处的建筑掩映在深碧暗红的树丛里。秋风飒飒，高大的白杨树哗哗作响。车上的新生都转头看窗外，一路无声而兴奋地进入北大中关村南校门。

汽车停在大饭厅东侧，有人告诉我们，托运的行李说不准何时到校，希望新同学随时来这里看看。那是一座高大宽阔的“人”字形墙壁，墙壁上竖着几道加固的砖柱，那人所说的“这里”，就是那些砖柱与砖柱之间的空当儿。几天之后，我的一捆被褥就是被堆在这里的。

先去报到，我随中文系一位老生走进文史楼，看到报到桌前坐着一位表情和蔼的老师。他接过我手中的录取通知书和准考证等，翻检面前的一个大本子，我想那就是录取新生的名簿吧。他看一遍没有我的名字，再翻一遍，还是没有我的名字。他似乎觉察出我的疑惑，抬头笑笑：

“别急”。接着又翻阅旁边的另外一个本子，“噢，你被转到东语系去了”。

“什么？”我脑子一轰，简直不相信自己的耳朵，“老师弄错了吧，我考的是中文系，录取也应该在这个系啊。”

他顿了一下，解释道，大意是今年外语三系招生名额不足，未能满足国家外交事业发展的需要，所以从文科部分系里调拨一部分新生过去补充。

这位老师亲切的话语，一时使我无法应对。但在我心里，却像一把铁锤，击碎了我献身于祖国古典文学事业的美好理想。

中文系立即联系东语系，不一会儿，走进来一位老生，对我说，“跟我走吧。”路上他自我介绍：“我姓倪，就叫我倪桑好了，日语二年级学生。苏北宿迁人。”听他这么一说，“老乡！”我脱口而出，笼罩心间的阴郁消失了大半。老倪还主动告诉我：过几天选专业，我们系十多个专业，任你挑。我问他哪个语种好呢。他说哪个都好，任选，那是你的自由。不忙，先考虑好再说。

我随老倪辗转走过几座宿舍楼，抵达40斋。这座楼靠近海淀老虎洞，四层，南侧中央开一大门，北侧东西两门，各用一块满布尘土的大石头抵住弹簧门扉。北西门和南大门常闭，北侧东门常开，通向校内。东西两端厕所，中央大门和东西两端皆有阅报栏。俄、西、东外语三系男女均在一座楼上。楼道里无规则地停放着自行车，读报也得伸着脑袋才能看清铅字。开始时全体女生住二层，男生分住其他三层。从二年级开始，外语系女生迁至靠近南校门内的27斋。每逢开班会或举行社团活动，女生们都到男生宿舍这边来，挤坐在一起。新生未分专业前，暂时住在一楼，参加为期两周的时政学习和校内劳动锻炼。

据我所知，当时以“斋”这个颇为古雅的汉字命名宿舍楼者，全北京唯北大一家。一字虽微，足以说明当时北大独有的学术氛围。“文化大革命”后，“斋”一律改为“舍”，虽曰莫名其妙，但也不难理解。

话说当时，撂下行囊，我就独自一人到校园里闲逛。出了

40 斋，沿西侧北上，经学三食堂、校医院、第二体育馆、西三院、丁香花丛、俄文楼，穿过园林假山，越过高坡，一片林中水色展现眼前。啊，未名湖！我不由得惊叫起来。

我记不清我在哪本书读过或在何人那里听说过这个名字。总之，我对它很熟，犹如见到老朋友。我又联想起中学时代最爱读的一本小说《青春之歌》，仿佛那就是发生在北大的故事。

顺着办公楼后的湖畔道路，绕道北行，左侧是民主楼，隔着教职工食堂，“德”“才”“兼”“备”四斋纵向排列。湖北岸一条小路连接小岛和石舫，湖东岸是运动场、第一体育馆和北大的象征——博雅塔。到这里大约是校园的一大半，北面是草木杂生的园林小径中的教职工宿舍。不久前，看电视连续剧《北平无战事》，有一个镜头是湖北岸一景，使我怀想不已。

拐过东北角一座雕刻精致的汉白玉桥，踏上直通南校门的校园主干道，一路古槐阴阴，“吊死鬼”坠在槐树枝叶上，丝丝缕缕，荡荡悠悠，一不注意就撞在脸上。走过生物系、文史楼西侧，斜穿大饭厅前，经邮局小路回到 40 斋。

校内东侧向东通往一座建筑，不知何用，路南是中关园，连着中关村，科学院所在地，通 31 路公共汽车。北大正门是西校门，古典宫殿式门楼，悬毛主席手书“北京大学”匾额，与校徽同体，宝蓝底色，烫金字。进入校门向东展望正面一条石板路，经过石拱桥，通向高耸的办公楼，基座上南北两尊麒麟。门前两侧草坪上立着两根华表。北侧是我们东语系所在地外文楼，南侧是物理楼。这里听说是圆明园中清漪园的一部分，南、北、东三面的宫殿式建筑，雕梁画栋，蔚为大观。

正校门外是从西直门通往颐和园的32路“北京大学”公交车站。转弯向西再过西苑便到达终点。从西校门向南行驶，路边西侧，有座山神庙，悄然而立。再转向东方，依次是海淀站、中关村站……光是北大，就“占”了三站。

40斋隔着东西马路同海淀老虎洞（老胡同）商业街毗邻，那是我学生时代动辄光顾的地方。正面是同40斋相对的长征饭店，西侧数十米远便是一家百货店，南北门贯通，柜台分设两侧。走出南门，西邻是清真小吃店、茶叶店。跨进茶叶店，一溜齐腰柜台，站着三位长袍大褂店员，各人头顶都坠着一团纸捻子。当有人买茶叶时，店员先在柜台上铺上两张四角错开的黄纸，用秤称好茶叶倒在纸上，将秤砣打个旋儿放在秤盘内，然后折角包裹，顺手拽下一段纸捻扎成十字花，再将纸包旋转着绕上几圈，反方向捻松纸捻儿，掐断。整个过程动作娴熟，快速，堪称奇观，看得我不想离开。百货店东邻理发铺，进门右侧桌子上斜靠着一面小黑板，画着白漆方格子。拿起粉笔在格子里随便做个记号，出去办完事再来不迟。不过有时碰上和你一样的人，空号很多，师傅快速叫号，随即擦掉。那就得自认倒霉，重新排队。

我大体一个半月理一次发，用推子推短，洗头，打肥皂，擦干，冬季天冷，师傅会征求你意见，要不要涂点发油，然后吹风机吹干。价钱两角。

再向东，便是一条南北通道，路侧有一两间房屋，不知是商店还是住家。因为靠近我们宿舍，有时不愿穿越正在洒扫的百货店，便选择这条道儿。记得有一年冬天夜晚，饿得睡不着觉。有人听说那条胡同夜间卖火烧，赶紧跑去排队。只见冷月高照，短巷寂寂，什么也没有。

沿着东西胡同向西拐入商业大街。这条街不通公共汽车，不怎么热闹。西侧有电器店、旧书店、裁缝铺，东侧有理发铺、照相馆等设施。……

其实，这些情况也是我后来逐渐晓得的。刚来时，还是什么也不知道。国庆节休假两天，我便只身一人，步行寻访向往已久的世界著名的皇家园林——颐和园。我穿过几处楼阁庭苑，沿长廊经西出排云殿，登佛香阁，从山顶鸟瞰昆明湖。从中小学历史教科书上知道，这座园林本是圆明园一部分，1860 年英法联军侵占北京，将宝物抢劫一空，最后一把火将这座艺术宫殿焚烧殆尽。西方强盗的这一罪行永远刻印在人类历史上，永不磨灭！圆明园，那残破的躯体，悲壮的形象，我实在不忍面对，只得暂时留待将来。这就是我五年大学从未去那片伤心地凭吊的一个缘由。

下山后去知春亭，看港湾内小船纵横，无人管理，随即跳上其中一艘，划向湖心。一小时后，尽兴而返，依旧不见人影。

我也无心再等交付船资，权当首都给我这个远来学子的见面礼，我也就不客气地领情了。

我的行李卷晚到两三天，不记得头几个夜晚是怎么度过的。或许九月初，天不冷；或许是借用老生的寝具。

办完入学手续之后，和一部分华侨新生编在一个临时班组里，上午在一起学习、讨论，看着她们美丽的衣衫，闻着她们身上的异香，忽然觉得来到一个极为新鲜的天地。下午到“一教”（第一教学楼）南侧和哲学楼之间的菜地劳动。华侨学生也一律穿“人字拖”，在松软的地面上扭来扭去，就像舞蹈，那样子十分“嗲”。

这片菜地颇为广阔，西侧一道笔直的大块水泥板路，长约百米，将两座建筑连在一起。洁白的路面，映衬着古槐黝黑的树干，到了盛夏季节，浓荫蔽日，落蕊满地，香气怡人。

选专业时，我又找了老倪，他说那就选日语吧。对，选日语！随即在《志愿表》上的语种一栏里，填入这两个字。从此，于不经意中，选择了今后的生存之路，决定了一生的事业走向。

（二）

同学初聚

东语系60级新生大约150人，一共10多个语种：蒙古、朝鲜、日本、越南、印尼、泰国、波斯、印地、阿拉伯、乌尔都、梵文、巴利文。分定专业之后，我们60级日语班，一共20人左右，其中有三两位调干生不很稳定，出去进来，很久才相对固定。同学们来自全国各地省市自治区：北京2人、上海1人、内蒙古1人、辽宁2人、四川1人、湖南1人、福建3人、浙江1人、广东1人、江苏3人、山东1人、河北1人。开始两年，还有两位蒙古女留学生，三年级时，其中一位不幸于回国休假期间遭逢空难去世。

分定专业之后，我们系一年级新生到十三陵支农，具体地点是北京市北郊昌平县的泰陵园村，帮助农民秋收，掰棒子、拔豆子。那里是丘陵地带，土壤里混着许多小石子。同我苏北老家的土地大不一样。劳动强度大，两手甚至捋出血来。中午干累了，就采摘野酸枣，装满左右口袋，边吃酸枣边干活。

将为我们开课的张京先先生和李孙华老师也随我们学生一起去劳动锻炼。记得日语班似乎同波斯语班编在一组，自行开伙，一天三顿饭，主食每人一勺玉米糁粥，加上一个连根倒馒头（连同麸皮蒸成）。两位高个儿同学掌勺，右边一人向每人碗里舀一勺粥，左边那位顺势舀一小勺腌萝卜缨子，向粥碗里一倒，于是一碗玉米糁粥随即化为一碗水泡菜。

张老师看我和刘君、胡君三个大个子吃不饱，每顿饭省下半个馒头轮流分给我们。她当然不是真的吃不完，而是有意让我们多吃几口。

男同学分两组住在两间老屋的土炕上。每组七八个人，犹如烤鱼一般排列在一起。有一天夜里，屋棚上“吧嗒”掉下一物，正好落在我裸露的左胸上。我于睡意蒙眬之中本能地伸手抓起来甩掉，并大声惊呼。开灯一看，一只蝎子趴在屋角不动。大伙儿急忙拿起砖头把蝎子砸死。我的左胸随即肿起一个大疱，疼痛难支，好几天后才消去。

每天在秋风微凉的田间与柴屋间往来，远方半圆形金光闪耀的皇陵，掩映于苍郁的山林之中。下班时听着村头大喇叭播放的广播舞曲回来吃饭。体力劳动，当然很累，没有什么娱乐可言。在李老师的指导下，几个人苦思冥想，你一句我一句，好不容易编了一段歌词，由小白配上一首四川小调的曲子，练习熟了，就在田里演唱。泉州的张君一口福建话口音很重，唱到“镰刀千万别、别……别割脚哎”，他“别”了半天才“别”出这个字来，引得男女同学哄然大笑。大家虽然认识不久，但很快就亲密起来，干活劲头十足，精神很是愉快。

拜谒十三陵、八达岭

瞅准一个星期天，我独自一人，步行去定陵参观，拜谒万历皇帝陵墓。先走进陵区大道，看到两旁两两相对的石人、石马、石象，经过长陵附近，再转向西走。高中时代，未来京之前，曾在《新观察》杂志上读过一篇文章——《定陵发掘记》，印象很深。这回亲眼所见，倍感亲切。

定陵主体建筑由地上、地下两部分构成。地上建筑由石桥、碑亭、宫门、陵恩门、陵恩殿、方城明楼和宝城等构成。地下建筑由五座互相通连的石结构拱形殿堂组成玄宫（俗称“地下宫殿”）。

明十三陵是明朝自迁都北京后，定陵十三位驾崩的皇帝埋葬之处。十三座陵寝构成的皇陵建筑群均依山为陵，规模宏大、气势磅礴。明十三陵从明朝永乐七年（1409 年）营建长陵起始，到清朝顺治初年建造思陵时为止，筑陵时间长达二百余年。各陵名称以营建的顺序依次为长陵、献陵、景陵、裕陵、茂陵、泰陵、康陵、永陵、昭陵、定陵、庆陵、德陵、思陵。

定陵是万历皇帝朱翊钧和他的两位皇后的陵墓。建于 1584 年到 1590 年，占地面积 18 万平方米。明楼檐下石榜刻有“定陵”二字，四角及台阶都用巨石拼砌而成。明楼内石碑上刻有“大明”和“神宗显皇帝之陵”。明楼的正后部是陵墓的主体——地宫。

定陵地宫是十三陵中第一个被开发的地下宫殿，也是首次有计划发掘的帝王陵墓。地宫共出土各类文物3000多件，其中有四件国宝：金冠、凤冠、夜明珠和明三彩。

定陵的地宫全部用条石砌成，多为青石，面积1195平方米。内无梁架，为石拱券，相当高大。地宫中有7座4吨重的汉白玉石门，设计巧妙，开闭灵活。地宫中又分为正殿、配殿、前殿，和地上建筑完全一样。中殿原状陈列着祭器，那里三个汉白玉石座，座前各有一套黄色琉璃五供和一个青花大瓷缸，缸中原来盛满长明灯灯油，供点长明灯用。后殿的棺床上停放着朱翊钧和他的两位皇后的棺木，棺旁放着装满陪葬品的26个红漆木箱。

定陵地面上有展览馆，展示万历皇帝和他的两位皇后生前用物。

大学毕业后以及后来好长时间，可以说我去过无数次八达岭长城、定陵等地。除这一次利用下乡劳动的机会独自寻访之外，其余都是陪同日本客人、当翻译。长陵高大、壮阔的皇家气象，堂内永乐皇帝朱棣的巨幅画像，伴随着迷离的松影，永远晃动于我的记忆之中。记得二十世纪七十年代寒冬腊月，参加日本工业展览当翻译，每天跑一趟长城，陪同客人攀登八达岭，观赏北国风光。当时道路尚未经过安全整修，雪天道路冰冻易滑，出租车右侧轮子走路中央柏油路，左侧轮子走路边沙石路。逢到陡坡或转弯，须加倍小心。但每天都有一个颇具吸引力的“长城饭盒”。当初，旅行盒饭不是盛在塑料盒里，而是装在旁侧印着红字的粗纸盒内，有时摞在一起，挤压、浸渍，变形而破烂，是常有的事。但初期盒饭既丰富又美味，不妨罗列一下：火腿四五片、小香肠两根、煮鸡蛋一个、松花蛋半个（白雪落碧波），鲜黄瓜一条，配上榨菜、雪里蕻、豆腐丝，外加豆沙包、汽水和果汁等。嘀，光是回忆，就叫人垂涎三尺。

游行与狂欢

大学第一次下乡结束，“十一”国庆节前回校。

因为北大在城外西北郊，距离天安门很远，当时白天游行和晚上狂欢任选一项，两者不可兼得。因为时间来不及，身体也太累。大学一年级时，我选的是游行。一大早起床，食堂来不及做早餐，两个馒头，外加两根小香肠，打上一碗开水，吃着也很香甜。然后乘坐校车直开王府井大街南口，在北京饭店东侧排队，待机行动。

等到十点左右，便按吩咐排在某个首都单位之后，由东向西迤逦前进。路上不能停步，否则会造成阻塞。匆匆而过。似乎不如晚上狂欢更有意味。所以从第二年开始，我就不参加游行，而改成狂欢了。

晚上，东西长安街华灯骤放，玉兰花瓣路灯交相辉映，装在灯杆上的长条喇叭，一首接一首地播送着欢快的舞曲，天安门广场一派明丽。彩灯中的游人，个个衣履光鲜，喜笑颜开。我们北大东语系大学生，也各逞其能，奇装异服，表演亚非各国歌舞。我们日语专业班曾经守在金水桥畔表演过《红蜻蜓》《四季歌》《拉网小调》等日本传统节目，频频吸引日本客人驻足观赏，拍照留念。10 点，放烟火，一时红霞满天，夜空五颜六色。忽而轰轰隆隆，忽而噼里啪啦。庆祝活动大致在 11 点前结束，随即找到停驻远处街巷的校车，返回燕园。

外语三系的历史渊源

北京大学东、西、俄三个外语系的历史可以追溯到 1862 年成立的京师同文馆。“同文”，即通识各国语文；“馆”也就是今天的“学院”。京师同文馆是当时的国立外国语学院，也是北京大学外国语学院的前身之一。道光第六子恭亲王奕䜣等人在给清政府的奏折上阐明了建立京师同文馆的意图：“欲悉各国情景，必先谙其言语文字，方不受人欺蒙。”在国门被迫打开的时代，清政府应对当时国际形势的措施除了兴船政，就是办学校。而京师同文馆正是清政府兴办的第一所现代意义上的大学。

京师同文馆建馆之后，相继开设了英文馆（1862）、法文馆（1863）、俄文馆（1863）、德文馆（1871）、东文（日文）馆

（1897）。由于清政府中的有识之士认识到了科学的重要性，从1867年开始，又增设了天文、算学、格致（即物理、化学）、医学等馆。此外，同文馆还开设万国公法课程，教授国际法。这样同文馆共开设三类课程：外语、科学、法律。在当时的条件下，这些科目或许被视为中国在国际化时代强国的最重要工具。

在同文馆的110名教师中，有27名外国人，且大部分都是外语教师。这也开创了中国大学聘请外语专家的历史。

1898年，北京大学的直接前身京师大学堂成立。成立伊始，京师大学堂即开设英、法、德、俄、日5个语种的课程。1900年，京师大学堂暂时停办。1902年，京师大学堂复学，并随即合并了京师同文馆，次年更名为译学馆。北京大学外国语学院的两个最早的前身从此融为一体。

1919年，北京大学废门改系，组建13个系，其中外国文学系有3个，即英国文学系、法国文学系、德国文学系。1920年，俄国文学系成立，使外国文学系在全校的18个系中占4个。在当时的学科结构中，外国文学系占有较大的比重，说明外国文学学科在北大具有重要的地位。1924年，北京大学决定添设“东方文学系”，但所谓“东方文学系”其实只有日文专业，由周作人担任系主任。俄文系后来被取消，1931年成立的外国语文学系由英、法、德、日4个语种组成。西南联大期间，也一直保持了外国语文学系的建制。（抄录自北大有关资料）

母校像是一块大磁石吸引住了他们的心，让他们那记忆的丝缕永远同母校挂在一起：挂在巍峨的红楼上面，挂在未名湖的湖光塔影上面，挂在燕园的四时不同的景光上面——春天的桃杏藤萝，夏天的绿叶红荷，秋天的红叶黄花，冬天的青松瑞雪，甚至临湖轩的修篁，红湖岸边的古松，夜晚大图书馆的灯影，绿茵上飘动的琅琅书声，所有这一切无不挂上校友们回忆的丝缕，他们的梦永远萦绕在未名湖畔。《沙恭达罗》里面有一首著名的诗：

你无论走得多么远也不会走出了我的心，

黄昏时刻的树影拖得再长也离不开树根。

——季羡林《梦萦未名湖》

对于每一位外语系同人来说，外文楼、民主楼都是精神的圣地。

外文楼，原名“M楼”，后改名为“穆楼”，由银行家穆布莱捐款十万美元于1921—1928年所建。民主楼，原名“宁德楼”，是燕园第一座建筑，于1922年落成，由在上海的甘维尔夫妇捐赠。宁德楼二楼有小礼拜堂，是后来民主楼208报告厅的前身。北京大学迁址燕园后，外文楼、民主楼及俄文楼（现为元培学院所在地）成为北大外语学科的主要活动场所，再次焕发新的生机。

正式上课之前，我初访过外文楼，从南园学生宿舍区40斋出东北门，经过一片沙石广场（中心有大茶炉），再经过学三食堂、校医院、六院、大图书馆东边、办公楼前，一座东西走向的趴蹲式古建筑便映入眼帘，那便是和我们40斋宿舍楼构成两点一线的外文楼。

楼形呈M形，西边不远就是正校门，中间一座荷花塘，夏天满池荷花，是学生们歇晌、温课、遐想和谈心的好场所。后面是小广场，再向后是两排平房。估计是季羡林先生《牛棚杂忆》中所描写的“黑帮”活动的场所。东面不远便是南北走向的民主楼。记得民主楼有一层是大自习室，我曾在那里温过课。因为距离40斋太远，不曾遇到一位本专业的同学。除此之外，我很少去民主楼。

还有，第一学期的第一堂政治课，就是在民主楼大教室听讲。那是个秋雨连绵的日子，天气阴冷，暗淡，精神孤单悲凉。踏着泥泞的校园小道，穿越各个新老建筑，到达民主楼东侧东西大教室。讲课老师身材瘦小精干，名叫郭罗基，不知怎的，一下子就记住了这个名字。

时代的演化不可预料，三十年后，我住在南京玄武湖东侧南大锁金村宿舍，同郭先生共居一楼。有一次我向他提起这件陈年往事，他笑笑说道：“那可是一段难忘的日子。”

（三）

我所涉足的外文楼

外文楼中央正门面南，隔着一片大草坪，与南面的物理楼遥遥相对。并与东面的办公楼以及西面的正校门构成“口”字形。草坪上站立着两座华表，洁白，高渺，一年级时，李孙华老师经常带领我们坐在青草上，迎着和煦的阳光上辅导课。

登上一段大理石台阶，向左一转头，西侧墙上悬着一块正方形木牌，上写“外文楼”三个黑漆大字。地面铺设着龟背青的水泥板，给人滑腻、厚重的质感。楼下一层西头是宽大的阶梯教室，系里开会、上公共课、外来专家报告会等，都在这里举行。两侧都有面积不很大的教室，内设条形课桌，一律装有电线，供上录音课时使用。西北侧是洗手间，有白瓷抽水马桶。东头是电化室，内有录音机、磁盘磁带等，有两位管理员，负责录音和借还业务。他们待人很和气，课余时间，我也常去单独听录音。

从西端楼梯登上二楼，靠南侧次第排列着各个语种教研室。暗红色门扉中央的毛玻璃上，用黑漆写着“某某语教研室”。日语教研室位于中央偏西侧，内外二室，东侧为日本专家冈崎兼吉和铃木重岁两位先生而设立，室内布置较为讲究。但他们似乎很少到这里来，我们学生从未在这里见到过两位专家。

二楼西头北边是善本藏书室，似乎很少开放。南侧是阅览室，时常进来一些国内外报纸杂志，主要有《人民日报》《光明日报》《人民文学》《译文》《人民画报》，日文版《人民中国》，日本方面的有日共机关报《赤旗》，杂志《新日本文学》等。

我从中学时代起就喜欢进阅览室浏览报刊。大学五年，每逢到外文楼上课，我总是不放过楼上这间不很大的阅览室（后来似乎移到楼下去了）。记得我在这里读到过季先生发表在《人民文学》杂志上的纪念母亲的文章《母亲的手》，红学专家发表在《光明日报》上的考证文章——《京华何处大观园》，以及本专业刘振瀛和卞立强等先生的翻译与研究的文章。

外文楼东头是系办和主任办公室，但很少见到季羡林主任出入那里。当时，季先生除了担当梵文、巴利文课程外，基本不兼任别种课业。平时看来，季先生多忙于社会活动和系里工作。每逢系里开会时，先由系党总支书记讲话，讲完之后，便说："现在请季羡林同志讲话"，此时，便可以看到季先生从某个角落站起身，走向讲台，用略带沙哑的不太响亮的嗓音，布置近期系里的工作。

开学时季羡林主任曾经和系里其他领导一道来40斋看望过我们一年级新生，他给我的印象是：谦谦君子，悠悠文士，五十岁上下，面孔清癯，一身嫩蓝色中山装，手工布鞋，胸前别着红底白字已经剥蚀一角的校徽。

上　课

国庆节之后，天气逐渐变冷，我们60级新生，正式步入学习生活。作息时间是：早晨6点起床，7点吃早饭，8点上课。晚上10点熄灯，提前10分钟闪灭一次电灯，作为“警告”。上午两节课后是课间操，边听广播边做操，或者急匆匆赶路或改换教室。20分钟后再上两节，12点下课已是饥肠辘辘，屁股扬帆般地直奔食堂排队购买午饭。

前文已经提及，我们日语一年级的专业课程由张京先和李孙华两位老师讲授。张老师主讲，李老师作课外辅导，还有一位翁老师为我们上录音课。当时全国外语专业，只有北大和北外有日语专业，北外那年属于新设。记得两校为了联络感情，北外日语新生来我校，同我们北大日语新生一起在学三食堂，通过电视，看过日语无声电影《米》。没有教科书，北大日语历届所用教材，皆由一位黄姓侨眷老师用钢板刻印蜡纸，一页一页油印在普通纸上。只有极少数是日语铅字讲义，但也是油印，很不规范，宋体字中硬生生夹杂着日文假名字母。内容我还记得，是表彰当年日语专业两位毕业生参加农村锻炼、光荣入党的事迹，无形中为我们树立了学习的榜样。发下来的讲义纸张泛红，颜色像高粱米饭，夹着一些草秆和稻粒儿。我们一开始就是捧着一张张讲义，一遍遍高声朗读："張り切って、意気込みに、おおく、はやく、立派に、むだなく、社会主義を建設しよう（鼓足干劲，力争上游，多快好省地建设社会主义）。"这是当时全国贯彻实行的发展社会主义经济的总路线。此外还有由当时轰动全国的歌颂共产主义大协作精神的"六十一个阶级兄弟"翻译过来的日文教材，那原是刊登在《人民中国》上的文章。鲜有日本方面的资料，有时会把从《赤旗》报上刻印下来的长文作为泛读教材，一次能使用好长时间。"議会""会議""手紙""切手不要""油断怪我"……一边高声朗读，一边哈哈大笑。有人大发牢骚："这叫什么语言啊，真想撂挑子不干了！"但说归说，既然选定这门语言，就只好嫁鸡随鸡，只要祖国需要，下决心将五年时光全用在日本语上。

学习外语，老师讲解一过，关键在于自己练习与掌握。所以，听录音变成主要项目。翁老师的录音课几乎都在我们东语系根据地外文楼上，这里电化设备较为齐全。俄文楼虽然也有电化室，但设备不太齐备，人员也不太熟悉。我们不大喜欢到那里上录音课。

其实，外文楼的电化教室也就是一层的南北两间。上录音课时，先由班长或班里的"壮汉"，从电化室借来录音机、磁盘、接线板和耳机等物。那时的录音机就像一块磨盘，死沉死沉的，足有二三十斤重，女生搬不动。两只磁盘一放一收，时断时续，经常断带。一旦失灵，要去再换一台来。上课时，录音机放在中间，横七竖八牵拉着一二十条电线，每个人趴在桌子上，头一律伸向中央，像吃奶的小牛。听完一段，老师便叫我们学生站起来复述一遍。第一个说不对，再问下一个，直到弄明白为止。不过，不论回答得如何，翁老师总是给予鼓励与表扬，最后来一句："よくできました。"（回答得很好）

一年级两次期末专业考试，先由老师排定时间表，每人半小时，届时按顺序次第到外文楼应试。一共有甲、乙、丙、丁四种试卷，任意抽选一种。先阅读，再回答问题。实行五分计分制。

大学一年级课程，除专业日本语之外，还有时事政论、中文、二外、世界文学以及体育课等科目。时事政治有全校大会上陆平校长等校领导举行不定期时政报告，讲述国内外大事。专业方面，有日本专家铃木先生为我们上日本时事政治课，他讲的内容大都是日共与世界共产主义等问题。他操着满口标准流利的日语，比起时政知识，对我们学生来说，更重要的是练习和强化外语听力。

最显著的时政教育是在《毛选》四卷出版的时候。当时提倡学习《毛选》不过夜，明明知道明天就要发书，人手一册，有的人还是到海淀书店排队等候，先购为快。当时政治课和专业课并行不悖，课堂上学习专业日语，其余时间及晚上学习《毛选》，重点篇目是：《关于重庆谈判》《丢掉幻想，准备斗争》《别了，司徒雷登》等。

当时，专业日语课之外，我很想学习英语。但学校不开这个科目，只规定我们将世界语作为二外，由一位西语系的老先生领着我们唱念了一学年的“孩儿爸，另个否”[①]，至今早已忘得精光，白白浪费了青春年华。学英语的夙愿未能实现，只好把课余时间都花在了高中时代所学的俄语上。当时，看到和我乡谊很深的山大来的刘君，俄语水平很高，又有一位经常保持书信往来的莫斯科女郎，令我十分羡慕，发誓要学好俄语，将来既做日语翻译又做俄语翻译。结果，这样的“理想”也没有实现。

中文课只有东语系全体新生的公共课，当时由中文系章廷谦（川岛）先生为我们讲过《红楼梦》，上课地点是在哲学楼大教室。章先生看来已有六十多岁了，身穿长袍大褂，背微驼，拎着拐杖登上讲台，似乎有点吃力。他讲贾宝玉和林黛玉，大部分内容都记不得了，只记得有一次讲课，突然冒一句：“林黛玉呀，她是个女同志。”引得台下诸君哄堂大笑。

有限的公共课远不能满足我对中文的学习欲求，每有机会，我便抽空到中文系听课，包括研究生课。我听过冯仲云先生的《杜甫专论》，还有一位老先生的《文心雕龙》等高端科目。我还经常俯伏在“一教”和俄文楼之间高大的白皮松六角形汉白玉基座上，苦读苦记孔颖达和闻一多的《诗经》注释和研究专论。为此，在高中积累的基础上，我又如醉如痴地自学和背诵

① Esperanto La Internacia help Lingvo（（译为：世界语是一种国际辅助性语言），此为对此句话的一种语音模仿。

了许多《诗经》名篇，至今不忘。我还尽力节省助学金，通过内部预订，购买了《中国古代文学选读》《中国历史文选》以及《世界文学名著》上下册，逛海淀时，还零星购买一些其他的书：新出版的《燕山夜话》（邓拓著），旧书《唐宋名家词选》（龙榆生编选，至今虽然烂同败叶，依然置于身边）等。中午不休息，利用午睡时间，用两支铅笔交换抄写“大跃进”时代北大中文系 1955 级学生编写的《中国文学史》。这本书在高中就读过，薛鹤琴老师为了鼓励我报考北大，对我说：“别以为大学生都有那么高水平，其实那都是在老教授指导下写成的。”薛老师说的或许是实话，但当时出自他这位“有历史问题”的老先生之口，别人看起来，就有些太迂直了。

外国文学课由东、西、俄三个外语系老师担纲，一律都是全系公共课，上课地点多半都在“二教”大教室里。我们陆续听过西语系老师讲希腊神话、罗马史诗、特洛伊战争、赫克托尔、阿伽门农，听过俄语系老师上过俄国、苏联文学，托尔斯泰、契诃夫以及高尔基、肖洛霍夫；也听过本系老师季羡林、金克木、刘振瀛等先生的古印度文学以及日本文学，耳朵初次灌入了《吠陀》《沙恭达罗》《罗摩衍那》，以及《万叶集》《源氏物语》等东方古代典籍的精华片段。

北大有两座运动场，湖东大操场和五四运动场，前者位于未名湖东岸，第一体育馆旁边；后者位于东南方中关村校园南门附近。我们一年级时候的体育课都在大操场上，首先是体育老师教我们学习简化太极拳，倒卷肱、白鹤亮翅，冬天里学滑冰，未名湖就是最佳天然滑冰场 。先统一借来冰鞋，坐在湖边上穿冰鞋，很不容易，有时根本站不起来。学了一个寒天，屁股摔得生疼，也没有学会滑冰。第二学期好像接着学太极拳，还有武术、广播体操等。

大学一年级，除了专业课以及必修或选修课，还有常年必设的政治学习和校内外劳动锻炼。由陆平校长不定期地为全校师生做报告，便是政治课的主要项目。其他还有各系领导分别讲述的时事新闻、国家政策等。我们学生一般见不到陆校长，听报告也是各自集中在大教室和学生食堂，只闻其声，不见其人。但我确实也见过一两次，都是在俄文楼西南角丁香花丛前边。他身材魁伟，若有所思，剪手信步，气度非凡。

我还有幸见过另外几位北大著名教授：

冯友兰先生，在燕南园东侧，我上完课由北向南回 40 斋，冯先生家族队伍浩浩荡荡向北前进，领头的冯先生给我的印象是，一副圆而且小、厚似啤酒瓶底的眼镜，黑须飘于胸前，手持拐杖，蹒跚而行。

侯仁之教授，在五四运动场上，同其他几位教授比赛用乒乓球拍持球竞走，快速似风，荣获第一名。

在大图书馆门口，偶遇金克木先生，叼着烟斗阔步前行……

记忆犹新的两次劳动

一次是在低年级上学期夏天，到昌平县南口机车车辆厂劳动。搞基建，把钉满弯弯曲曲钉子的木柴（不知是干什么用的）归拢到一起，用大铁钳一根一根撬掉。另一次是在高年级下学期冬天。据说北大、清华两校都要在十三陵建立分校，我们先去打地基、修铁路。十三陵距离北大一百多公里，自清华园车站出发，步行前往。当时，我和班里何君负责烧茶炉，其他同学和全系一道参加挖土修路。开饭时，广场上间隔地排列着笸箩和大搪瓷盆，笸箩盛着热腾腾的大米饭，大搪瓷盆装香喷喷的炒菜。同学们中午下班回来，满面紫红，坐地换棉衣，狼吞虎咽吃完饭，立即睡午觉，下午再去上工。

我们后勤班的学生，由日语系党支部二年级的一位李同学负责领导，跟大师傅学习切白菜，做饺子。白菜越是产于北方越好吃，东北最美味，京华强于江南。大师傅手把手教我们，切白菜一定要顺着筋脉竖切，不可横切为瓦片形。成家后，细君总是不实行，令我无奈，所以至今依然吃瓦状白菜。再说我与何君，晚上睡在帆布帐篷里，夜间下雪，雪片纷纷扬扬，飘在脸上，切实体会到“燕山雪花大如席”的快感。当时夜间气温有时在 -40℃ ~ -30℃，或许因为正逢青春鼎盛，又依偎在大茶炉旁边，没有感到多么寒冷。 只是我因吃厨房的冷饺子，生了一场病，李君等高年级同学对我关怀备至，很快就好了。

此外，低年级时期还经常参加一些零星的劳动，如到果园套苹果（苹果熟时，用纸袋子套上，以免鸟雀啄食），拔麦子（奇怪，麦子不用镰刀割，却用手拔），等等。

学三食堂

北大学生食堂一共有三处：大饭厅、学二食堂和学三食堂。大饭厅平时开伙用餐之外，还是全校集会、周六放电影、举办舞会之地。学二食堂紧挨大饭厅，成直角，学三食堂距离这两个食堂较远，离我们40斋较近，就在宿舍楼北边，隔着一片沙石地，中间有茶炉房。1960年第一学期，三个食堂仍是混合开伙，随便利用。记得有一次为买红烧带鱼，跑遍三个食堂，都没有赶上。早饭时大米稀饭装在木桶里，在人群里挤来挤去乱找一通，好容易碰到，往往是将近桶底。不久即分系利用，一直没再改变。

现在单说学三食堂，每个窗口中央小黑板写着菜名，两侧开启，装设上下小拉门。人多时窗口也多，人少时窗口迅速关闭。通常由各系学生轮流帮厨。东半侧是餐厅，只有几张方桌，没有凳子，买了饭菜，捧在手里站着吃，夏天可以到食堂东侧一段水泥台上，将饭碗搁在台子上，边吃边聊。吃完将碗筷在食堂内周围的水龙头上洗一下，装在碗袋里，放进书包，背着去上课。当时，北大学生一个显著的特点就是每人书包都装着饭碗。逢到报告会，到了吃饭时间，报告人迟迟不结束，这时就会听到会场里“当啷”一声，报告人听到这响声，就会立即自觉结束讲话。

不要小看这副饭碗，我有小哥参军时留下送给我的米黄色搪瓷碗和一双乌木筷，在海淀又买了一个小白瓷碗，饭菜分别盛装，颇为自由；但还有好多同学买不到搪瓷碗，最后不得不由陆平校长亲自出马，向有关方面斡旋，通过“走后门”购买。我们班就有三四个同学逢到开饭时，拎着小搪瓷盆般、漆着“甩袖汤[①]花纹”的饭碗去食堂买饭。

开始一段时间凭借饭票买饭，早饭一般三两，一两稀饭，二两一个馒头或玉米窝头。喝完稀饭，将馒头掰开，夹点儿雪里蕻腌菜，边吃边去上课。有时起床晚了，干脆不带碗筷，买个馒头赶路。上午上完两节，课间休息二十分钟，全校放送广播体操，三四节有课的学生急急赶路，前去目的地上课，校园内的湖光山影、密林小径，到处都是来来往往的莘莘学子的身影。

12 点前一下课，立即奔向食堂吃午饭，四两，两个馒头或四两米饭，一样炒菜。轮到这天这顿供应什么就吃什么。除了饭菜之外，每月还补助半斤点心票，四两粗馃子，一两饼干。这张点心票，每月每人一张，何时利用，全凭个人自由。

---

① 东北美食，蛋花菠菜汤。

学生伙食主食是面粉和玉米做成的馒头或窝头，以及大米稀饭或玉米粥。新打来的玉米粥，放置一会儿就会变“稠”，吃到嘴里仿佛占了便宜。难得吃一次米饭。北京集体食堂吃大米饭都是煮了再上笼蒸熟，米汤盛在油漆木桶里，自由饮用。后来在语言学院上大平班，伙食也大致是这样。节假日，伙食较为丰盛，有肉包、炸酱面和什锦金针面什么的，逢到新年春节，或“五一”“十一”，会有炸黄鱼或红烧带鱼等。炸咸黄鱼整齐地堆在长桌上，大小略有不一，排队发卖，摊大摊小，全靠运气。

我们班学生比较清贫，全班男生分住 40 斋底层，一、二、三年级时分住两室，四、五年级时，有人休学、陪住留学生，或提前毕业，剩下的同学依然分住两室，倒是宽松一些了（似乎还有一两个人分住到其他专业的房间去了）。60 级各专业男生都住在一层，女生也经常前来会合，抬头不见低头见，彼此相当熟悉，只是很少言语。我们班先后住过 115、129、128、130（单号北侧，双号南侧，双人床）等房间，“占”字形的下圆上钩铜质钥匙，长如食指，自购自存。按班级为单位订阅《人民日报》（六版）、《参考消息》各一份。上午 10 点左右，女发报员，怀抱一摞刚到的报纸，沿着中间走廊，从左右门下唰唰滑入。逢到月末，右上角盖上催促及时订报的长条印章。

信件由一位姓关的同学，趁中午饭时，开启食堂 6009（写成 0960 亦无妨）邮箱取出，分发到各人手里。小关五年如一日，同每个人都“混”得很熟，认真负责，从不出错。他经常对着那些伸着脖颈等信的男生打招呼："没有你的。"早早了却"你"的幻想。

任何时候，信件总是受人欢迎的。更何况青春年少，多情男女，天各一方。

（四）

生病住院，堕入人生低谷

一年级冬季，渐渐感觉左腿不适，坐骨神经疼，新婚二嫂从老家做了大棉裤寄来，也敌不过北方的寒冷。当时一度住在靠北的 129 房间，北风从窗缝里钻进来，同暖气片放出的干热的空气混合在一起，时燥时寒。我看书时总是把左侧病腿紧贴暖气，以减轻疼痛之苦。

到校医院检查，住过两周院，每次饭后都给一次药，装在小酒盅里，很香，后来才知道是维生素 B_1，也做过理疗、蜡疗，都无济于事。医生给我开了转诊单，到北医三院看骨科。

北医三院的一位中年门诊医生叫我弯腰再弯腰，我弯不到 90 度，于是判断我是腰椎间盘突出症，初闻时十分震惊，因为胞兄和宋伴樵老师皆是这种病，二哥在徐州八八医院做了手术，效果还好；宋老师辗转北京各家医院，积水潭、中医学院附院，坚持保守治疗，当然也未得治愈。我当时对此病谈虎色变，很怕长期沉入病痛，同时又对此病所知甚少，孟浪加着急，随即向住院部申请，预约住院开刀时间。

回校向班长汇报病情，请了假，带着几件衣物，从中关村乘坐 31 路公交车，一路孤独，心情黯然地去北医三院，那是 4 月中旬左右，天气已经很暖和了。

北医三院外科（骨科）病房，经过简单检查，安排住在 9 病床，这间病房由一位实习医生殷医生和两位护士姜、马管理。小姜显然是个姑娘，修长秀美，皮肤白净，勤勤恳恳，很少言语，马护士亲切细致。她们的服务使得在病痛中苦熬的病人感到温暖。

三天后实行手术，由主治医生张之虎大夫执刀，殷医生做助手。头天晚上灌肠，清理毛发，当日早上空腹，然后打镇静剂，躺在移动床上，由一位护理员推进手术室内。当移动床“咣当”一声，撞开手术室玻璃门进入室内时，心情异常平静自若，一点也不害怕了。灯光朦胧的手术室内，几位穿戴蓝色衣帽的人员，半举着消毒后的双手站在那里。

人们迅速让我俯卧在手术台上，张大夫站在左手边，殷医生站在右手边，麻醉医坐在头前。实施半麻。注入麻药之后，体内如热水灌注，不久就失去知觉。唯有脑袋处于半睡眠状态。随之口内有黏液逶迤而出，宛转流淌，进入头侧蚕豆形白瓷盘中。

头侧一位护士很亲切，不时询问“怎么样，怎么样”，几乎没有感到什么痛苦，只是有时一阵子觉得恶心呕吐，或头颅随着刀斧的劈砍，上下滑动。但整个过程还算顺利，结束时已到傍晚时分，护士小姜坐在床头喂了我二两面片菠菜汤，算是晚餐了。

饭后，张之虎大夫急匆匆走进病房，朝我瞥了一眼，伸手扣在我左侧大脚趾上，命我用力钩住，然后满意走开，很少再露面了。殷医生是病房医生，每天都要来一下，问问情况，护士小姜一天来测量三次体温和每分钟的心跳次数。不要以为每次都要测量一分钟，而是只量10~15秒，乘上6或4即可。马护士每天一早就为各床病人准备好蜗牛尿壶和蛙式便盆。开饭时有人推车送饭盒，吃完后统一收走。

每周五下午探视，各床周边都围满亲友，只有我无人探视，北医三院距离北大很远，同学们每天上课，班里也没有一人有自行车。一次，海淀区一位病人之母前来探望儿子，见我床前没有一个人，便挪动小脚走过来，送给我一个煮鸡蛋。每到周五下午，我要么看书，要么蒙头睡觉。

手术十多天光景，便是“五一”劳动节，节假日医院医护人员全都放假，病人既感到很寂寞，同时也获得有限的自由。过了节，我便练习下床活动，当时开展学雷锋，帮助推饭车送饭。五月初我便要求出院。那天正好轮到护士小姜值班，她拿了一堆药棉和竹棒，坐在我的床边缠棉球。我对她半个多月的精心护理表示感谢，小姜有些不好意思，鼓励我出院后注意保护伤口和加强锻炼，使得病体尽快得以恢复。

出院后便立即补习耽搁下来的功课。记得第一堂是刘振瀛先生的东方文学公共课，坐在外文楼阶梯教室里。没到一半时间，腰部就疼痛难以支撑，好容易坚持到下课，赶紧回宿舍休息。想到住院做了手术，也未能治好疾病，不由得有些气馁。考虑再三，只好再到北医三院复诊，经医生指导，每天到理疗科进行理疗。先是电疗、光疗（红外线、紫外线），接着是蜡疗、磁疗、超声波等。很长一段时间，我每天都到校医院开一张三联单（当年公费医疗，挂号、诊断和拿药无须花一分钱），脚步蹒跚走一段路，从中关村 31 路公交总站乘车，途经蓝旗营、五道口，从石油学院向南，到十间房车站下车，掐头去尾，往返车票两角，省下一角，来回都能在校门口吃一个油炸糕。腰椎间盘突出症，日语称作“椎间板 hernia”（脊椎间肉垫移位刺疼脊髓神经），其疼痛不是受伤局部疼痛，也不是肌肉钝疼，而是铁丝穿骨般的放射疼，抽缩疼。虽然一时不危及生命，但却日夜缠身，一生不离不弃。这种病会使人心灰意懒，对生活失去热情，自感悲凉。一个意志不坚定者，很难对付。

人在病痛期间，最需要热情的关怀与鼓励，手术过后，为了抵御腰腿疼，一个时期每晚围绕未名湖散步。陪伴我的是福建好友张君，我们俩一圈又一圈自左至右游逛未名湖，或迎着盛暑夜风，或顶着严冬寒辉，在湖光塔影中，徘徊流连。转悠累了，就到勺园小吃部吃辣油馄饨。北大勺园馄饨，是我品尝过的最好吃的馄饨，堪比羊城云吞。两毛一碗，我请客。每碗七八只，蝶形蝉翼，汤料为虾皮、紫菜、麻辣油。白瓷碗，鸡骨汤，美味异常。

不幸的是，张君好友因病已谢世多年，每想起他来，总是禁不住热泪盈眶。

从那之后，下定决心同病痛长期作战。我省下零花钱，置办了矮脚竹壳保温瓶和橡皮暖水袋，每天打来开水，将暖水袋横放在床上，排出空气，灌进热水，旋紧螺丝铁盖，夜间垫在腰下，白天绑在腰间，咕喽咕喽背着跑路。

保温瓶也供全室公用，大家主动打水，为同学们早晚喝水提供不少便利。

1962年夏天，买了一双黑色塑料凉鞋，每天穿着，晴雨两用，十分方便。不用穿袜子，泥水弄脏了，到盥洗室跷腿用水龙头一冲就干净了。不是腿疼吗？腿疼也强忍着疼痛。有时候疼得无可忍受，孤注一掷，炎夏顶着毒花花的太阳，到五四运动场跑步、打球。不见我苦状、不解我心思的一位同学，在班会上给我提意见：“平时疼呀疼的，怎么打起球来生龙活虎？”唉，他误会了，我也懒得说明，只有默默无语。

大学五年，一直享受国家为清贫家庭的学生支付的助学金，开始时是 15.50 元，后来增加到 19.50 元。其中 15.50 元是伙食费，剩下 4 元是零花钱。有了这笔钱，经济上完全没问题，不需要老家寄一分钱来（家里也绝对没钱可寄）。平时花销不多，除了理发、跑医院，偶尔去一趟王府井之类小零花，用不着太多的钱。当年 32 路公交车由颐和园开往西直门，全程（包括位于北大正门附近的“北京大学”站）两毛，但从 40 斋外面的海淀站乘车至动物园却是一毛五。正好换成 4 路无轨坐到王府井，票价也是一毛五。我当时去王府井一年之中平均只有一两次，每次来回六毛。

夏天，海淀出售的新鲜番茄，一布口袋只卖五分钱。不过，都是大路货，没有经过精选，青红两样，摆一摆就行了。那时候，蔬菜都是本色本味，远非现在的加工食品可比。

学生澡堂连着学三食堂，我每周星期五洗一次澡。下午 6 时，脱衣站在每条隔挡没有莲蓬头的水管下等热水，冬天确实是一场战斗。6 时正，“哗——”的一声，随着学生们的高叫，所有龙头一起吐水，流水落地的脆响伴随着学生们的欢呼声，那该是最兴奋的时候。半小时后，戛然而止，穿衣回宿舍，途中会有很多女同学，腋下斜挎着花瓷盆，披散着头发，玉梳夕风，笑语盈盈暗香去。

我只去过老虎洞公共澡堂洗过一次澡。一个严冬的晚上，走进这座不大的公共浴池，迎面一只宝塔形大火炉，烤得屋内热烘烘的。脱下的衣服由师傅用铁叉挑起来，挂到头顶一圈铁架上，让人联想起全聚德烤鸭店，只不过一个是挂炉枣木熏制；一个是单单为了安全而高悬于头顶。专门有为人搓背的师傅，一只手缠着毛巾，另一只手按压在手背上，一点点用力揉搓浴客脊背。堆积的油灰越聚越多，最后都抖落在垃圾筒内，再用热水冲洗干净。我自然无钱另请搓背师傅，只是看着有趣罢了。

大饭厅时常放电影，因为厅内面积广大，银幕高悬梁柱，宽大的黑边，显得庄严肃穆。放下来下缘距地面两米左右，拴在两边的铁柱上。后方楼上两架固定放映机，交换着打过来，恐怕是全北京最大的银幕了。除了放电影，三座食堂还举办舞会，可惜日语专业除了少数老师和一两位高年级男女同学外，因为不会跳，都很少去舞场。有一次暑假，在学三食堂举办舞会，我和一位同学打算去舞场闯一闯。但总得换件衣服吧，可是翻遍自己的小包裹，只有一件半新的黑灯芯绒裤子，六月天，怎好穿上身。至于皮鞋，见都很少见，别说拥有了，只得作罢。“临渊羡鱼，不如退而结网”，但既无人教，又有肚腹之饥，终因气馁没有学会，以至于今。

当时办公楼时常举办“星期天讲座”，邀请校内外专家、社会名流来为学生做报告，我几乎场场必到。我听过戏剧文学作家陈白尘关于《闻一多》《鲁迅》等电影创作构想及剧本情节的简介（有的未能实现），听过电影艺术家崔嵬关于《青春之歌》的导演体验。办公楼还经常放映国外电影，使得当时有些闭塞的大学生活增加了亮色。我也看了一些东南亚国家的风景片，辄向往之。当时，我尤其对长春和上海两家电影译制厂感兴趣，曾梦想过将来搞电影译制。此外，还在这里和大饭厅听过中央民族乐团、解放军军乐团、东方歌舞团等文艺团体在这里演出的音乐歌舞。牢牢记住了刘明沅创作的热烈欢快的舞曲《喜洋洋》。为世界名曲古巴的《鸽子》、俄罗斯的《红梅花开》、印尼的《星星索》、越南的《湄南河》陶醉过。也为看过一次东方歌舞团的演出，而深深爱上的锡兰《罐舞》等节目补写过曲谱。

办公楼面对西校门正门，旧称贝公楼，有高台阶，记得越南总理范文同和缅甸总理吴努曾在周恩来总理陪同下，访问北大，就站在门前麒麟一侧发表演讲，接受师生们的欢迎。办公楼一层是校级领导机关，二楼是大礼堂，木质地板，附属楼上阶梯观览台，天花板上间距吊着三只坠着穗子的刺绣宫灯，火影朦胧，古色古香，让人浮想联翩，不忍辄去。

（五）

日语专业老师风采

北大历届日语教师有魏敷训、徐祖正（徐耀辰）、孙兴凡、刘振瀛、张京先、黄启助、卞立强、孙宗光等。

仅就在校期间我所接触以及给我们上过课的老师，写点当年留下的印象。

先说说日籍外教情况。最早听说有一位名为今昔春秋的日籍教师，不久因故回国。我们入学那年，来了铃木重岁夫妇，男的教我们时事政治，上课时拿一张从日本邮寄来的《赤旗报》，海阔天空地讲述起来。因为刚学日语，我们只当练习听力，一堂课很快就过了。铃木夫人儿玉绫子老师，我们班不熟悉，似乎她只给我们下一届 61 级上口语课。我第一次患病做小手术在校医院住院时，61 级团支部书记程君做阑尾炎手术，我们俩同室。儿玉先生去探望过他，她也和我聊了几句。记得我曾请教过她，“拆线”日语怎么说，儿玉先生告诉我“拔系”，从此记住不忘了。

我们二年级时，铃木夫妇似乎回日本了，再未见到。

另一位是冈崎兼吉先生。四、五年级时，他为我们上精读课和毕业实习。上课一丝不苟，平时也很亲切。他个头不高，腋窝夹着包袱皮包着的讲义，一身整洁的咔叽布中山装，每一个动作，都会伴有“嚓嚓”的响声。头发油亮，鬈曲。冈崎先生的一双儿女也在北大读书，儿子冈崎温（不知道在哪个系）和女儿初枝（政治系）都在学三食堂用餐。温君不爱言语，初枝极为腼腆。1998 年，我来日本工作，名古屋大学建立郁达夫“沈沦”文学碑，举行奠基仪式，我应邀出席。当时任爱知县日中友协会长的冈崎温也光临会场。他主动过来跟我打招呼，亲切握手。后来，他又调到东京总会担任全国日中友协重要职务。自那以后，再未见过。此是后话。

由40斋到专家楼距离遥远，去一趟快走需要20分钟。有一次我到冈崎先生家取他为我们修改的话剧《青年一代》的日文台词译稿，偶遇西园寺公一先生的公子西园寺一晃君，冈崎先生叫我到餐厅等一下，一晃君走后才来接待我。

我们班一、二年级时由张京先、李孙华、孙宗光和翁祖雄等先生教课，三年级精读则由一位郑先生担任。郑先生是某国华侨，穿戴讲究，冬天丝绵袄，围着时髦围巾，脚穿红褐色牛皮鞋，头发整齐光亮。讲课非常认真，课堂上的讲解句句都写在授课笔记上。对学生也很亲切、热情。郑先生很会跳交际舞，听说在舞场结识了一位女友。他住在单身宿舍德斋，我们去玩，时常见到一位身材修长、面目姣好的章某某女学生，和郑先生相向坐在长桌两侧，嗑瓜子闲聊。

我们毕业离开北大以后，听说他与一位早年毕业的女老师结合，“文化大革命”中受到不公平对待，后来移居中国香港从商，不知近况如何。

张京先先生，革命老人、学者陈涛先生夫人，日本奈良女子大学毕业。回国后先在外贸学院教日语，后调入北大。张先生给人的感觉，既是大学老师，又像人间慈母。从未见她生过气，发过牢骚。前边提到她随我们第一次下农村，省下馒头分给我们吃便是一例。

一次，我和几位同学出西边正校门，过马路到承泽园 13 号看望张先生。小路曲曲，辗转走过几处小型花园，进入张先生家。陈涛先生和张先生非常高兴。记得屋里高高低低用细铁丝吊着许多小花盆，六十多岁高龄的陈先生，踮着凳子向盆里浇水。

孙宗光先生 1943 年至 1945 年留学日本，师从金田一春彦，参加过抗美援朝，为志愿军做过翻译。据说他和山大金中老师是朋友。关于孙先生的论述我在《与网友聊日语》系列中说了不少。学外语的人，有幸遇上孙先生这样一位平易近人的“活字典”名师，真是天赐之缘。这里不再多说了，总之，他是我永远不会忘记的北大恩师。

孙先生当时身体不太健朗，似乎稍有胃部不良，偶尔抽点烟，嗜好咖啡。但上课时精神矍铄，目光如剑，发音铿锵，声如钟鼓。前两天，从北大同人那里听闻孙先生九十有六高龄，作为他门下一名学生深感欣喜，衷心祝愿恩师健康长寿。

卞立强先生（1932—？），安徽省无为县人，1955 年北大日语专业毕业。中国翻译协会理事，日本早稻田大学社会科学研究所研究员及京都外国语大学教授。二十世纪五十年代开始发表作品。曾先后翻译著名日本华裔历史小说家陈舜臣的作品《鸦片战争实录》、《太平天国》（上中下）、《郑成功》、《马可·波罗》、《重见玉岭》等。我们在校时，卞先生是日语教研室主任，我读过他翻译的丰田正子的《狗》，手冢英孝的《小林多喜二传》。我还特别留意《狗》原文中的“牙を剝きだしてかかってくる”一句，卞先生译成“张牙舞爪，向我扑来”，我以为神来之笔。卞立强先生时常和刘振瀛先生联名发表日本文学评论，刊登于国内各大报刊。我常以两位先生作为研究学习文学翻译之楷模，恒久不变。

1985 年前后，我赴日进修，出发前去北大朗润园湖东宿舍楼拜访卞先生，他和夫人陈女士热情接待了我。陈女士随手端出老家寄来的安徽小菜辣盐豆拌萝卜，美味可口，同我苏北老家传统小菜一个样儿。她原本是某歌舞团的歌唱艺术家，拿手歌曲是日本民歌《花嫁人形》；她说她很喜欢日本民谣，想去日本看看。卞先生为我仔细包扎《苍狼》书稿，准备替我寄给湖南人民出版社。

1979 年 9 月，我和中日友协的北大学友张君和平，应邀参加在长春举行的中国日本文学研究会成立大会暨首届川端文学研讨会，与卞先生重逢，十分高兴。此次大会会集了全国日语界名流，尤其是老一代学者，黄源、黄瀛、雷石榆、吴元坎（金福，《金色夜叉》译者）等日语界老前辈。我还挽着黄源先生一起攀登长白山峰顶，观赏天池风光。一路上他对我讲述了不少二十世纪三十年代上海文坛的故事。川端文学研讨会，卞先生的研究生邱培培女士关于《雪国》的一篇论文，观点新锐，极有见地，给我留下了很深的印象，成为讨论会的主题发言。会议结束时，选举中国日本文学研究会领导机构，理事会由十一人组成，我亦忝列末位。夏衍、林林、李芒、吕元明、卞立强分别被推选为名誉会长、会长、副会长（李、吕）和秘书长。

我来日本任教前期，同在京都外大做“外教”的卞先生多有联系。他总是把“文”字写成“又”字上头加一点，我的师友中习惯于这种写法的只有两人，另一位是上海外大陈生保教授。卞先生朋友很多，联络甚广，座上多是名流学者，其中有池田大作、梅原猛，早大教授依田憙家、安藤彦太郎及岸阳子教授夫妇等。

卞先生在京都外大临届停年时，被上海外大聘任为日语兼职教授。在沪期间，曾多次来信，似乎颇为寂寞，不愿意主动接触亲朋故友。2018 年前后，我回国度假时获得消息，卞先生已于前几年去世。我无声地抚摸一本朋友寄来的草草编成的纪念册，不胜悲戚。卞立强先生为人真诚率直，刚正不阿，2002 年，我在青岛参加日本文学研讨会，是我和卞先生最后的见面。饭后茶余，常去他宿舍聊天。他在男士中虽然长相不算英俊，但很有个人魅力。晚年，他送我亲笔签名的自选作品集，成为我永恒的纪念。他在自选集后记中回溯丧子之痛，郁郁之情，沉积心底，长久不泯……

关于陈信德和刘振瀛两位名师先生，我在拙著《花吹雪》《与网友聊日语》以及其他零篇散章中均有涉及，这里再做一些补充。

陈信德（日文名：颍川信德）（1905—1970），台湾淡水人。幼年去日本，先后就读于同志社中学，旧制第三高等学校，京都帝国大学文学部中国文学专业。读研期间来北京留学，1950年至去世在北京大学日语教研室从事日语的教学与研究工作。台盟盟员。“文化大革命”中被捕，瘐死狱中，后平反。陈先生讲授文语，编写文语语法，他在商务印书馆出版的名著《现代日语实用语法》上下两册，永恒不凋，至今无出其右者。

我们五年级时，陈信德先生只为我们上过一年日语文语（文言），是在俄文楼东侧一间不大的教室。寻常季节，陈先生身穿一件洁净的茶褐色薄花呢旧西装，白衬衫，不打领带，不扣扣子。要知道，在那个年代，他的这副打扮，不仅奇特，简直有些胆大妄为了。上课时，手表不是戴在手腕上，也不是放在讲台上，而是套在左手拇指之外的四只指头上，搓来搓去，右手很少在黑板上写字，因为我们学生每人都有刻写的油印讲义。我一边注意听讲，一边望着陈先生风神萧散的学者形象，红红的圆脸，稀疏的白发。估计当时陈先生六十岁上下，已经是个老人了。他讲一句，喘一口气。好在俄文楼距离中关园宿舍不算太远，陈先生来去出入东校门，可能都是徒步往返。

刘振瀛先生比陈信德先生年轻十岁左右。骑一辆26型自行车，筐篮中装着一只保温壶，课间休息时，抽烟、喝茶。他多半在“外平”（外文楼后面，荷花池东侧两排平房。估计就是季羡林先生《牛棚杂忆》每每提及的“黑帮”的驻地）上课。

1981 年 3 月，我参加大平班既定的日本研修一个月的计划，于 3 月 7 日访问大阪外国语大学，上午参观校园，下午开座谈会。会场里偶遇陈先生夫人，我和深圳大学郭来舜教授（北大学弟），向陈先生夫人表示问候，她说身体还好，只是年龄老衰了。她还顺便告诉我们，女儿昭宜已经回国寻父遗骨了。

刘振瀛先生（1915–1989），早年留学东京高等师范学校，新中国成立前为北师大日语教授。进北大之后，为高年级讲授日本古典及现代文学。平素为报刊撰写日本文学评论，为人民文学和上海文艺仅有的两家具有外国文学出版资格的出版社做选题计划和撰写序文。刘先生是新中国成立后最早注目于夏目漱石的学者。他不但翻译了漱石代表作《我是猫》《哥儿》等众多名著，还写作了不少关于漱石文学创作的研究文章。他的名作之一《关于夏目漱石文艺书简》就是我午饭时端着饭碗，在宿舍楼阅报栏里读到的。刘先生的名译《我是猫》是日语文学翻译的顶峰，至今无人超越。

两位名师早年住在中关园趴地式大平房内，比邻而居，绿荫小径，草木葳蕤。我们上学时常常去探望两位名师，请教课堂上未解决的疑难问题。刘先生爱养花，客席中鲜花萦绕，芳香袭人。陈先生爱弹钢琴，晨昏拜问，有时能欣赏到悦耳的琴声。

有一年寒假，我们到陈先生家拜访，我的一只手套丢在他家沙发上，陈师母想方设法，托人送到我手里……

二十世纪八十年代，忘记是哪一年了。我和南京板桥外院王光辉教授一道参加教育部在大连外院举行的全国日语教材编写研讨会。刘先生一席胸有成竹的发言，获得与会者的广泛支持和认同。但也有一位东北某高校的老先生对刘先生的见解提出质疑。两人在会上各抒己见，谁也不肯退让一步。刘先生知识渊博，学富五车，坚持己见，不轻易改变的学人精神，由此可见一斑。

（六）

同心协力，渡过艰难

四年级时候，听说其他系有人营养不良，学校领导很重视，在六院后面开辟了保健食堂，有豆浆供应。我们系有没有这类学生，具体不清楚。但上边提倡养精蓄锐，上完课多休息，睡午觉，爱护身体，渡过困难。所以，我们中午午休时间很长，冬天外头寒冷，缩在有暖气的房子里，还是很舒服的。学校贯彻中央指示，传达陈毅副总理的讲话精神，学好外语，为革命服务。除了学好专业之外，我们还连带对东南亚、对世界局势投入关注，认真学习各国历史地理，熟悉那里的风土人情。同时，我喜欢音乐，学会了不少东南亚歌曲。我们班的赖君，喜欢拉二胡，是系里二胡演奏组的名手。他的拿手曲子是《二泉映月》。有一年，我们到乡下劳动，我临时写作了一首有关劳动锻炼的曲子，经由赖君和波斯语系一位二胡名手修改定稿，有幸获得了演奏的机会。

当时，东语系有个东风宣传队，自编自演，小有名气。他们创作的剧本曾经全文刊登在《中国青年报》文艺栏里，高中时代我就看到过。合唱部分，曲调相对固定，“二月里刮春风，哎嗨吆……”，从一月唱到十二月，新鲜活泼，富于朝气。还有一种时事活报剧，一年级时，东语系依然继承了前辈学友这一传统，不断更新剧本，充实新演员。由男女二人朗诵台词，演员们分别扮演外国政治人物，应和着台词和锣鼓表演。动作夸张，表情怪异，幽默、逗趣，也就等于政治讽刺剧，十分受欢迎。

校一级有北大广播电台，台长就是我班学友张君。平时，他口袋里总是装着一大串钥匙，找他的人很多，男女都有。学生会有各色各样的文艺社团，合唱团、舞蹈团、钢琴班、手风琴班，等等。我很想参加其一，但始终不得门径。

二年级夏天，远离外文楼后面的草木丛中，忽然开辟一方“红湖”游泳池。假期，我时常去游泳，将病痛的左腿搭在灼热的水泥板上“消痛”。红湖泳池面积不大，南端水浅一米，北端水深两米。我虽然不太会游，但也不至于挨淹，少年时代付出过代价，差点淹死。只是体力不够。第二年，母校运河中学一位林姓女同学，考取北大数学系，开学时她来找过我，还见过母校另一位考取中国科技大学的同学，他们不约而同地到我这里玩。林同学几乎每天都到红湖游泳，不久就成了北大学生中很有名的游泳健将。听说她在其他方面也很优秀，表现突出。毕业后听闻她去了国外，从此断了消息。

过了一段时间，校园内的游泳池不过瘾了，嫌其眼界不够开阔，不如去颐和园。于是，专门购买游泳票，五分钱一张。凭着这张窄窄的小纸条，可以直接进入颐和园，到知春亭，租船下水。昆明湖水阔而浅，可以任意挑个地方，弃船畅游一番。

冬天，昆明湖又是天然冰场，寒假期间，附近学校的大中学生，常来这里滑冰。

有一年冬天，我和本班学友王君等，还在这里看过冰下捕鱼的情景。

学日语，用日语

既然学日语，就想用日语。到了二年级，此种欲望越来越强烈。其实，同学们都一样。当时，中日关系不冷不热，日本佐藤政府敌视中国，而民间往来却持续不断。北大经常有日本文艺团体和各阶层友好人士前来访问。有时，学校和系也特意安排各级学生参加接待。但拿我们班来讲，每次大都是固定的少数人参加，而其他人只能望洋兴叹。记得二年级上学期，有一次吃午饭时，班里只有几个人排队买饭，过不久，便看到几位男女同学一起走进来，各人胸前都挂着小小闪亮的纪念章。我们几个未去临湖轩的学生很眼馋。于是大家怂恿我去找领导鸣不平。我找系团总支书记说理，他笑着对我说："下一次，轮流，轮流。"

第二天中午午睡，班里团支书悄悄扒拉开我的蚊帐对我说："下午，国际俱乐部有活动，你去参加。"我一骨碌爬起来，换上干净衣服，收拾打扮，乘车经王府井抵达台基厂国际俱乐部。原来是中日友协组织各界人士，招待日本民主党代表团访华。不久前，这个党的委员长浅沼稻次郎被暗杀，激起日本社会公愤。那是我首次参加比较有规模的外事活动。镁光灯闪闪烁烁，不大的礼堂内明明灭灭。一群记者台上台下，跑这跑那，心中十分激动。因为临出发时，衣服上郑重其事地佩戴了北大校徽，又坐在走道旁边，记者把我作为学生代表摄入镜头。晚上回校，赖君告诉我，他那天到他哥哥家，在电视里看到了我。

第二天星期日，我在颐和园后山，又偶然巧遇代表团的部分人员，我主动打招呼，他们既惊讶又兴奋。走过去很远，又跑回来送我一枚黑而且重的方形浅沼头像纪念章。

到了高年级，外事活动也逐渐多了起来，学校还专车送我们到首都剧场观看齿轮座、松山芭蕾舞团等进步文艺社团的友好演出。

高年级时，语言课的精读与泛读、文学课和实习课，分别由陈信德先生、刘振瀛先生和专家冈崎先生担任。前两种集中于四年级、五年级的校外实习，基本上全由冈崎先生负责。在他的带领指导下，我们到中国历史博物馆、清河纺织厂、颐和园等处实习翻译。冈崎先生充当外宾，我们学生分别充当接待员和临场口译。此外，每人还有一份用日文编写的口译教材，内容包括京华各地名胜古迹。可惜后来因搬家不小心丢失了，深感可惜。

我个人体会，学习外语，一半课上，一半课外。三分听讲，七分自学自练，巩固提高。学外语一分努力，一分收获，来不得半点投机取巧。舍弃长年的忧虑，正确对待病痛，化敌为友，不再诅咒，不再怨天尤人，客观承担，理智对待。用苦读苦学的坚韧力量，驱赶病魔神经疼痛。

冬天，我常去俄文楼，依偎在二楼面西的鱼骨状黄铜暖气片上，一边温热腰腿，一边朗读日语讲义。夏季，则登上假山山顶，或密林小径，将声音远播于山野之间。

我从二年级开始，就练习翻译日本小说。不是为了别的，单单为了辅助日语学习。先查字典吃透词义，然后细细斟酌，再转化为中文。我翻译过小林多喜二的《杀人的狗》，荒畑寒村的一篇小说，篇名忘记了。还有《人民中国》杂志上的一些文章。

学友之间

我们日语 60 级，打从一入学，直到对方毕业离校，都受到日语二、三年级老同学的关怀和照顾。二年级的江君和王君经常到我们宿舍，和我们聊天。三年级的调干班男女同学，教我们学唱日语歌《东京—北京》、《幸福歌》、《がんばろう》（加油啊）等。高年级无锡人徐君，是日语专业党支部书记，也经常到我班联系工作。他嗓音稍有喑哑，待人和蔼亲切，夫人也是同班同学，他还专门找我和几位班内同学开小组会，印象深刻。二十世纪八十年代，我在早稻田大学搞研究，中国大使馆举办晚宴招待各大学指导教授及国内各位学者，我在会场里向担任中国公使衔参赞的徐君作自我介绍，提及昔日在校情景，并主动拜问，徐君竟愕然良久，丝毫不复记忆。无独有偶，早几年我被分配到外贸部之后，那位经常为国家领导人做翻译的北大前辈学友，曾经应邀为我们部年度 LT 贸易谈判当翻译，临时住在我们三条宿舍楼半个月之久，同我每天共同聚合于北京饭店，对我这个北大后学之辈也很平易亲切，她曾签名送我日文版《毛主席语录》。但同样是早大时代，有朋友向她提起我来，并转达我的问候，这位前辈同样是全然忘却，了无印痕……

在我，很不理解。单说这部分《我与北大》的回忆，学生时代不曾有过一篇日记，全凭脑子记忆写作。我只觉得当年的人与事，恍如昨日，鲜明于脑，不会忘记。

贵人多忘事，我常疑乎是。今始信矣。

社教期间

大约是五年级毕业前最后一个寒假，班里同学到北京郊区金盏公社搞社教，我因腰腿疼痛，获得照顾没有跟去。但也一时觉得孤独难耐。当时，我同下一届61级日语班同学很友好，参加他们的新年会，一起唱《冰山上的来客》电影插曲。同时也同63级新同学混得很熟。当时，我们以下几个班级的学弟学妹中，东北籍的赵君和北京籍的吴君，都是滑冰能手，冬天常常看到他们冰鞋不离身，一起教我学滑冰，热情可嘉。但由于我知难而退，不思进取，还是没有学会。

再补充一次低年级时候的一件往事。我们日语专业秉命步行到颐和园欢迎非洲某国总统来访，客人迟迟未到，大家蹲坐在树底下等待。高年级的唐君主动过来跟我聊天。唐君给我的印象温文尔雅，言语不多，敏而好学，成绩优异。同系同专业，经常见面，但不曾交流过。那次他跟我谈人生，谈理想，谈专业，谈未来，十分真诚，就像对待老朋友一样，令我非常感动。

北京的冬天气温严寒，下过一场雪，堆在树根旁很长时间不化。但房间里都通暖气，自来水是地下水，温热而不冻手。夜间盖一条棉被即可。我不喜欢南方的气候，经受过南京夏天的人自然会有自己的体验，冬天也一样难过，自来水水箱大都安设在楼上，夏热冬凉。这种南北气候的比较，只有相对孤独时才会有深切的感觉。那年我一个人住在宿舍里，没有了往日热烈的谈笑，也闻不到每张小桌上的饭菜的香气，但却有着京师丰富的冬日情味，供我琢磨体会。

人在孤独时自有对待孤独的办法，练习绘画。我从大图书馆借来齐白石画册，专门模仿墨虾画法。功夫不负有心人，练了一个时期，我所画出的墨虾，不但形似，甚至有点神似。我还模仿过八大山人的水鸟荷花，那是印在《中国青年》杂志封底的水墨画，我着意保留下来，日日观看，这使我忘乎所以。我也喜欢练习写行草，将画稿与自作的字幅张之于壁，自我欣赏，其乐无穷。

大学高年级时期

1964 年冬天，记得在北京展览馆举办第一届日本工业展览会，简称“日工展”，我们班大部分人都去了。我腰腿疼没去。记得那次北京市民看到展览馆门口飘起日本国旗，心里一时接受不了。经过一番疏导解释，大家都以大局为重。北京“日工展”取得成功，第二年又成功地举办了上海“日工展”。此外，我还记得，在北京举行世界科学会议的时候，有的同学参加接待日本著名物理学家坂田昌一，不知从哪里借来西装领带，当然只在会上做翻译时穿戴。毕业前，还有两位同学被临时借调到外贸部一个时期。

1965 年大学毕业前夕，每个人都兴奋不已。其实，这种心情早在一年前就有体会。当时看到新建的 41 和 42 斋楼底下，时常有出租车进出来往。那是为毕业生运行李到新单位报到去的。心想，明年自己或许也将面临这样的局面。但又感到有些茫然，心里很不踏实。从我的兴趣来说，我希望被分到文化部、对外文委、中日友协等文化交流单位。但当年对外文委不要人。

毕业分配时，除了几名调干生按志愿回原单位之外，根据国家需要，先由个人填写志愿表，分为第一志愿、第二志愿和第三志愿……最后一项：服从国家分配。

暑假前，系里突然接到上级指示，派遣部分同学参加第一届中日青年友好大联欢活动，担当翻译和接待工作。男生里有我，似乎还有曲君，女生里有小白和小吴，似乎还有其他人，记不起来了。

于是暂时放下眼前去哪里的思考，全身心投入首届中日青年友好大联欢的培训活动之中了。

（七）

第一届中日青年友好大联欢

大约是 1965 年 7 月底，我走进正义路团中央机关大楼，首先登记姓名，领取一个鼓鼓囊囊的文件包。一条丝线连着两只纸质圆环，绕几圈就打开了，第一次看到这样的文件袋，很是好奇。这里早已会聚着全国日语界名人，初见陌生，不几天就混熟了。此后的几天，我们连连听了几位团中央干部有关此次接待日本青年的方针和应注意的事项，然后分组学习讨论。为我们作报告的似乎有团中央书记杨海波、胡启立等，国际联络部部长钱大卫，热情干练，脚踏实地，整个培训过程有条不紊，顺利进行。培训和学习在团中央机关大楼，吃住在崇文门附近的东单宾馆。每天来往于一条长约数百米的东西街巷。包括北大、北外和外贸学院的大学生有四五十人。东单宾馆西邻崇内大街，西面的窗户，一律罩着帆布遮阳伞，白天燠热难熬，夜晚偶有凉风侵身。伙食住宿倒也满意。

8月20日左右，培训期结束。日本青年安排住宿民族饭店，有二十多个友好团体，具体人员时有增加，谁也说不清具体人数。随即去看现场，只见室内窗明几净，被褥齐整。桌面上摆着鲜花、水果。接待人员分为三路，南方路、西北路和东北路。我被分在南方路，领队是全国学联主席伍绍祖，我具体担任“民青”（日共领导下的日本民主青年同盟的简称）小组任“主翻”。同时还有团中央日语翻译老将王达祥和吴应健等前辈。临出发前，我们每人得到一册专用的粉绿色笔记本，扉页印着大联欢的红黄绿萌芽形状的金属纪念章，当月日文杂志《人民中国》的扉页上，印着民革主席、元老、书画家何香凝老人绘制的红梅，以及学者、书法家郭沫若题写的鲁迅诗句。

8 月 19 日前后。三路人马，分别乘坐青岛四方机车车辆厂新出厂的软卧专列，浩浩荡荡开往广州、深圳，迎接日本客人。

8 月 21 日，日方青年陆续抵达罗湖。我们也同日由广州抵达深圳。据我个人记忆，当时出于好奇，紧挨着不很宽阔的深圳铁桥中间的分界线站定，远望对过车站情景，只见站台上穿着一身黑的站台员工熙熙攘攘。不久，第一批客人徒步从桥上走过来，跨过中间线，同我们热烈握手。女孩子们则抱作一团，情同姐妹。

我所在的“民青”团体，团长吉村金之助，副团长川濑敏夫，最小的一位女团员，刚满十八岁，似乎叫作什么“贵子”的。此外还有两位常驻北京的日本青年：外文局专家八木宽的长女八木纮子，以及西园寺公一的次子西园寺彬宏君。代表团入住广州羊城宾馆，客人一旦办完入住手续，随团医生立即拉着我进入各个房间查访日本青年，询问健康情况，我也顾不得当日疲劳，十分愉快地配合保健医，走访了每个代表团成员。在询问客人们的体况时，我把大学时代所学到的医疗词汇几乎全都用上了，实践证明，十分奏效。主客满意，皆大欢喜。虽然很累，但很高兴，竟然一时忘记了腰腿疼痛。

在广州，两国青年首先在中山大学中区大草坪举行活动，共同演唱热情洋溢的《东京—北京》。这首歌为日本友人谱曲，以亚洲各国青年团结奋斗，争取自由为主题，曲调欢快明朗：

我们亚洲的同胞们，兄弟姐妹们，在全亚洲燃起火炬，燃起光明。狂风暴雨虽然猛烈，我们不低头。让我们热情像火一般，勇敢向前。我们友谊高贵无比真诚，东京直到北京肩并肩，通过无私的友情，和全世界人民团结紧。……不怕任何艰难困苦阻挡，手拉着手儿力量更坚强，这是友谊的标志。东京—北京，东京—北京……

「東京—北京」

アジアの兄弟よ　はらからよ　アジアに光を　かかげよう

はげしい嵐に　負けないで　太陽の情熱を　もやそうよ

美しい友情は　東京—北京を結び　美しい心は　世界をつなぐ

さえぎるもの　なんであろうと　しっかりと　手をとりあおう

友情のしるしは　東京—北京……

作詞　下山房雄（二十岁、大学三年级）

作曲　寺原伸夫（1954 年作品）

这首歌，我们在大学一二年级就会唱了。

我还记得，那天太阳当头，气候炎热，碧绿的草地没有树木，但大家都很遵守纪律，坚守中间草坪不动。我当时一时热得头晕，由于站起来过猛，猝然摔倒了，是李君佩玖将我扶起来的。

8 月 22 日乘坐专列进京。25 日前后，彭真市长在人民大会堂举行欢迎宴会，主客分开就座，我的大红请柬上，用钢笔填写着 114 桌。8 月 26 日，毛主席和其他政府领导人接见日本朋友。中方接待人员，大都在人民大会堂外面等候。我们守在北大门出口，接见完毕，首先看见国务院副总理陈毅元帅走出来，笑嘻嘻同我们打招呼。

其后的几天，代表团成员观看文艺演出，参观博物馆、名胜古迹，在紫竹院公园和中国青年共同种植中日青年友好林。在北京工人体育场听彭真市长作报告。

代表团在北京的活动日程结束之后，便分头乘坐专列，到全国各地访问，播撒两国青年友谊的种子。一路上，鲜花笑脸，美酒清歌，为我灰暗的人生增添了亮色。我们南方路第一站是武汉。中日青年下榻于武昌胜利饭店。当晚时任湖北省省长张体学举办盛大宴会，主桌上就座的有张省长、吉村团长、《洪湖赤卫队》电影及歌剧团主要演员王玉珍、词曲作家张敬安、欧阳谦叔和担任口译的我。接下来的日程是游览武汉长江大桥、龟山蛇山、咏叹唐代诗人崔颢《黄鹤楼》诗。还有参观武钢出铁情景，前往珞珈山访问武大，游览东湖，品尝名产团头鲂等。记得当时正值酷夏盛暑，参观武钢高炉出铁时，接待人员每人发给我们一根冰棍儿，拿到手里很快就化了……

接着，乘专列去江西，参观共产主义劳动大学的青年树林，在碧绿的树荫里开座谈会。随团记者还拍了照片，刊登在当月《人民中国》上。抵达南昌，参观八一南昌起义纪念馆。此外，我还奢想去看青云谱，记得我只在大学图书馆借来的画册上看到和模仿过八大山人朱耷的花鸟画。当时自然是不允许个人行动，只好留待将来，但后来再没机会去南昌了。在我，来自九江的吸引力很强，但同样无暇去浔阳江头，凭吊司马青衫洒泪之地，那故事太久远也太缥缈了。

接着，南方路的重点游程之一是登庐山。主客共同乘坐几辆崭新大巴，“跃上葱茏四百旋”，抵达牯岭，下榻于距离美庐不远的某处宾馆，虽然山下是盛暑，但山上云雾荡漾，气候寒凉。服务员女士热情待客，主动为我们借来厚毛衣穿上。当晚，《中国青年报》记者采访我们团副团长川濑敏夫，川濑连夜写了一篇感想记，我连夜翻译出来，记者同样连夜发往北京。第二天就见报了。一篇长文，被砍掉大半，黑压压占据着版面的中心。这是我首次刊发译文，曾为之大大兴奋了一阵子。

观望庐山瀑布，但由于当年少雨，瀑布未能呈现理想景观。参观仙人洞，一滴泉，登牯岭含鄱口，远眺烟水浩荡的鄱阳湖面，忽然沉沦于少年往昔。记得童稚时代，我曾经迷恋一册稗史小说，竖排的文字细小拥挤，说的是朱元璋建国时期，明朝元勋刘基、陈友谅等，同元末诸将角逐于鄱阳湖，最后灭元兴明的故事，尤其是虚构的神奇少年小花苇战败虚构人物元朝名将白元驼的故事，读得我如醉如痴。为此，疏远了不少乡间幼时玩友。

先食武昌鱼，再饮长沙水。读清代学者洪亮吉《北江诗话》，曾说武昌鱼味薄，未必如此。估计洪老先生可能未吃过东湖鲂吧，他只念叨着肥美的鳜鱼。其后进入三湘之地。从小就记住了“长沙沙水水无沙，常德德山山有德”的地理名联。参观清水塘、船山学社、湖南第一师范学校和湘绣工厂。接着，远上寒山，站在橘子洲头，眺望葱茏茂密的岳麓山顶。游览爱晚亭。然后首次去韶山，参观毛主席故居，看到当年湖南普通农家生活情景，尤其是坠着锁链、上下可以调节高度的烧水的炉钩子，与日语中的“自在钩”很相像。后来翻译《雪国》，碰到这个词儿，还征询拜问过湖南文艺出版社的傅婷女士。这是后话。

此后的记忆有些模糊，记得当时大会的安排计划是，南方路、东北路和西北路三路人马在当年 9 月 10 日农历中秋节这一天，要分别到达三大湖（其余两路所到二湖记忆不得），我们南方路两国青年是在杭州西湖的游览船上欢度中秋的。游船张灯结彩，桌面上摆满月饼点心，恐怕是我一生经历的最快乐的一次水上娱乐活动。

其后，三路中日青年汇集于上海。下榻于和平饭店或锦江饭店。记得当时在市委大礼堂，听过中日友协廖承志会长的报告，担当现场口译的是上海日语界名流、日语翻译权威朱实（笔名瞿麦）先生。朱实先生后来成为我的莫逆之交，一生文友。

初抵上海，我曾为之很是激动了一个时期。初中时代，我曾阅读过不少以二十世纪三十年代大上海为背景的小说。例如，茅盾的《子夜》，主人公——民族资本家吴荪甫，是我在初二暑假坐在小凳子上读完的。那本从学校图书室借来的人文版草绿色的封面内侧，加印了一张上海滩的速写图。这张速写图引起我无限怀想，我何时能到往昔被称为“十里洋场”“冒险家乐园”的大上海走一走呢？

当我入住和平饭店红砖建筑南楼的时候，从窗口转头向右一瞧，黄浦江汤汤北流，东风送来阵阵潮腥味儿。啊，我到底来了，确确实实来到大上海了！

在上海还有哪些活动，已经记忆不清楚了，自然会看外滩公园，外白渡桥，还乘船游览黄浦江。不过，有个细节记得很清楚，那时已经是九月中旬了，正要欢送日本青年回国的一天，四五个北外贸的日语专业毕业生到处找我。他们来到汽车旁边，大声说：“你是某某某吗？怎么还不来报到啊？大家都等你呢。”原来他们已经知道我被分配到中央机关外贸部，计划要来上海参加“四清”锻炼。而我却一直被蒙在鼓里，这天初次听闻。这些未来的伙伴给我的印象很好，热情、诚挚，后来确实证明了这一点。其后在上海一年半的动荡生活里，我们这些“北京来客”，形同兄弟姐妹，同时也与当地各外贸公司以及仓库的职工，相处融洽，建立了友谊。还有几位伙伴落地生根，组织了家庭，成为大上海的市民了（当时“文化大革命”运动方炽，部里领导指示，我们这些“储备干部”，回京还是留沪，听凭个人选择）。

从我自己来说，最初的到来以及以后那段短暂的“上海滞留”，是我一段宝贵的经历，尤其忘不了我曾住过的上海大厦、和平饭店南北楼、曹杨新村，华东师大后侧的蜂蜜仓库，还有那座一直居住的城堡式水泥框子（那座破旧建筑现在还有吗？），还有我去过的西郊动物园、长风公园、城隍庙、玉佛寺等地。然而，更加忘不了的是当年一道生活过的男女职工，那些年龄与我相似相近的朋友——“阿拉上海人”……

结束语

《我与北大》一稿的写作，全凭头脑记忆完成。由于年代久远，时过境迁；如今要想较为完整地回溯往昔，且不改原貌，实在不大可能。只好凭借个人零星记忆，参照手头很少的资料汇集而成。有待当年同僚、学友，批评指正。对于我曾接触过的每位新老北大人，我都怀抱久久的忆念、不绝的深情。“一辈同学三辈亲”，从小记住了祖先的教导，永志不忘。谢谢。

第五章　携卷南北

从大学走上工作岗位，来来去去，我多次到过北京、上海、广州等地，写过不少文章。这些文章凡属于国内内容的都集中于《鸽雨雁霜》一书，属于国外内容的则收入《岛国走笔》之中。相同情节的经历不愿重复，那就根据我的观察和体验，重点介绍一些不为一般人所知的细节吧。我在北京读书，又在上海待了一年半，去过好多次广交会，所以我对北京、上海和广州怀有深厚的感情，时常思念于心中。北京，皇家气象，帝都风情，中华文明凝聚之处；上海，饱经旧社会风霜，呈现现代中国之面颜，代表着发展与繁荣；广州，南国花都，蕉风椰雨，令人落地生情，不忍辄去。

上海有着特殊的魅力。记得那时候的自来水含蕴着微微的潮腥，这种味道，给予外埠人乍到上海的新鲜感受，也使得当地人体验到游子回归的安堵与慰藉。我在上海虽然时间很短，但几乎跑遍了每个地方。我乘船去过崇明岛，暮春三月，走在花香盈袖的田野里。我也到过闵行、金山，乘渡船过黄浦江，远走川沙县境。如今高楼林立的浦东，当时还是漠漠农田，渺渺原野。

京沪往来

1965 年 9 月，我所参加的首届中日青年友好大联欢活动结束之后，紧接着又有后续的第二批到达，但不属于我们的任务了。当时，我见到下一届的学弟金君，大衣几乎上身了。这时我才突然醒悟，我该回校了。

赶紧买了一张 14 次特快车票，急匆匆从北站上车回京。

回到北大一看，本班同学都分别走上新的工作岗位，不见一个人，行李也都被早已入住的新生堆放到楼外房檐下。收拾了一下，到对过百货店要了一个纸箱子，再将小包袱的衣物和书籍装进去，拦腰捆上一根粗绳子。翌日，到系里领了毕业证，一个巴掌大的对折红本，签署着陆平校长的名字。见到了孙先生，他第一句话就是：

“要去做经济人了。”

随后叫了一辆出租车，司机是个女的，车也是一部旧车，显得不够过瘾。一直开到王府井外贸部政治部报到，会计问道：

“怎么来的？”

“乘出租车。”

“你不够资格呀。新来的大学生只可报三轮。”

于是再向干部部戴处长汇报，戴处长反问他：

“他已经来了，怎么，还叫他回去？”

一句话，顶得会计哑口无言。

我被分在部机关，作为出国储备干部。报到之后，头一次领了工资，月薪46.50元。赶紧到王府井百货大楼买了一件混纺毛衣，也是头一回穿毛衣，以前冬天都是绒线衣。行李搬到机关后头大礼堂，一进门满眼都是双人床一拆为二的大通铺。随便找个空床位，铺好被子歇歇再说。

等了几天，决定作为出国储备干部，先到上海帮助地方搞四清，接受基层劳动锻炼。

出发前一天，到天安门广场看放风筝。各式各样的风筝都有，蝴蝶、蜈蚣、大老鹰……五颜六色，布满天空。

第二天拿到车票，便和外贸学院魏小荣一道，登上北京开往上海的13次特快。那天是9月30日，印尼政变，苏哈托代替苏加诺做了印尼总统。

“十一”国庆节，上午抵达上海。秋雨淅淅沥沥，我们俩雇了一辆三轮车，一道前往上海外贸局报到，过苏州河小石桥时，我还下车帮师傅推车子。然后到汉口路外滩的外贸局宿舍暂住。这座古旧的洋式建筑，给我的印象像想象中的巴黎圣母院，初抵此处，我就像那个敲钟人，阴森森，空落落。我把纸箱子一提，选个双人床，把纸箱子捅进床底下待机。小魏似乎直接有单位了，不记得他在哪里住过。补充几句，小魏是南京人，党员，人很和善，同我很好，父亲是南京彩色印刷厂厂长。(想起小魏，不胜悲戚。他比我还小一岁)其后，住了几天，晚上到外滩散步。那时候的外滩尚未扩建，区域窄小，沿黄浦江边，是一米多高的水泥围墙，一溜长约一米小水泥凳子。挤满情侣，两对儿各占一半。看了说不出什么滋味。艳羡，嫉妒？好像是，又好像不是。干脆躲开，免得烦心。

过了几天，一位身穿退伍军人上衣的青年，蹬三轮前来接我了。他自报姓名："卜君。"小卜给我的印象，热情开朗，朝气蓬勃。他帮我将纸箱子提上车，又叫我坐在车厢内，抓住两边。小卜一路猛蹬，风驰电掣。驶过静安寺，越过西郊公园，到达普陀区，一直把我拉到土产公司曹阳仓库，入住那座上海展览馆的试验模型建筑——水泥城堡墩子。从此，我和小卜面对面，床对床，朝夕不离，情同手足。

这座仓库位于华东师大后边，专门储藏蜂蜜和芳香油。要知道，当时国家政策，对外贸易由中央对外贸易部统一管辖，地方只可组织货源，供定点口岸统一调拨出口。仓库职工四五十人，除了几位管理人员外，文化水准虽然普遍不高，但都勤劳朴实，有着社会下层城市庶民阶层优良的品德。

土产分公司分配到曹阳仓库的"工作队"是四个年轻人，两个上海原分公司的人——孙组长和小顾，两个"北京来人"——小卜和我。先是参加一般"四清"，一边工作，一边参加仓库体力劳动。从各地集中到这里来的蜂蜜和芳香油，都装在大铁皮圆桶里，看起来就像汽油桶，在仓库里叠放两层。每天早饭后，都有工人拉开仓库大门，爬上铁皮圆桶，用铁钩子钩住边缘，两人抬着，后面的人握紧绳索，喊着号子蹒跚而下。女工们手握漆枪，向铁桶上喷“唛头[①]”。

因为学过日语，不久前又参加过中日青年友好大联欢，时常回忆起那些鲜花美景、热烈动人的场面，不由得激动起来，就会情不自禁地高唱起来：

樱花啊，樱花，
三月里盛开的樱花。
樱花啊，樱花，
天地间灿烂的云霞。
你不拍狂风吹，
你不怕暴雨打，
花瓣纵然飘零，
花枝依然芬芳，花枝依然芬芳，
在富士山下，在富士山下。

为欢送日本青年回国，头天晚上在市委大礼堂举办大型歌舞晚会《东方红》，这首歌是中国青年艺术家新创作的歌曲，也是

① 国际贸易中货物包装上的重要标识，来自英文“mark”头音译。

我临场“听记”下来的。那时候没有录音机，更没有智能手机，为了记录下歌词与曲调，真是很费了一番心力啊。

这里我想补充一些我当时所了解的我国对外贸易方面的情况。外贸事业受中央直接领导，统一由外贸部管辖，出口商品口岸，主要有上海、天津、广州等地，地方外贸部门只负责组织货源。至于中日贸易，由于当时佐藤内阁敌视中国，两国政府没有直接贸易关系。当时有一种“友好商社”形式的贸易，那就是基于中小企业以及民间友好社团关系之上的贸易。其商品种类，中国向日本出口土特产、食品及工业原料，如农副产品：蜂蜜、大豆、海产水产、荞麦、海盐等；日本向中国出口工业品、机械类、尿素、电器产品等。中国每年在广州举办春秋两次（4 月 15 日—5 月 15 日；10 月 15 日—11 月 15 日）中国出口交易会，简称“广交会”。中方对日贸易有四大照顾性商品，即“花形商品”：天津甘栗、木耳、海蜇皮和去骨兔肉。贸易结合政治，这是倾向于照顾那些重视中日友好并为之做出贡献的团体与个人。保证他们能够赚钱的商品。地方货源集中于各个口岸，要有众多仓库储藏管理。以上海口岸为例，上海外贸局下设粮油、土产、化工、工艺、纺织品、轻工、服装等分公司，以及品目繁多的各类商品仓库，如蜂蜜和芳香油、辣椒、白果、药材、畜产……

北京外贸学院的同学，他们学的是外贸加日语，对于外贸很熟悉，而我来自综合性专门外语学科的北大，外贸方面的知识自然比不过这些同僚。知道自己的短板，那就认真工作，在实践中积累知识。经过一段时间的努力，我也能勉强单独应付局面了。

初入和平饭店

1965 年寒冬一天，我正在蜂蜜仓库同女工一起刷唛头，突然接到市外贸局通知，要我立即直接去上海大厦担当口译。我连忙换下满是白漆的工作服，赶往外白渡桥北边的上海大厦，一进餐厅，眼前大圆桌上坐着一群人，只有一个空席位，看来是为我留的。原来那天是上海“日工展”开幕，外贸各分公司领导宴请日方展览会“事务局”代表。

晚宴结束，我又立即移往和平饭店，一来中方领导办公室设在这里；二来我远在西郊，每天来回奔波，太费时间。这是我首次住进和平饭店，之前只是从外部仰望过这座尖塔状的奇特建筑。

哦，前面不是提过大联欢时住过和平饭店南楼吗，怎么是“初入”呢？其实，我最初在上海住过的红砖南楼，本不属于以前的沙逊大厦或以后的和平饭店，当时我买了一套三册的《上海的故事》，知道今日的和平饭店就是往昔的沙逊大厦（Sassoon House）。沙逊大厦曾经为华懋饭店（Cathay Hotel），位于中国上海外滩 20 号（南京东路口），曾被誉为“远东第一楼”。是由当时维克多·沙逊拥有的英资新沙逊洋行下属的华懋地产股份有限公司兴建的一幢9层大楼（局部13层），建成时是外滩最高的建筑物。1926年开工，1929年9月5日落成。它的19米高的墨绿色金字塔形铜顶多年来都是外滩的一个显著的标志，而且也是外滩第一座用花岗石做外墙的建筑物。沙逊大厦总高77米，共9层，地下有一层，临黄浦江一面则有13层，具有装饰艺术的风格 。其占地4622平方米，建筑面积36317平方米。立面用简洁的垂直线条处理，腰线及檐部处饰有花纹雕塑，是当时在美国流行的“芝加哥学派”的设计手法。大厦外墙1至8层使用花岗石砌筑，9层及顶层则用泰山石面砖。大厦的主立面为东面，屋顶耸立着一座19米高的墨绿色方锥体瓦垄紫铜皮屋顶。

华懋饭店的正门开在南京路上，三层、四层是新沙逊洋行的办公地点。五至九层是华懋饭店。而且华懋饭店当时每层住房的风格都不相同 。五层为德国式、印度式、西班牙式和日本式住房；六层为法国式、意大利式、美国式住房；第七层则为中国式和英国式住房。十楼便是维克多·沙逊的英国式豪华住所。在十层以上是由沙逊家族和旅馆经理居住的，室内装饰均采用英国式，且餐室内还设有小电影银幕。此外，在似金字塔的墨绿色顶内，还有个大餐厅。

我还听过上海朋友的介绍，说英国人沙逊早年在上海是个拾破烂的，后来发家致富，成为大资产家。我估计旧时代的上海，这类人绝非沙逊一个。

根据我的记忆是这样的，和平饭店正门面对南京东路，隔着底层大厅，背面也有一门，面对饭店北侧的滇池路。滇池路很窄，似乎只能通过一辆大巴。对过就是设在中国银行大楼内的我所隶属的土产公司的旁门。和平饭店南门东侧并列着两部老式电梯，菱形伸缩交织的黄铜拉门，由专职人员手工操纵。站在电梯外头，可以从门上方指针看到运行状况。进入电梯后主动告诉去哪一层，到达时操作者右手控制操纵把手，左手拉开伸缩门即可进出。

参加“日工展”

1965 年冬季上海日本工业展览会，临时办公室好像设在和平饭店二楼。人员组成大约有三类，第一类是大会领导，中方有徐达全、陈一铿（后者记忆不确）两位处长负责；第二类是专家组，集合着沪上日语界精英，有董建人、赵津华、朱实（瞿麦，不常住，必要时才来）以及一位原来就属于外贸局的李先生（名字忘记了）；第三类就是我们几个隶属北京外贸部机关的青年学生，向光璧（后改向东）和我，还有几位实在想不起来名字了。因为小向是四川人，方言浓重，人又好，说话带笑，赵大姐总是喊他“小向”，亲如姐弟。赵津华，是谁呢？就是后来那部在中国放映时万人空巷的日本电影《追捕》的译者。前些年，我在朱实先生家里给她打过电话，知道她有些视力障碍，正在治疗，不知是否康复了。

我们几个“小年轻的”，利用展览会休日陪宾客访问工厂、人民公社和游览风景名胜。口译工作会有常人所不了解的辛苦。不知道的，还以为外事翻译工作风光体面，吃好玩好，令人羡慕，其实远非如此。但举一例，就是那副嗓子一直处于紧张与病态之中。办公室中常备品中最受欢迎的东西是什么？那就是中药材胖大海。

当时，朱实先生是上海市外办的老翻译，又在上海外贸学院兼职，教授日语。他的一名学生，名字同我只差一个字。

我同朱实最初是怎么结识的呢？就是在日工展期间，有一次为日本客人放映电影《青春赞歌》，我在现场担当同声传译。记得当时天冷咳嗽不止，到黄浦医院看病，医生开了一瓶“半夏露”。不知是谨慎紧张还是药物有效，对着话筒半个多小时的翻译竟然一声未咳，实乃奇迹。刚一完结，立即走过来一位身材魁伟的“壮汉”，握住我的手，亲切地说道：“很好，很好！”

此后，过年时，我还到他家吃过馄饨，夫人贤惠雅静，她本是上海京剧院名优。公子海庆尚在襁褓中（现为著名旅日画家）。

当时的大上海，“文化大革命”硝烟已经暗暗点燃，多数人尚在朦胧之中。进入 11 月间，天气渐渐寒冷，一天，办公室人员正在忙于各自的工作，我忽然看见新到的《文汇报》上，在某一版的左上角登载着姚文元的《评新编历史剧〈海瑞罢官〉》。当时没有人觉察这篇文章的来头。不久，办公室内起了微妙的变化，徐、陈两位处长由每天都来变为偶尔来一次，他们说要回机关参加运动，听传达文件。只剩下专家们和我们这几个青年翻译。本来我们几个住在和平饭店北边北京东路的一座外贸职工宿舍内，同一些广东青年住在一起。他们喜欢冬天开窗睡觉，我们受不了，我感冒了，小向几个也都不知去向。其间，我又有任务在身，不好回曹阳仓库。便住在和平饭店。于是，我便安然听命停宿于设备良好的房间内，慢慢体察这座旧社会走过来的大饭店的特别韵味。房间高大宽敞，走廊、室内一律铺着波斯地毯，卧房设在入口左侧，大床，绣花枕头和盖被，苏绣台灯。高处设有小小气窗，通向外边。整个卧室隐于浅蓝色房帐内部。卫生间是小花白瓷砖墁地，大搪瓷浴槽，像一艘小船浮于地表。马桶大黄杨木圈，没有绒套，坐上去很凉很凉。

一日三餐在九楼用膳，上海饭菜，生煎包子、糍饭、油炸馒头、大肉包、咖喱牛肉汤等。大联欢时初抵上海，住在南馆，吃过小砂锅，猪下水，金针菜、蘑菇等杂烩，摆在一个大笼屉里，热乎乎的，美味无比。但在北楼，不记得吃过。不知为什么。

我在和平饭店美美住了将近一个月，直到“四清”告一段落。其间，小卜去看望过我，他那天龟缩于和平饭店底层西侧墙角，一嘴冻疮，我差点儿没认出来。

“日工展”结束，不久我也撤出和平饭店，回到曹阳那座水泥城堡。当时唯一的一件礼物就是展览会现场制造的塑料盆。这只绿色塑料盆，在当时还是个稀罕物，人见人爱，做过洗脸盆、和面盆，养鱼盆，冲洗过照片，陪伴我从上海到北京，从北京到河南息县干校，再从息县到小汤山，一直用到南京。直到周围“耳朵”都掉了，端着刺手，才依依不舍地丢弃。

那年冬天特冷，住在水泥框子里，晚上床头的洗脚水，翌日冻成薄冰凌。夜间，倾其所有，一床碎棉絮也铺在床板上了。除了我与小卜，同室还有三人。厨师老颜师傅，他的拿手菜是腐乳鱼和炒鳝丝。还有两位青年工人小朱和小李。

曹阳土产外贸仓库距离外滩分公司很远，先乘公共汽车到静安寺，再转 20 路无轨驶往南京东路外滩（转头在九江路口停车），票价一毛三（上海话“一阁塞”）。每次去分公司开会，来回车费到会计那里报销。女会计姓陈，人长得漂亮，文化水平高，字也写得好。所以不管开什么会，都由她做记录。

邢台大地震

1966 年 3 月，邢台大地震，小卜一早到邮局买了一份《解放日报》。邢台和小卜的家乡涿县同在河北。我记得读历史清代学者纪昀（纪晓岚）是涿州府人士。发生地震那天，周恩来总理即日赶到灾区，站在一块小石凳上发表讲话，慰问受灾民众，鼓励大家重建家园。

当年春夏之交，“文化大革命”运动大开展，人心动荡。工作队的任务由“四清”转向“文化大革命”，由三个青年人组成的工作队（后来小卜上调队部）：孙组长，我和小顾。有一回召开动员会。动员有问题的人主动交代问题。有一位“搞腐化”的女工，将男方送给她的礼品嘎子（戒指）、小茶壶等一并交来。工作组估计她问题严重，便加大火力，指挥群众集中批斗。最不应该的是还对她加以恐吓，声言要把她绑起来。这就违反了纪律，工作组受到队部严厉批评，孙组长被调离，换了一位上了年岁的好好爷们儿老钱。老钱原是某公司住港人员，独身或鳏居。家中录音机、照相机、洗印机一应俱全。当时在我们眼里就是富裕阶级。

当时，我们这些人的工资“四十六块半”，从不敢在“一百”或永安市场购物。少年时代的清贫使我养成节俭的习惯。这回我一到上海，拿到第一个月工资，就在外滩的一家储蓄所存了 10 元钱，以后月月坚持下来，到第二年存到 120 元，刚好在位于和平饭店西侧的长城钟表店，买了一块上海牌手表，从此结束了没有手表的历史。

1966 年夏季，我由曹阳仓库调往杨树浦区的药材仓库，组长是一位住在本市的黄处长。黄组长有一次将运动材料和裁纸刀叠放在一个抽屉里，我整理抽屉时不小心割伤了手指，一时竟然昏厥了过去。

那年夏天特别炎热，仓库门口有女工们自制的冰镇酸梅汤，自由饮用。记得几个小姑娘结伴去看电影《桃花扇》，我还给她们预先讲解了一番。

我那一年夏季，下腹生湿疹，奇痒难耐。到黄浦医院看皮肤科，男女医生交替叫号，换了好几次都轮到那位女医生，我腼腆无奈，干脆不看，回去了。

当年秋季，我们这些北京来客全部集中于曹阳仓库，大家住在一起，心情愉快，热闹非常。

更高兴的是，上级指示，决定让我们几个学日语的参加秋季广交会。

广交会

国庆节后不久，我同外贸学院几位学友一道乘坐 50 次直快前往广州，来到一所外贸学校，同一些学生住在一起。当时，我们一伙人，一部分担当各交易团的商品谈判翻译；而我们少数几个，担当大会生活翻译，移住到珠江边上爱群大厦。10 月 15 日广交会开幕式晚宴上，我为大会主席广州市市长曾生当翻译。以前我对曾生略有了解，知道他是军人出身。他讲话声音洪亮，仿佛同人吵架，在他的影响下，我为他翻译声音也很大，再经过扩音器扩大，声震屋宇。而每一声轰鸣，都赢来如雷掌声。曾生讲完话一直淌汗，接着，同在主桌入座的西园寺公一先生，站起来指挥全场高唱《大海航行靠舵手》。在同事们的怂恿下，我也乘兴唱了一曲《赞歌》，获得了赞赏。没料到，经过数十年风雨，生活繁累，疾病折磨，如今的嗓子彻底“倒”了，说话犹如劈竹子，连自己都不想听，更不愿唱歌了，悲夫！

回到正题。爱群大酒店（英语 Oi Kwan Hotel），借用网络资料介绍，这是广州市一家老牌酒店，位于沿江西路，1934 年由一位旅美华侨出资兴建，是广州市第一座用钢筋水泥构筑的高层建筑 ，号称“南中国之冠”。不少政要名人如李宗仁、于右任、孙科、霍英东等曾下榻于此。新中国成立后，首任市长叶剑英也曾在这里办公。

大楼西端为半圆形厅堂，当时在某一层西头餐厅用餐。厅堂里的餐桌上罩着绣花桌布，压在玻璃板底下，桌面上反扣着细瓷碗、象牙筷，洁净，讲究。初次品尝南国饭菜，美味可口。

住在同一楼层的还有两位上海外贸学院的女同学小赵和小周，热情可爱的上海小姑娘，她们见到我，“笃飞翼”“笃飞翼”（上海话“大翻译”）地叫个不停。住在别的楼层的她们班的男女同学，似乎也都集中于生活翻译组。生活翻译的主要工作是休日或晚上，陪同日商参观工厂、公社、名胜古迹，看抗日电影和革命样板戏。前者有《地道战》《平原游击队》《小兵张嘎》《铁道游击队》；后者有《红灯记》《智取威虎山》《海港》《沙家浜》等。

样板戏演出之前，先要将中文说明书翻译成日语，然后到新华印刷厂印制日语版《剧情说明书》，但印刷厂排字车间没有日文铅字，排字工人自然也不会排日文字母。怎么办？临时请铸造车间帮忙铸造，再由老工人排字。因为排字工人不懂日语，十有九错，干脆亲自出马，由我一人担当检字、排字，独立完成全套印制工作。好几天我都面对倾斜的铅字架，先把汉字挑出来，再把新铸造的日文假名镶嵌进去。好几天两手油黑，无暇清洗。排出的文字汉日夹杂，犹如一条高低起伏的石子小路，看起来很不舒服。但我心里却很高兴，因为又学会了一门本领。

当年的日本友好商社，都有专门人员应付广交会上的宣传友好工作，参加大会各种活动。积极表现，以便协助本公司在会上的交易谈判，获取更多照顾。

秋交会结束后，我们照例回到上海，部里为了让我们尽快熟悉外贸业务，把我们分到各个分公司。我被分到服装公司，跟一位老职员练习打字。油印打字机，敲一下字母，蹦起一根“蚂蚱腿”，打在蜡纸上。同刻钢板相近似，只不过用敲键盘代替写蜡纸罢了（前面说过，上学时我刻钢板最笨拙）。下班后，在饭堂用餐，一碗素面，加上一块腌姜和一汤匙冻猪油。晚上睡在私人住家出租的房子里，一大早各家排队上厕所，或向马桶里倒“痰盂”。

回归京华

当时，我们这帮人就像没娘的孩子，先是部里管，后是公司管，再后来是部里管。部里干部部代表刘处长常驻上海，但汇报思想和工作也很难找到他。到了第二年初春，我们就从上海北站乘上 14 次特快回北京了。

到达北京后，我们这帮人先是住在出口大楼外的平房，铁片床，很不舒适。好在天气渐渐暖和起来。1967 年 4 月中旬，我们一部分人照例去参加广交会。记得当时我和同事小汤（我们俩都在外贸单位，又在同一个战斗队——现在听起来怪怪的，在当时很平常）都分在交易团。我给粮油公司负责大豆谈判的侯经理做口译。我们交易团住在广州军区二招，夜间侯经理鼾声如雷，导致我睡不好觉，十分苦恼。我向汤君诉苦，我们俩走在春阳和暖的路边一排树木下，不知是什么树（木棉树？），树皮好似折叠的面饼，可以用手一层层揭下来，使我很想在上边写字。大会临近开幕时，“二办”缺少生活口译，大会办公室吴主任到处找我（看来秋交会他对我印象不错），在他的联络下，我又回到我所喜欢的生活翻译的位置了。

记得那次春交会我们住在沙面，风景宜人，气候和暖。平时乘大会巴士前往位于海珠广场的展览会大楼。休日，我们坐在石凳上，茫然地望着白鹅潭水面，谈论未来去向。记得当时我们还在宾馆大厅等着杨浩庐副部长，向他询问部党组有没有讨论我们的分配问题。当时我们还瞥见“四条汉子”鱼贯走过大厅。所谓四条汉子，就是李处长属下的四位助手，后来我们都成为熟稔的好同事与好朋友了。

1967 这一年春末，接到慈母病危的通知，心情黯然回家探母，不多久，又折返部里。当年，遭受丧母悲戚，乡间恶人猖狂，百姓受难，精神一蹶不振。女友来京结婚，草草会聚。度尽劫波，好不容易“挺”过来了。那段痛苦的记忆，也曾写过不少文章，实在不想再回头了。一颗衰老的心，承受不住一次又一次的煎熬……

部里分配，最初我先被分在仪器公司，后来经李处长以及四局刘、彭两位局长向政治部干部部极力争取，我才正式被分配到四局三处（参与分管对日贸易，同时又是 LT——廖承志、高崎达之助办公室，简称“廖办”）。10 月临时去外贸部小汤山农场打地基，盖房子。就是说，小汤山那一大片红色砖瓦房，就是我们最早参加建筑起来的。盖过一段时间房子，我又去参加秋交会了。

除了前面首先去过的 1966 年秋交会以外，1967 年、1968 年、1969 年三年的广交会我都没有间断过，共计七次。一直都担当大会生活翻译。下边再重点记述一下两届广交会。

1967 年秋交会

1967 年的春交会结束回京后，起初，我被干部二处分到位于京西进口大楼的仪器公司，但几位对日关系的部员极力撺掇“廖办”领导把我留下。接着就去了春交会。这次身份不同了，我成为外贸部的正式干部，同样也成为广交会上李处长手下“四条汉子”中的一员了。

我们北京来的交易团成员和工作人员共同住在沙面的胜利宾馆（？），来往于海珠广场的交易会大楼，每天都由大轿车来回接送。记得有七八辆大轿车，沿着珠江北岸行驶，浩浩荡荡，一路上引得众人注目观望。中午下班，再由原车原路送回。一日往返四趟。

李处长手下同事有原来的“四条汉子”中的高、王、马，再加上初次参加的老徐以及新部员我。此外二处港澳的还有李、唐两位女士。印象最深的是大家一块吃狗肉。偏偏订了一个自助餐，两位女士主动掌勺。大家一边高叫“好吃好吃”，一边暗暗朝桌子底下吐东西。

老王，东北沈阳人，性格开朗，快人快语，嗜酒，每到广州，他便端着搪瓷茶缸，到街上打来满满一杯五加皮，自饮自酌。不久，老王全家妻儿子女从沈阳调往北京，同时我也调往南京，正好掉了个个儿。可叹在我南调之后不久，他不幸因病离世，徒留音容笑貌在耳畔眼前，实令人唏嘘……

中日贸易特色

回忆当初中日贸易，根据我所了解的简述如下：政府、国家级贸易——由于当时日本佐藤政府实行敌视政策，中日尚未恢复正常邦交，所谓政府级贸易没有多少实际内容，主口由外贸部LT（高崎达之助·廖承志办事处）担当。当时主要是民间性的照顾型贸易——友好商社方式。也就是，一个显著特色就是照顾民间友好商社。广交会上，四大照顾性商品——海蜇皮（くらげ）、黑木耳（くろきくらげ）、天津栗子（天津甘栗）、去骨兔肉（骨抜きのウサギ），基本上首先考虑卖给那些对华友好的左派贸易界。那时正值“文化大革命”，日方商社为了拿到这批商品，在交易会上大展两国友好姿态，多数商社都有专职人员从事友好宣传活动。当时，交易会有两项活动：每周六和周日放映革命电影（包括抗日电影），每次广交会有一次样板戏演出。这两项活动皆由负责对日方面的第二办公室（简称“二办”，“一办”负责港澳；“三办”负责欧美）组织领导。二办领导设主任一名，均由中央部委任命，担任主任的有李处长、贸促会张处长和我们“廖办”的老马。而具体工作比如印制每次演出资料或说明书，担任现场同声传译，甚至亲自下印刷厂排字间排字，这些我都干过。为此，我同那些样板戏的工宣队、军宣队、演职员都很熟悉。甚至有一次去河南区某高校参观访问，上海芭蕾舞团临时表演折子戏开头《北风吹》，杨白劳扮演者缺席，当时演喜儿的演员小茅临时拉我应急上场。我做了个简单的动作，她们很满意。

和中方对应的日方领导机构是日本国贸促事务局，通常由事务局长、专务、取缔役和翻译组成。中日双方每天总要碰一次头，商谈一些问题。日方事务局，大都由一些渴望两国人民友好的左派人士担当。记得当年有个姓武吉的男子，据他本人说，他曾经是八路军一员，并以参加过“四野”为荣。还有一位姓“户毛”的女士，待人十分亲切，给我留下很深印象。至于那位武吉，我离开外贸部后，在日本又偶然遇见过一两次，但他形同陌路，忽然变得不认识了。初遇此类日本人，颇感不解。

李处长待人真诚、热情，极为平易近人，我们大家在一起工作很舒心，也很随便。老李对待京沪两地借调到广交会帮忙的大学生十分爱护，招待大家一道吃饺子，算账时，急着要办事，从屁股口袋抽出一张“大团结”，向柜台摆摆手“别找了”。听说有位姓黄的女同学生病不能赴宴，又买了一份带回去。但在执行国家贸易政策上，李处长一丝不苟，十分严格，不亢不卑，该怎么办就怎么办。他的这一表现，使得那些想在他身上玩点投机、占点便宜的日本商人无机可乘，只好避而远之。

两次出差

1967—1968 年，我在单位领导的指派下，曾参加过两次出差。1968 年严冬，同本处的老黄出差东北。黄君自家有皮大衣，而我需向部里有关部门临时借。不巧，办公厅储藏处衣服都被出国干部借完了，只剩一件破的棉大衣。这件大衣破到什么程度，简直无法想象。拿出来一看，着实叫人摇头，可以说，五颜六色（补丁）、千绗百衲（针线），又小又短，想想“有当无”，总比我的冬天一直穿着的短棉袄好一些。一咬牙穿在身上，拄着一根竹竿，踏过严寒的东北大地，潇洒走一回！后来翻译松尾芭蕉，觉得那位梦一蝶为芭蕉绘制的肖像画上行旅服装同这件大衣差可比拟。

我们一起走访了沈阳、营口、鞍山、大石桥，直达大连，乘马车、坐摩电，踏冰雪、冒疾风，住过宾馆，进过旅店。在沈阳军区招待所里同新结识的解放军战士一起比赛喝啤酒，听他们之间关于“老鼠”和“老虎”的辩论，欢笑声不绝于耳。在职工食堂排队购买甩袖汤。每到一地，进屋先打开棉被逮虱子，然后躺在床上啃新买的国光苹果……

前两年为上海译文翻译《漱石日记》，再看那些东北的地名，十分亲切，巴不得再走一趟呢！

我们抵达鞍山，出发时受周玉之托，晚上曾经去鞍山钢铁公司职工宿舍看望过周玉弟弟周 × 君，名字一时忘记了，不过给我的印象是：相貌酷似其兄，精明能干，不爱言语，左手写字，笔墨秀丽。

东北寒天出差，两个细节记忆深刻：老马吐血于道路，立即俯首尽食之，绝不给人看到；一位鸡骨支离的男子嗜烟，一支接一支，日夜不曾熄火……

另一次则是 1968 年夏天和周玉出差新疆。我们俩走北线，坐火车经呼和浩特进入河套、秦晋地区。热风从车窗缝隙钻进来，小桌上落满了一层细细黄沙。火车驶过大同，很想去看看云冈石窟，但又怕耽搁时日，犹豫再三没有去，成为终生遗憾。车过风陵渡，抵西安，前一年调到这里的张君建平前来接车。我们三人一起把蝴蝶牌缝纫机抬下车，这是我们受他托付为他从北京捎带来的。急忙赶回车厢，刚一坐下，车就开了。接着，再过黄河，经兰州（无暇去吃黄河鲤鱼，又是一个遗憾），穿过历史课老师反复讲过的河西走廊（远眺人人景仰的敦煌），进入新疆，再经哈密和吐鲁番，抵达乌鲁木齐市。我早就在幼时小哥给我的地图集上多次翻阅过这座城市。新中国刚成立时，不叫乌鲁木齐，叫迪化。乌鲁木齐，蒙古语意思是“优美的牧场”，但有人不同意这样的解释。且不去管它，再说当天晚上我们俩入住地方外贸局为我们预订的旅馆。饭后到大广场上乘凉。到了晚上 11 点，太阳还老高老高的。大西北自然景观中的这一现象，至今记忆尤深。

翌日，乘飞机去喀什，其间经库车、阿克苏，那次应该是我首次乘飞机，机体很小，颠簸得厉害，途中两次起降，我晕机呕吐，一位空姐在我身后不住递给我纸袋子（当时尚不流行塑料袋）。而小周毫无反应，他只管抽烟、说笑。好容易到达喀什，入住一处宾馆招待所。这座宾馆据闻是一座古老建筑，西邻一座大清真寺，记得我们还去赶巴扎尔，现在查查，应该是艾提尕尔清真寺。

宾馆同内地大体相像，但带有边疆独特的浪漫色彩，白桦林，骆驼队，远处高山连峰，白雪皑皑，近处头戴小花帽的少数民族青年，穿着彩蝶般华丽的服装，很是令人流连忘返。房客不多，仿佛只有我们两位北京来客。西边屋后是一座广阔的庭院，沙地平坦，屋檐上架着水槽，注满清水，白天晒热，供客人晚上洗浴。

食堂里一日三餐，除了我们北京和省会乌鲁木齐来的住客之外，还有不少当地不住宿、只用餐的维族男女进来吃饭。他们吃的番茄羊肉烩面条，我们开始吃不习惯，出外买紫皮大蒜佐餐，消除膻味。后来竟然渐渐爱上了这类饭菜，配上馕，吃起来十分可口。

宾馆两位女服务员小蒋和小唐，天天来为我们打扫房间。工作认真，热情开朗。他们每天都来为我们拖地、扫除。小蒋是南京人，老家住在城南中华门内，小唐是杭州人，来自西子湖畔。

两人说话都稍带点内地方言，听起来亲切有味。

我们待在喀什期间，曾坐大卡车进入塔里木大沙漠，到达沙漠中的一处绿洲，但最后未能到达和田，中途折回喀什。由于一时交通受阻，我们俩不能立即回京。小周本是一个开朗、乐观的青年，机灵活泼，甚是讨人喜爱。通过他我们结交了乌鲁木齐来这里的六七位汉族青年房客，同样因卡车断绝，一时回不去。大家遇到一样困难，只好安心等待时机。

这个时候，我们还乘奔驰与天山南北的解放军“喀喇昆仑”的大卡车去过一趟石河子。

白天各忙各的事，晚上大家一起围在大圆桌边玩“拱猪[①]”游戏，两副扑克拼合在一起，用笔记下来每人每次得分。一位年龄最轻的牌友，洗牌刷牌手法娴熟，一如公鸡抖羽，白鹤亮翅。他的表演，很能激发玩兴。最后根据分数多少决出胜负。几天一过，我们就成了好朋友，等到派仗结束，他们回省城时，大家相互拥抱，依依难舍。过了一周，我们在当地一位外贸干部的协助下，购到机票，还买了两斤葡萄干。回到乌鲁木齐，那些喀什结识的新朋友都来相会，只见他们人人面部经沙漠烈风吹打，简直就像哈密瓜……

① 扑克牌一种西洋玩法。两副合并，以黑桃 Q 为猪，若手中有此牌，就得利用各种手段将此牌推给他人，即为胜利。最后手中保有这枚牌者成为输家。三岛戏剧《黑蜥蜴》中明智小五郎与绿川夫人（黑蜥蜴）玩过这种游戏。

1968 年上半年的 LT 谈判

这次谈判，主要有外事口对应日方 LT 代表团。地点设在北京饭店。主要翻译请了翻译家王女士担当，我和外交部的小杨做助手。他们在北京有家的都回家吃住，王女士家在西郊，太远，临时停宿我部三条哪个宿舍，每天步行去饭店。我和小杨两人常驻饭店，大铁床、厚地毯，皮鞋摩擦，两根食指老是挨静电击打。小杨是鞍山人，一口东北话。吃晚饭时，我们俩总是爱点红烧鸭脖子。小杨总是说“鸭脖之”“鸭脖之”。不是因为这道菜好吃，而是这道菜最便宜，又量多，味道也可以。说明一下，鸭子其他部分都去充当烤鸭、红烧鸭块以及我不知道的“鸭料理”中去了，剩下的鸭脖子，弃之可惜，食之无味，堪比鸡肋。在我眼里，鸡肋像破柳条筐子，鸭脖子像一轴掉在油汤里裹得很紧的粗棉线。

1969 年秋交会

这年秋季，这次秋季广交会由我们四局三处的老马担任“二办”主任。在这之前，三处曾建议利用交易会之便，举行一次与会中日青年共同去韶山参观毛主席故居的活动，亦即小规模的中日青年大联欢，缅怀领袖青少年时代风采。这一提议，受到广泛支持。刘部长助理责成我们起草文件下达地方。当年“二办”除了本部派出几名人员之外，又借调了在外交部翻译大队待机分配的唐君，以及别的中央机关的我的北大同学小白和小曲。老友见面，十分高兴。起初，我和唐君先去湖南长沙打前站。我们从广州白云机场出发，上了飞机，空姐发给我们一人一盒十支装的中华过滤嘴香烟，唐君立即给了我。当时我也只是饭后一支烟的程度，耐不住“中华过滤嘴”的诱惑，抽着玩玩。我们到了长沙，下榻湖南宾馆二楼普通房间，午饭一人一碗龙须面，吃得十分开心。大概吃厌了广州饭菜，一时改变口味，觉得很新鲜。我们俩去了清水塘、船山学社、湖南第一师范、湘绣馆，接着去岳麓山爱晚亭、湖南大学、橘子洲头……每到一地，唐君都主动向接待人员索取材料，及早翻译成日语，每天一大早就到外面高声背诵。

大约十月底，也就是交易会进行到一半的时候，两国青年分乘三架包机，陆续飞抵长沙机场。我记得那天是阴天，我去接机，站在跑道外的停机坪上，被掉转的机身喷出的巨大气流吹得几乎摔倒在地。青年们陆续参观了几处革命圣地，最后瞻仰领袖故居，给我印象最深的是厨房烧水使用的炉钩和铁壶，几乎和日本的一模一样。再就是门外小广场，面积也不大，使我联想起故乡普通农家的打麦场。

这届交易会上演出的节目是《红灯记》，地点是新建不久的广州剧场。我和唐君共同担任同声传译。两人分别坐在放映间两张窄小的椅子上，面前一盏遮着灯罩的小台灯。说是同声传译，其实是有日文书稿的，因为轮番到广交会演出的八个样板戏，事先就被翻译出来登载在日文版《人民中国》杂志上。届时，一边透过小窗俯视着舞台上的演出，一边合着舞台上人物的唱词或对白，念出日语来。看来似乎很简单，但同声传译是很有讲究的：讲究主次，舞台演出是“主”，同声传译是“次”；要力求合乎演出节奏，快慢适中，舒缓有度，使得日本观众不知不觉明白了剧情，听懂了台词。要做到这一点，还要懂点京剧的演出套路，知道京白、京韵，知道西皮和二黄两种唱腔的区别与特点，使得你的译语同演员的台词或歌唱合辙押韵，鱼水交融。这样的同声传译方可称上乘。当时，我们还承担着一种政治压力，那就是不允许有任何疏忽破坏了样板戏的声誉及演出效果。比如《红灯记》的《跳车》一场，内容是“表叔”黑夜跳下火车，潜入铁梅家来传达指示。其中演员跳车需要全场熄灯暗转，那么我们使用的台灯怎么办？就得立即遮蔽严实，不许漏光。假如不小心走光，不小心漏泄到舞台上去，那么“吃不了兜着走”，弄不好还会惹怒旗手，所以那天我们俩一见舞台上灯光暗转，一道黑烟自右至左斜着穿过舞台，赶紧遮掩台灯，不漏一丝光亮。结果没有出事，“表叔”安全跳车，摸黑抵达李玉和家。我和唐君这才松了一口气。

历届广交会，八个样板戏轮番去广州演出，地点有中山纪念堂、广州剧场等，我几乎都为之制作过日语说明书，做过同声传译，还为《红色娘子军》打过探照灯，为《白毛女》访问当地高校客串过角色……

下放干校

1969 年 12 月 31 日晚，我和机械（？）公司的老魏（我局李女士夫君）一道，从北京站乘上开往广州的 15 次特快，中夜抵达河南信阳，随即再坐干校大卡车经息县县城直奔东南方向。第二天凌晨，天色曚昽中抵达外贸部河南干校本部。当我的一卷被褥从卡车上被扔下来的时候，连连在冰冻似铁的泥土路上翻了几个个儿，裹在被子中的搪瓷碗蹦了出来。那一声脆响，象征着我的全新的干校生活已经开始。

息县是赵浩生的老家。这位美籍华人多数人都不知道。但当时我翻检过他的履历，不知怎的，一下子就记住了他，而且至今不忘。我虽然记住这位名人，但并不了解他的生平与成就。目下也才知道他是科学家，见过许多有名的人物，包括毛泽东、蒋介石、周恩来等要人。

开始编在一连一排，连长是原来四局的老黄，大家都喊他黄连副。一排的成员主要是原部机关三局、五局的人员，我是四局，新到的只有我一人。当时由于隶属各派，情况复杂，大家都不约而同地禁言自己的“派别言论”。我自己一向对“文化大革命”打派仗之类极为反感，一直属于逍遥派，说实话，我只对一年两度的广交会感兴趣。其余最多是按照张震队长指示，帮助抄抄大字报，写写标语什么的。所以，到了干校新环境，看看周围的人，不论是人对我还是我对人都比较陌生。所以时刻注意积极参加政治学习和劳动锻炼，绝不随便说三道四。然而，这些过去从未接触过的三局、五局的男女局员对我这个默默无言的外来户非常好，他们或她们心地善良，待人亲切，对我关怀备至。而她们原来大都是驻各国大使馆商务处的参赞夫人。短短两三年的干校生活，使得我们大家竟然亲如兄弟姊妹，直到后来我调入南大，这些干校校友大都来过我家，成为终生难忘的朋友。这是后话。

最初，一连全体五七战士都集中驻扎在一片大平房中。那年冬季十分寒冷，每间大屋子里除了一只蜂窝煤炉，其他再没有别的取暖设施。门窗不严，草屋漏风，尤其是夜间小解，令人打怵，所以各人都找了一个小瓦罐作为夜壶。和我邻床的一位局级“走资派”，心眼儿很好，他每天一早去厕所时，总是主动将我的尿壶一起带去，倒掉、洗净，晾在向阳的地方。不管是什么心态，他的这种行为总是叫我心怀谢意，因为不论出于何种目的，他都没有必要向我这样一个毫无权势的人讨好、献媚，除了乐于助人的一片善良之心，还能做别的什么解释呢？还有一位“走资派”，高个头，上海人，那年他获准回上海探亲，还帮我排队买了一只大搪瓷杯子。这只大杯子早晨打满开水，泡上茶叶，搁在床边的阁板上，中午干活归来，可以解决火烧火燎般的饥渴，令人欣喜。

大本营的伙食使我难忘，早晨是大米杂粮粥，长方块小馒头，猪皮冻小菜。切成一块块的酱油猪皮冻，宛如秀玉，舀在稀饭碗里，很快就化了，所以先吃了再喝粥，咸一口淡一口，却也很有味道。再就是厨房大笸箩里盛着油炸酱牛肉，随便吃。这之前，我是不吃牛肉的。谁知到了干校不久，发高烧不退，在床上躺了一星期，服安乃近也不退。碰巧厨房当天吃红烧牛肉。我冲破禁忌，不顾一切猛吃牛肉，不但退了高烧，而且从此喜欢吃牛肉了。

建立新根据地——盖屋、打井、修桥筑路

最初半年主要是搞基建。新选的地址位于大本营西北方向一公里左右，每天早饭后都要去那里干活，首先是跟几位泥瓦匠师傅学习盖房子。先在较为平整的地面上开挖长方形地沟，拉上线，然后打硪[①]，夯实泥土。要是地洼，还要垫上一道基石，然后就是砌墙垒砖头了。别小看砌墙，那可是个高级技术活儿，首先戴上紧缩布手套，拿起一块红砖，熟练的人掂一掂，甚至掉个头儿。但看不出手动和指头动一动。这就是技术，除了师

① 用大石块反复砸结实泥土，以免下沉，影响房屋质量。因石头大小，可以两人或多人，将圆巨石或打场的石磙子（碌碡）用绳子、木棍绑结实，一同喊着号儿拎起来抬起落下去，反反复复，谓之打硪（wò）。可叹现代人都用不上这玩意儿了，甚至念不出也查不到这个字了。

傅，一般人做不到，只是叫人看得眼馋。然后是抹灰，用瓦刀剜起一团水泥、石灰和沙子，只是对着砖头一横一竖两个半边抹上两刀，对准、竖直，敲一敲刮一刮就行了。要是洋灰没粘住，掉了下来，那就不成了，洋灰也就不能二次使用了。未完成砖墙外墙光洁整齐、严丝合缝，内壁疙疙瘩瘩，粗劣不平。脚手架随着墙壁增高，我当时穿着大棉裤，站在高高的脚手架上，北风怒号，新筑的红砖墙像芭蕉扇呼扇呼扇晃动，我却一点不害怕，最后倒也没有倒塌。

顺便说说，我当时就怀疑，古代没有洋灰、水泥，故宫和颐和园又是如何将砖瓦粘在一起的呢？为此，后来我特地带着这个问题爬了一次佛香阁，仔细查看了那面巨大的照壁，翻阅资料，据说是用江米糊子粘接在一起的。此言大概不虚，糯米饭变干后，其黏结力确实非同一般。平时吃过米饭，饭碗忘记刷洗，放它半天，米楂黏在碗里，又干又硬，弄不好会刺伤手指。

屋框子砌好了，接着上梁架檩、铺油毛毡、排瓦封顶，最后是室内垫土、泥墙，安装玻璃窗。整理房前屋后，筑路搭桥，疏通排水沟等配套工程。

打　井

干校打井，可是大事，关系到全连数百人的吃喝和洗浴。半年前就要选择井址、水源，考察水质，同时制作水泥井筒。

一时间，一节节高过肚脐眼儿的圆形大井筒，摆满驻地周围，成为一道独特的风景。接着便是请专业打井队钻探。钻头架在高大的铁木架上，钻头下垂，加压，一层层加深，一直要到透过泥浆层冒出清水来为止。然后一节节将水泥井筒下沉，对齐，不可少有歪斜。做到严丝合缝，圆滑笔直。还好，我们连打井进展顺利，很快解决了用水问题。

干校农事

一大批机关干部一起拥到这块地方，只能靠自力更生解决生活问题。首先从农村分的一片土地，自辟农田，主要是稻作。一年只种一季稻子。

这些主要来自北京、上海等大城市的机关干部大部分祖辈没有种过庄稼，一切都要从头学起。我虽然出身农村，但半路出家，对于农事一知半解，至于稻作，更是一窍不通。那就跟当地农民师傅老老实实学习。

冬季天寒，就要忙于整地，打田埂，每块稻田既要各自独立，又要交互连接，以便供水。田埂是稻田的隔挡，也是通路，以便于今后的田间管理，比如撒化肥，拔稗子等。稗子，较为文气的说法就是莠草，等稻子分蘖生长抽穗，稗子也加栽到稻禾中，而且长得很结实，一撮稗子得双手抱住，使劲用力才能拔起。拔稗子堪称稻田管理中最艰苦的劳动。天又炎热，干到日高人渴漫思茶，连饭都不想吃。

较为文雅的说法可能叫作田畦，在此再次不由得联想起古代大戏曲家洪稗畦，亦即那位写作《长生殿》的洪昇，洪大人有了这么个名称，不知其中有何道理。

早春时节，气候依旧寒凉，泥水冰脚，这时就要开始育秧。开辟一块好地，精耕细作，培育秧苗。到了四月，秧苗一片碧绿，大田也整好了，并且灌足了水。开始插秧了！全体动员，人人废寝忘食，夜以继日，奋战十天半个月，抢时间将秧苗插完。最晚不能越过五月。插完秧，就进入正常的田间管理了。夏季，夏阳高照，气候炎热，正是水稻拔节灌浆的大好时节。九月，天候渐渐凉爽，稻子开始黄熟，十月金秋，就要开镰收割了。那年，秋雨连降，割好的稻捆堆在地里一时运不出来。怎么办？于是全连动员，冒雨抢运，男女风衣雨靴，或扛或背，奋战终宵，将稻子全部运了出来。

再说一件趣事，那就是稻田里养鱼。夏天，碧绿的稻子随风晃动，水清见底，令人观之欣喜。当然此种美景难得一见，而常见的是水田里的黄鳝，这种鱼虽然美味，但令五七战士最头疼，为什么呢？因为它到处钻洞，有时稻田里灌满水，一夜漏光，就是这种鱼钻的洞的孽。

拔完稗子，稻田管理主要是灌水、放水，撒化肥（尿素、磷肥）农药等工作。这时节，天气也更加炎热起来，上午干完活，回到集体宿舍，筋疲力尽，先灌上一大杯凉茶，然后吃午饭。厨房除了有一名专人搞采购，还有菜地，养猪场。上海人潘女士衔刀杀猪。平时一两个烩菜，麦面馒头，后变成四五品种，过年过节会增加到十多种。高兴了还喝上一两杯河南地产酒——宝丰大曲或鹿邑大曲。有一次，我中午从大田归来晚了，厨房为我留下了粉蒸肉，美味可口，至今难忘。我们在干校，北京人教会大家如何煮饺子，什么“三盖三开”“开锅煮馅，盖锅煮皮”啦之类；如何做“炒肝”（猪内脏杂烩辣汤）以及面片汤啦等。

武汉人邵女士，不知是因何成为局内级别的批判对象，局里人对她有些疏远，我是外来户，不管这些，她有心里话只跟我言说。小邵喜欢吃鱼头，分菜时主动索要鱼头。她还主动教我如何吃鱼头。

长兄突然来访

1971 年 7 月初的一天，中午吃罢饭，闲着无事，同伙伴们下棋玩儿。忽然眼睛向旁边一斜，一双泥腿站到了面前，汗毛上沾着一些细小的干泥片子，不住地摇晃。抬头一看，是大哥。蓬乱的头发，污秽的衣衫，一副萧索困疲的眼神。他说，家乡正闹得凶，大队的人又翻旧账，想重把“地主”的帽子扣到我家头上，借机整死他和父亲。乡下待不住了，出来躲躲。他先到安徽一个朋友家住了几天，又摸到了我这里。

我连忙打水给他洗澡，理发，刮胡子，换上了干净的衣裤，留他住了几天。那时正好我们连里种了一片西瓜，大哥到西瓜地里看了看，笑着说："这哪里是种西瓜，是栽花看叶吧？"大哥本来就是种西瓜的名手，他说，种瓜在于管理，要打叶，压藤，上粪，治虫。管得不得要领就不结瓜。他在瓜田里忙活了几天，二亩瓜地经他一整治，立即变得一派鲜润翠绿，生机盎然。他还叮嘱道：一根秧儿只可留一个瓜儿，否则多了都长不大；治虫要用宰鱼的下水撒在瓜叶上；压藤儿最好用鲜湿的土捏成块儿……

还有两个连要请他去看瓜地，他连夜帮人忙完了活儿，便急着要回家。我想留他过了这阵风头儿再走，他说，父亲已经完成了"斗"和"批"，下头便是"改"了，接着就要轮到他了。再说，大丫生病，他放心不下家里，在外头游荡，终非长法。这次兄弟相见，说说心里话儿，情绪好了些。看他那神色，正如祥林嫂捐了门槛、阿 Q 画了圆圈儿一般。我心中酸酸的，没再说什么。他把问题看得太天真了，他总是用一颗善良的心去忖度他人。他哪里知道，他所念念不忘的故乡，正如一只饿虎，张着血盆大口等着他的归去呢。

我向黄排长借了三十元钱给大哥当盘缠，他穿着我在北京买的一双咖啡色塑料凉鞋和在广州买的一件汗衫上路了。我打算送他到息县县城，从那里搭过路的卡车到信阳。他说："你明天一早还要下地干活儿，别送了，我自己能行。"他走了，顶着那团如火的夕阳，崎岖的公路和凹凸的稻田将他的身影拉得弯弯的，长长的。不久，他完全消隐于飞扬的尘埃之中了。我万没料到，那一次分手竟是我们兄弟两人的诀别。从此，我再也没能见到我的大哥……

我没有照二哥的意见办，既未能回苍山，也未能回老家为大哥治理丧事。

…………

大哥的死，给我留下了永久的痛苦，永久的思念。

我们兄弟三个，大哥长我一旬，均属兔，二哥长我七岁，属猴。也许是年龄相差较大吧，我小时候除了有祖母、父母的疼爱之外，还时时得到两个哥哥的保护与照顾。大哥带我下湖割草，他拿镰刀，我挎着畚箕。他在泥水里蹚来蹚去，我只管站在干地上等着他把草一把把送过来。他和我抬水，总是把一桶水尽量拢到自己手边，所以扁担在我的肩头一点也不重。大哥很会摸鱼儿，有时他干活一空闲下来，就说："走，摸鱼去。"我总是高高兴兴提着瓦罐跟在他后头。我站在池塘的岸上，看他两只胳膊伸进水里，下巴紧贴着水面，屏住气，悠悠地摸索着。忽然直起身来，手里攥着一条鲫鱼，不住地扭动着。不一会儿，就是一瓦罐。我也试着去摸，有时手摸到了鱼，总是抓不住，一滑就逃掉了。大哥说，摸鱼的关键在于攥住鱼头，鲫鱼爱溜岸儿，听到响动就扎进泥里。摸鱼时两手逐渐向中间聚拢，一碰到鱼头，立即攥住，由于鱼的唇部顶住了手心，既钻不出去，又退不出来。我道理是懂了，可总也学不会。

吃鱼时也很有意思。兄弟三人围坐一起，相约轮番用筷，只许夹一次。夹到什么算什么，大哥二哥每次总能夹到鱼肉，而我劲小，又不知如何下筷，往往夹起的是一片葱叶，或一块干姜，于是三人一阵大笑。大哥看我着急，他就赶紧掰下一块鱼肉，送到我的嘴里。

由于家庭经济状况不佳，又是兵荒马乱的年月，两个哥哥都没有上过中学。大哥在宿羊山读完高小，到徐州考过中学，没有录取。他胳肢窝里经常夹着一本《升学指导》，看样子很用功，但读中学的理想到底未能实现。

新中国刚成立那年，大哥伙同村里几个同龄人开办了小学校。在邻近的殷庄找了一处地主的宅院，粉刷了一番，悬起了领袖像和宣传画之类。小学生们就在弥散着石灰味儿的教室里上课了。一片低矮的茅舍的屋顶上飘扬着五星红旗，给这灰暗的乡村增添了亮丽的颜色。

后来，几位共同创业的同乡相继离开，只有大哥一直坚持下来。农村的小学教师除了上课，还要兼顾其他各种杂事，搞宣传，支农，参加各种集会，大哥总是全身心地投入，很少回家。逢年过节，他还组织了高跷队，发动家家户户捐赠彩旗，到外面巡回演出。那时，我扮解放军，穿着臃肿的棉军衣，一支大枪压在肩上，脚也被麻绳磨出了血。大哥一直记挂着我，到了晌午，他就买了烧饼夹油条托人送给我。

1957 年，我在运河读高中，冬天，祖母病饿而死。大哥到县里开会，告诉了我。我很悲痛，想起祖母生前对我们的疼爱，不禁热泪滚滚。大哥劝慰我："不要过分伤心，一切后事都已办妥，你只管一门心思念书好了。"星期天我赶回家，母亲余悲未消，对我说："奶奶死时多亏你哥各方张罗，丧事还算圆满。奶奶真没有白疼他啊。"

1960 年，我到北京上大学，母亲给我缝好了被褥，连行李捆了一个大包。从家到碾庄火车站约有十八里的路程，碰巧又下大雨，道路都冲坏了。怎么办呢？大哥说："我来扛吧。"他扛着那一大捆行囊，赤脚送我到火车站，还不放心，又陪我到徐州，看到我登上开往济南的火车，才依依不舍地离开。

不久就接到母亲病危的消息，连忙请假回家探望。当时母亲刚由苍山二哥处回到家里，已到了山穷水尽的地步。一踏入老家的大门，就看到二道门旁的石榴树下停放着一口薄薄的棺材，上头散散落落地苫着麦秸。那阵子，我和大哥天天用板车拉母亲上街打吊针。他在前头汗流浃背地拉车，我用阳伞为母亲遮凉，一路走着，一路无语，各人的心头都压着一块巨石。一回到家里，把母亲安置下来，大哥就着手整治母亲的棺木。他买来石灰，拌上桐油，和成了腻子，仔细涂抹每道缝儿，然后再刷一层桐油。他专心致志做着这一切，全然不顾头顶毒花花的太阳。他在这口棺材上倾注了对慈母满心的敬爱，满心的悲伤。

母亲到底被可恶的病魔夺走了，全家悲泣数日。母亲的去世成为一个不幸的征兆，从此，大哥、侄女和大嫂都相继跟她而去了。勉强活下来的人真真感受到了家破人亡的惨痛。

大哥遭逢不幸后，我的大侄女因患肝炎，长年不愈，又受到一场丧父的打击，不久郁郁而亡。她只活了二十三岁，正逢青春花季。我还清晰地记得她和二哥的女儿月兰姊妹俩结伴到宿羊山看戏，晚上回来在家嬉闹的情景。她的笑声一直萦回在我的耳畔。

生性柔弱的大嫂失去了丈夫和爱女，她的精神支柱被无情地摧折了。平素开朗爱笑的大嫂从此变得神情恍惚、沉默不语了。她后来得了糖尿病，人眼见着消瘦下去。她到南京看病，我送她回家，当我把她架上一辆满载货物的卡车顶上的时候，仿佛举起一只鸡。不久，她死了，跟着她的丈夫和爱女而去了。撇下三子四女，最小的一对孪生女儿才刚会走路。

陶潜有诗曰：亲戚或余悲，他人亦已歌，死去何所道，托体成山阿。

是的，让死的死去吧。活着的人只能凭着这样的余悲所激起的情感的涟漪，写一点不疼不痒的文字。除此之外，还能做些什么呢?

1993 年 7 月 9 日，长兄二十三周年忌。

（摘引自散文集《花吹雪》）

干校的同事们

该说一说我在干校周围的同僚以及战友们了。其实，现在应该说是朋友们或兄弟姊妹们了。我刚来时，加入的这一组，主要是原负责西欧局和非洲局外贸以及货源局的一部分下放人员，亚洲局新来的只我一个人。开会时，坐在临时钉成的小板凳上，环视周围，一圈男女，全是生面孔。然而，这些同事过去在部里门挨着门都不认识，这回来到干校，过了一段时间，大家都成了一家人，真是应了那句老话："路遥知马力，日久见人心"，真正尝到了"患难逢知己"的亲情。

组里年龄最大的当数廖体仁，他当时七十多岁，商检局局长，抗战时担任后勤要职，郭沫若《洪波曲》里提到过他。在机关时，部里召开他的批判会，他站在革命群众前边，微笑着，不当回事。弄得大伙将他轰了下去，接着喊着口号再押上台来。他夫人也下放了，在另一连队，姓梅，众人呼曰"小梅"，比廖小三十八岁。她对廖十分体贴，夫妻相濡以沫，不管时世多么艰难，政治运动多么激烈，每隔两周的大休日，小梅都要到我们连来，为丈夫洗洗涮涮、缝缝补补。她任劳任怨，虽然频繁往来，也不和任何人交谈一句话，只顾默默为丈夫服务。今日阅网上，看到当时一位名曰梅龚彬的人，是一名地下党，也是湖北人，是廖的同事，于是产生联想，梅、廖是否有姻娅关系？

再说廖体仁，成日乐呵呵的，不管谁对他如何，他总是笑脸相对。当时我和陈君、方君、侯君等几个青年人喜欢玩军棋，有时下到很晚不睡觉。廖总是坐在一旁观看，有时还用他那湖北话评论几句："看来，小侯又要输了，嘻嘻嘻。"

还有一位老战士，说话浙江口音，多半听不清楚，他叫蔡无忌，北大校长蔡元培的儿子，我国兽学专家，首创中国商品检验局。但是他在班里默默无言，一方面是"右派"或"反动学术权威"，又沾一点守旧和迂执，问题也不算大，所以没有人找他的短，日子过得相对平静。他的儿子也跟他一起来了干校，当时部里从东北"一汽"新进了26辆"解放"牌蟹壳青大卡车，他儿子学当驾驶员了。我常见他坐在驾驶台上，又高兴又自豪。蔡无忌不太理睬别人，我有时故意找他说话。因为我很崇拜古代的信陵君，于是经常半开玩笑喊他"无忌公子"，他听了不喜亦不怒，不愿意正面回应我。

其余的男女同胞，可以说人人都很好，待我如兄弟。劳动虽然繁重，时世虽然艰难，但友谊十分深沉可感。这就是那个时代的特色，历史的馈赠。我，充分享受到了！

1971年"九一三"事件后，翌年初，河南息县干校突然撤销，我当时在南京，行李由同事一并转往小汤山外贸部农场。一年中大多数人员都陆续回部里原单位，到了秋天只剩下少数几个原来井冈山的“兄弟”，计有最早担任息县连长兼书记的许君，外号“大象”的张君等。九十月间，秋风渐凉，我拎着小板凳，坐在野外的杨树下，捧着一册《东周列国志》，守望着一片绿叶飘拂的花生田。我们几个人为花生锄草，一边大讲个人肚子里的典故。当时给我留下深刻印象的就是许、张二位对谈楚汉演义等重点项目。大家说说笑笑，一天天过得很快。

1972 年 12 月，小女儿出生，翌年春，我回南京探亲，顺便带长女来北京过了一段时间，当时小汤山人员几乎走光了，只剩下外贸学院的蔡君和我。长女和张震女儿小红一道玩，到田里挖野蒜、拔甜茅，到小镇买瓶装酱豆腐。到了“五一”前回南京，其母到车站迎接，看到女儿长高了又听到一口普通话，满心高兴。

夫妻两地，请调南京

因为夫妇分居两地，平时除了经常写信求调之外，还利用每两周大休回城，去外贸部干部部求调南京。经过挽留一诉求一说服一坚持，反反复复一番周折，终于实现目的，翌年得以调往南京大学，临时进入该校欧美文化研究室。

我的人生道路，从此来了一次大转弯。

从大学所在地鼓楼到长乐路，下班后常和系主任陈嘉先生乘 32、33 路无轨电车相往还。当时陈先生家住新街口沈举人巷。

陈嘉先生是我国英语界权威，学贯中西，书香门第，全家及亲戚皆为著名学者。夫人是著名声乐专家黄友葵教授，公子为该校外文系西班牙语陈凯先教授。初入南大，有幸遇到陈嘉先生，也是我一大幸运。

1973—1974年，一边利用少数“左”派报纸期刊，编辑文学资料，分寄国内高校等文化机构，一边为人文社翻译撰写文章，记得有《日本进步文学在斗争中成长》、小说《走向明天》，以及刊登在《流域》等报纸杂志上的诗歌类作品。其间同夏长乐一道两度冒酷寒去他家乡淮安筹措印制《文学资料》，长夜漫漫，一人住在小旅馆里，翻看抽屉里的小人书《家》熬时间。

当年出了两期《日本文学资料》，十分成功。两次去淮安，回程时买了些鸡蛋、红豆等改善伙食。

岁月蹉跎，蹉跎岁月，记下几次重要活动……

北京“日工展”

1974年冬，受系里指派，赴京参加“日工展”做口译。主办单位是贸促会，具体管理者恰好是当时从外贸部调过来的女职员赵女士。记得当时还有几位北大同学，上海外贸学院的学生等。在北京陪伴日本参加大会人员访问玉石工厂、石景山钢铁厂、卢沟桥、北京猿人发掘地等。初次见到桥上小石狮子和“卢沟晓月”石碑，激动不已。结识在包头钢铁厂工作的顾盘明，当时南大正在物色日语教师。以后经过一个阶段的努力，促成他们夫妻调来南大工作。

上海电子展

1975 年，同样受系里指派，参加上海日本电子工业展览会。不巧，这时候住房由医院内澡堂木板房新近搬来 40 号红砖楼房，分在底层西头。孩子们时常在周围欢闹，趴窗窥视。学校负责人为我背来一大捆木棒，安设在窗户外边做临时护栏，嘱我安心出差。会场设在上海大厦。我的具体任务是担当日方高千穗公司的接待。记得当时这个公司有位姓“上妻”的职员，默默无闻，任劳任怨，令我十分感动。在会场里，又见到朱实先生，当时他陪伴上海革委会的要人视察展览会。马天水还主动同我握手。

到了晚上，回到住处上海大厦，见到一帮子白天在会上问这问那的年轻人，都集中在这里，见我来了，嬉笑相迎。原来他们都是一伙电子专家，正在筹划准备购买高千穗公司的电子计算机呢。

不久又到北京培训，住在四机部招待所。记得和我们同一食堂吃饭的朝鲜客人，桌上每人面前都摆上一个番茄。

这年深秋，陪伴四机部电子实习小组访问日本，那是第一次访日，出发时正逢打倒“四人帮”，京师大游行。随即回访外贸部，老马送我一条大元宝旧领带，老徐教我如何打领带。来日后，四机部陈金阁在甲组，我在乙组，组长是南大王绪龙。

在日本实习约两个月，住在三番町旅馆，每天早点吃饭店的西餐，中午在实习地半藏门东条会馆九楼用餐，自由点菜。当时我们最爱点的是：韭黄烩文蛤、韭菜肉片，最后冷食杏仁豆腐，皆不出中华料理圈子。全然不知什么寿司、生鱼片之类。回国时会馆餐厅椎名司务长，赠送一瓶清酒以表谢意。

当时日方青年技术员名叫森田铁也，他讲课耐心，指导实习详细，有时候故意拆掉某个零件，叫中方技术员找原因修理好。此外，他还带我们逛超市，为我们表演从自动机里买东西、取钱，令我们大开眼界。晚饭则在三番町旅馆对门的使馆招待所吃。每晚都是汤面，一人一只炸鸡腿，两只蜜橘，留着带回宿舍吃。晚饭后在客厅里打上一会儿康乐球，再回住处。

最后为四机部省下江部长已经批准的一大笔费用，每人还上交了日方赠送的小礼品——翻牌小闹钟。

12 月底，结束两个月的访日实习，乘飞机回国。记得当晚飞机上乘客不多，和我们同机的有“驻在”满期的首任大使陈楚以及参赞李连庆夫妇。

其后，以南大图书馆为依托，购买一台日本高千穗生产的冰箱式电子计算机。为此，腾空北大楼一间地下室，装上空调，由 734 厂李光远总工程师带领一伙计算机专家接受指导和培训。

不久发生唐山大地震……

初登黄山

1977年冬，参加起草日语试卷，随后和凌大波以及外文系其他几位老师登黄山避风。这一年录取首届本科学生，南大日语专业是年正式发足。

从小读典籍，《幼学琼林》《舆地》上说：“东岳泰山，西岳华山，南岳衡山，北岳恒山，中岳嵩山。”偏偏没有黄山，为什么？这太不公平了。书上没有列入，更增加了我的好奇心，正巧赶上高考出题，飞来个机会，请我上黄山！

朦胧记得除了日语我和凌两人外，还有法语的马老师、张怀亮，德语的钱杰等，一共七八个人。我们从中华门车站出发，乘宁芜线到芜湖，到一家饭店吃午饭，入住山脚下一处旅馆休息。第二天登山，迎面的牌坊额上是陈毅副总理题写的横匾“黄山”二字。行程三天，第一天停宿于山腰间云谷寺，似乎是几间红瓦房建筑，并排于一块较为平缓的山崖之上。第二天登天都峰，踏涉鲫鱼背。山顶流连，观不尽美景无数。第三天停宿光明顶北海宾馆。品尝黄山美食细竹笋干。领略高危悬崖厕所之奇景，亲自体验其冰雪之险要，远非谷崎笔下悬空之“河屋”能比拟。

黄山之游不走回头路，下山走的那条道路却不记得了。

此次游黄山，邂逅细君初高中学生时代密友佟珍庭，从此恢复中断多年的联系，真是一件高兴事！

“文化大革命”后两次培训

1978 年暑假，我回母校参加第一届日语教师培训班。当时日方派出三名教授担当教学任务。包括著名语言学者阪田雪子教授，酒保教授，还有一位记不起来了。教室利用哲学系的两座阶梯教室。分甲乙两班，甲班班长是上海外院陈生保，北大老校友；乙班班长是我。我和生保又是多年的老朋友，甚为相得。我不但见到母校的季羡林、刘振瀛、孙宗光、卞立强诸恩师及老领导们，再会山大同班同学刘宏多，还结识了全国各大学的许多新朋友。

1980 年暑假，通过考试，录取首届大平班，先是在北京语言学院，由日方派遣教师为中国日语教师讲课，翌年——1981 年 3 月，赴日实习一个月，回来后，继续在语言学院学习，直到当年暑假结束。其间，4 月还到扬州出席由《译林》主办的翻译座谈会。初次拜见杨周翰、冯亦代、毕朔望、梅绍武及屠珍夫妇等翻译界名人。

作为访问学者初访日本

最初以访问学者身份赴日研究，是 1986 年 4 月，作为世界银行资助学者，前往早稻田大学进修一年，“协力教授”为该校教育部白桦派学者红野敏郎先生。

两次接受日本国际交流基金会邀请，作为专门研究人员赴日进修。

第一次是 1989 年，日方邀请一年，系主任批准半年，前往日本国学院大学研究日本近代文学，并撰写《岛崎藤村研究》一书，“协力教授”为川端康成研究会会长长谷川泉教授。

第二次是 1994 年，前往东海大学做研究，“协力教授”为东海大学文学部小泉浩一郎教授。

1999 年南大退休后，接受日本朋友邀请来日方大学做专任教授，以至于今。

2017 年自大学停年永住。

2023 年岁暮草于春日井。

后　记

一个人活过八九十年，不论是谁，其人生道路不可能坦坦荡荡、一马平川，相反，多数人都是一路跌跌撞撞走过来的。在我的亲友中，祖上代代，很少有活过八十岁的，除了奶奶。她生于1879年，卒于1959年，属兔，长我六十，整整一个甲子。[①]以前我常提到，祖母是我中华文化的启蒙者、指导我成长的第一任教官。她吃斋一生，一辈子不茹荤腥。清清静静，默默离世，一点都没有惊动家人和亲友。我的父母一生凄苦，备受人间压榨，在世态炎凉中度过一生。母亲去世时不到六十岁，父亲去世时也才七十八岁……

母亲关爱儿孙，她想到的只是她的子孙家人，从未想到过她自己。母亲一生操劳不停，给我印象最深的是她的两手，简直就像松树皮，冬天皴裂，没办法只能刮下椿树胶，经豆油灯烤化了，粘上棉花糊在伤口上。每糊一个口子，就疼得全身打

① 这里的记忆不太准确，也可能就是1959年。

哆嗦。我的终生遗憾是在母亲生前身后没有多守护些时候。树欲静而风不止，子欲养而亲不待。这恐怕是人生共同永久的遗憾。

这册《人生一俳句：我的文学自叙传》断断续续写了好几年，书封上的“はかない”，不仅是对广大日语界朋友们的友情昭示，更是因为这个日文词语意义原本就是“无常”“缥缈”“难以预料和捉摸”……我以为这个词语最能表达这本书的写作理念。

所幸，我的这个愿望获得中国工人出版社领导的垂青，随之列入年度选题计划，具体由宋杨女士、李骁先生负责。他们早就为《三岛由纪夫戏剧十种》（上下册）尽过力，这次又加上傅娉女士为本书担当责编，获此殊荣，我当再次向几位编辑朋友表示衷心的感谢。

作者
2023 年冬初稿
是年岁暮修订

年　表

1939 年 12 月 23 日（或 1940 年 1 月 10 日）

出生于江苏省邳县宿羊山乡小陈庄，大雪崩腾之日。先祖为清乾隆两届进士陈作新公、陈略公祖孙（1755 年前后，在洪亮吉之后，约与纪昀同朝同时代）后裔。当时家乡为沦陷区，汉奸刘斐然的“维持会”占据宿羊山镇，任伪军团长，统治四乡，拉夫抢粮，无恶不作。我家几乎每天被强派打工（即古代所称的徭役，修碉堡、修工事、挖战壕掩体等）和做煎饼（全村唯一一家），甲长陈学定每晨立于门外呼曰：“好了没有？”父应之：“好啦，二叔您来拿吧。”彼老儿遂拎秤盘称称重量席卷而去，除几张“滑塌子”[①]外，所剩无余。黑狗辗转吹灰于鏊窝之中，捡拾煎饼渣儿，绝少所得。

本村陈永钦任刘斐然（老百姓称他“刘老匪子”）参谋长，

---

① 初起火时须将鏊子渐次加热，并反复向表面涂油，故最先一二枚煎饼半生不熟，不堪食用。

流落外来乡痞吴大杠为永钦警卫员。幼时常看他穿黄皮军装，背挎盒子枪，嘴叼香烟，耀武扬威，横行乡里。

学龄前时期，在家跟父兄学念《三字经》《百家姓》《千家诗》等启蒙典籍，练习毛笔字。寒雪潺雨，断雁西风。咿唔于草屋泥坯台畔，晨昏不辍。

幼年跟母亲走姥娘家，记忆犹深的是台赵铁路（台儿庄—赵墩，实际经枣庄至临城接津浦路），黑沉沉的铁轨横于眼前，年小胆怯的我生怕火车开来，不敢跨越线路。母亲百般哄劝，方掩耳过之。

1945 年冬

蒙眬记得台儿庄大捷，家乡光复。朝阳照耀中，睡在床上，远远听到乡人拆毁台赵铁路斧锤叮当声。还记得群众蜂拥到宿羊山拆城墙、城门砖头，奶奶娘家有人帮我家运回一小车断砖残瓦。无论铁路或城墙，本是日伪汉奸们役使当地人力财力修建而成，虽一时为出气，但又何必不能为己所用，造福乡里，惠及子孙？拆铁轨，长短锯断，或抛入汪塘，或埋藏地下。最后竟散落民家，锈蚀殆尽。乱扒路基，盖屋垫台，破败狼藉，以至于今。何不完好保留，为后所用？当时不知，今思之，方悟。

1946 年

本村东台子陈众文在兖州军医院任院长，大哥与本庄同龄人一伙青年，在其手下做事。兖州解放，众文去台湾，其余四散回老家，唯有西邻则文被俘后入解放军服务，后至杭州、北京等地，为高级首长开车。夫妻均居京华。

我在本村西头原酒厂旧址，跟永怀叔上初小。同年秋冬，又跟学贤老爷上私塾，念完半部《论语》(即《上论》)。

1947 年

宿羊山初小（城西北门北马号附近），冬，家乡解放。行政区划为山东省兰陵县第三区宿羊山乡。

1948 年

解放军三野准备打淮海战役。和小哥一起“跑反”至大运河北一本村亲戚家，躲避一月。野外挖贼蒜（即野蒜，小而圆如莲子，绿茎似线），远望大运河云树渺渺，白帆扬扬南下。辄向往之。

年底，解放军进驻村庄，军民和乐。11 月，淮海战役爆发，解放军消灭黄百韬兵团 55 万人。6 月土地改革。原日伪汉奸残余吴大杠摇身一变，被委任村长。8 月，小哥结婚。秋，吴纠集妻党一伙恶人，将我家当作地主斗争，土地、牛驴和粮食尽被分抢。祖母、父母以及全家老少，经受严重考验，痛苦经营，勉强支撑，渡过艰危。

同年，和小哥绍文（后改少文）一起入宿羊山完小。

1949 年

秋，法文、晃文和大哥等人筹划在邻村建立殷庄小学，我随即转入，读三年级。初入学时学唱国歌，识地理书上地图，遂记住祖国南部海疆边陲小岛曾母暗沙。

小哥仍在宿羊山读高小，因苦于生计，小学五年级中途被迫辍学。班主任刘继贤来我家说服，父不从。不久，由永藩叔草拟介绍信，进入山东省兰陵县（县政府所在地台儿庄）税务局工作。小哥留赠我的一铁皮铅笔盒（表面绘有男女儿童跳绳），至今宛在。

其后有段时间，小哥临时又转往小仲村，我暑假去过一次。记得中午挥汗帮助会计登记表格，那位东海县出身的白胖会计，亲切叫我“德荣，德荣”。午饭，吃新烙的小麦煎饼卷辣子鸡。

1950 年

家乡正式土地改革。我家“地主”初获纠正，正式划为中农。土地大部被退回，但被抢的粮食已化为粪土。牛驴或瘦病自毙，或被宰食，或遭卖却。

10 月，抗美援朝，保家卫国。

1951 年

初小四年级毕业，冬考入宿羊山高小（校址坐落于宿羊山山坳瑞香寺）。班主任兼区团委委员孙长仁老师推荐于君如和我两人，或入团，或入队。我见入队可以佩戴颇为同学们羡慕的红领巾，遂选择入队，而君如入团。一步走错，痛失命运之神所赐，遂成终生遗憾。

1953 年

撤销兰陵县县治，徐州市所辖宿羊山地区复归江苏邳县。8 月，小学毕业，分别应考邳县八义集初中（报名号 1777）和台儿庄兰陵中学（报名号 508），前者草榜有名，然被同村军属瓜代。后者未取。

经班主任和同学力劝，勉强回母校宿羊山高小复读一年。

1954 年

8 月再考八中。

9 月，入八义集初中，按男女一定比例编为甲、乙、丙、丁、戊五个班级（戊班年龄较小，又叫红班，即红领巾班），我被编入丙班。随年级升高分别是一丙、二丙、三丙三年。

1956 年

大哥转入邳县农林局蚕桑科，于岔河等地，指导养蚕业，为新创立的《邳县大众》小报供稿。当时为练笔，购《臧克家诗选》一册。

小哥在任职中报名参军，编入装甲兵部队，驻扎连云港。

同年患椎间盘脱出病，住入解放军徐州八八医院手术，较为成功。我从学校去看他，这是我第一次去徐州，深夜寻访，为灯火辉煌的南天桥和北天桥惊诧不已，辗转良久，方抵目的地。经此次手术，小哥腰痛几乎全部消失。然而，不久又患肺结核，回家休假。躺在门板上午睡，看起来人又黑又瘦。

1957 年

9 月，应考入邳县运河中学高中班。大运河日渐涨水，随时有决口危险。防汛人员日夜巡视，考场万全防护，一旦运河决堤，洪水涌入，及时逃离。好在高考一切顺利，未出意外。

1958 年

小哥复员转业，回苍山县，入林业局任会计。每年暑假，我从运河步行去苍山，沿途经官湖、呦鹿山、长城、坊前、芦作等乡镇，傍晚抵卞庄塔山。

当时一日三餐，早晚多是大米绿豆稀饭、酱菜拌芫荽、馍馍。中午偶尔改善伙食，林业局园林自产蔬菜，辣子小公鸡等。困难时期，有粗制饼干辅之。

1959 年

大哥退出邳县农林局。转至不老河邳县刘山闸担任司务长。寒假常去，第一次吃荤油炒饭，喷香可口，至今难忘。

11月，祖母病逝（1879–1959，属兔），年八秩。大哥精心办理后事，回校告我，并要我安心读书，迎接高考。

1960年

春，应征空军。县级体检合格，运中全校共七名男同学，由甘老师带队，赴徐州接受省级体检，临时住东车站一专门旅社，食物青菜炖猪肉，乃人间之至味。夜闻车站中广播京沪特快来往消息，辄生感慨。心想何时能像那些高等乘客坐上特快，来往于北京上海？

因鼻道弯曲，腹胁有旧疤痕而落第空军体检。

7月，高中毕业。报考北大中文系古典文献专业。同月，去徐州四中应试。暑假去山东沂蒙山区前龙湾小山村小哥处度假。当时他在那里下乡搞“社教”。我去苍山没找到他，接着又辗转寻到沂蒙山一偏僻山村。我同当地一位乡民交了朋友。两人一起于山涧清流中，用装火药的酒瓶炸鱼，快乐非常，高考之事，尽置诸脑后。一天，偶见土屋矮桌上有《人民文学》杂志一册，封底插图乃毛泽东、刘少奇等国家领导人接见著名作家野间宏为首的日共代表团新闻照片一帧。当时从未想过我会跟日本有何关系，更未料到二十六年之后，我成为野间宏书房中一位访客，并多有联络。莫非造化小儿（季师常用语）有意预告于我乎？

8月中，兄弟一起蹚过山洪暴涨的大河，小哥到枣庄办事，顺便送我回家。后小哥回去，我买票乘徐（州）枣（庄）线火车回家。上车时，被大雨浇成落汤鸡，慌乱中丢失考大学的功臣——微型“博士”牌钢笔，鞋底也泡掉了。傍晚至徐州，入住一家小旅社，但见被褥脏污发霉，不堪卧寝。是时，雨住天晴，随之退房，乘车东去，至碾庄站下车步行十八里回乡。辄抵家门，侄女月兰跑来迎接，喜报北大已来录取通知。

8月28日去北京。大哥扛行李至碾庄，又坐车护送我到徐州。兄弟之情，温馨一路，每忆起，眼鼻酸苦，惨然泪下。

提起徐州，本是我故乡所在不远，大学五年尤其是以后岁月，京沪来往无数次，从未在徐州买到过快车票，更别想乘上13、14次特快。一排窗口始终挂着“客满”的木牌，给我留下极不愉快的印象。

到北大中文系报到，方知被调整到东语系，一时堕入五里雾中。

9月，选定专业，编入60级日本语班。全班20名学生，分散于全国各地。10月，到十三陵泰陵园支农，置身于周围“西风残照，汉家陵阙”的清代皇家园林之中，收割玉米、黄豆等，干活儿时遍采野酸枣充饥。

1962年

冬季腿疼，到北医三院运动医学科检查，诊断为椎间盘脱出，遂即住进校医院。4月转入北医三院，月底手术，主治医生张之虎执刀，殷医生做助手。

五一节后出院，当时卫星上天，臧克家诗选《一颗新星》，伴我病房寂寞。腰腿依然疼痛，随施行理疗，红外线、蜡疗、超声波等。效果不显著。每日乘31路公交车，来往于中关村与十间房站之间，来往省下一角车钱，购油炸糕食之。

1965年

大学五年即将毕业，8月为参加中日青年大联欢到团中央培训，住崇文门旅馆。担任南方路日共青年组织“民青”代表团主译，团长吉村金之助、濑川敏夫；中方总领队胡启立、伍绍祖等。途经北京、武汉、长沙、南昌、庐山、杭州、上海、广州、深圳等地。一路鲜花笑脸，美酒清歌。欣欣然，昏昏然，一月有余。

9月，送走日本青年，回到北大40斋，宿舍已被新生占领，被褥书籍被堆放窗外。

接到分配通知——中央对外贸易部。

9月底到外贸部报到，隶属政治部干部部二处出国储备干部，遂即于9月30日，同外贸学院毕业的魏小荣一起乘车去上海。暂住汉口路外滩上海外贸局干部宿舍。当日报载：印尼政变，苏哈托推翻苏加诺，取而代之。

10月，卜英文用三轮车接我去土产公司上海西郊曹杨仓库，参加“四清”工作队。

12月，日本工业展览会在上海展览馆（中苏友好大厦）举行。我去担任大会翻译，住在和平饭店。期间，结识朱实（瞿麦）、赵津华、董建人等上海日语界名流。

1966 年

6 月，在昆山参加“社教·血防”（社会主义教育运动和血吸虫防御工作）毕业实习的中学女友来上海相会。

7 月—10 月，转入闸北区杨树浦药材仓库。

10 月中旬，同外贸学院向光璧（“文化大革命”中改名向东）、刘际林诸同僚赴广州参加秋季交易会。

在广州初识李俊、马祖祺、王痕明和宫其道等外贸部四局（亚洲局）要员（笑称“四条汉子”）。

11 月回沪，分配到上海服装公司实习。学习英文打字。早餐素面一碗、一匙冻猪油、一块腌姜。前途渺茫，心绪黯然。

1967 年

3 月，和同僚一起由北站乘 14 次特快回北京。

临时住在东华门外出口大楼前平房。

4 月，去广州参加春交会。分至粮油交易团大豆谈判组担任翻译，组长侯总经理。入住广州军区第二招待所。夜间深为侯鼾声所苦。后被“二办”（大会对日第二接待办公室）调换到其属下，担任大会生活翻译（各种会议、领导讲话、座谈会、旅行参观、样板戏现场同声传译等）。

5月，回京。

6月，母病危，黯然回乡，经苍山返宿羊山，于村南会小哥来迎。母已卧床不起。同月遭丧母之痛，悲悯难支。

7月听闻分到仪器公司，经刘今生、李俊等局处领导奋力争取，重新分配到四局日本处（LT办事处——高碕达之助、廖承志办事处，简称“廖办”）。

夏，“文化大革命”愈演愈烈，全国混乱。

9月，结婚。形势动荡，心情沉重。

10月，去小汤山农场参加基建劳动。中旬去广州参加秋交会。

1968年

4月，参加春交会。

6月，长女出生。

秋，去南京。

10月，参加秋交会。

1969年

4月，参加春交会。

春，参加LT贸易谈判，临时住进北京饭店。中方代表刘希文（外贸部）、李孟竞、杨成良（外交部）等，日方代表古井喜实、田川诚一等。翻译是我，特邀翻译王效贤。她家住西郊，临时借居于我部三条女宿舍，平日和我一样徒步往来于三条与北京饭店。

10月，秋交会。行前会同二马（马君雷、马祖祺）商量，拟举办广交会中日青年联欢会，现场在湖南韶山。会议期间，同二马共同筹备日本青年韶山参观访问活动，后同唐家璇一同去长沙、韶山与广州之间联络、打前站、预备资料。除唐外，实际举办时又有北大同窗白易兰、曲忠贵等人参加，甚为高兴。在新建的广州剧场为与会外宾演出革命现代京剧《红灯记》，与唐共同担当同声传译。

年末，被决定第二批下放河南息县外贸部干校，12月31日晚，同机械进出口公司魏宽等人离京同往。

1970年

元旦清晨，抵达干校农场临时营地。泥泞之路，冰冻如铁，行李抛掷地下，颠扑之，铿锵有声。

同早来的三局和五局部分局员编在一起，早晨稀饭馒头、猪皮冻，不久又有干切酱牛肉佐餐。同僚相处甚洽，屡获三局邱、潘、邵、刘等女士和五局二刘等关怀与善待，又同陈哲生、侯万歧、宫哲民等相知相从，日后成为怀思之友。翌年又与朱新成、梁碧华、李星浩、周玉（原部、局老友）诸君会合，更为相得。

11月底，阅《人民日报》评三岛由纪夫剖腹自杀一文，遂成定式观念，直至不久前上海译文出版社约译三岛著作为止。

1971年

4月，插秧时节，妻女来干校探亲。

6月，大哥来干校看我。

7月回南京探亲。

大哥回乡后被家乡一帮坏人残害致死。大哥彦文（1927–1971），长我12岁，同属兔。享年44岁。

1972年

2月，回南京休假。外贸部息县干校撤销，大部分人员上调回部，少数人集中小汤山农场。我未回河南，行李由同事代为运到小汤山。

小哥和江山来宁，住中华门内旅馆。尼克松访华，中美建交。同年，中日恢复邦交。

在小汤山期间，借着每两周进京回部请调工作，几乎每月都写请调信，终获成功。其间，带长女来京，住小汤山农场，长女同张镇女儿小红一道玩耍，采田中草芽、野蒜为乐，爱食腐乳。

12月，小女儿出生。侄女月兰自家乡送母鸡为妻君投奶，因坐卡车吹寒风患重感冒。

1973 年

春，正式决定调南大。邓小平复出。

夏，与徐绥之一起由北京经武汉乘船至南京。

秋季到南大报到，在公共英语教研室参加政治学习。当年，联合国恢复中国合法席位，乔冠华率代表团赴纽约，出席联合国大会，邓小平去联大演说，宣讲毛泽东三个世界的思想。

1974 年

转到欧美文化研究室，初识系主任陈嘉教授。

编辑两期《外国文学资料》（日本专号），曾同夏长乐一起去夏故乡淮安出差，印制《资料》。

为人民文学出版社《外国文学动态》供稿《日本进步文学在战斗中成长》等，结识文洁若、叶渭渠等日语界前辈。

1975 年

初春，到北京参加“日工展”翻译，见到张和平、谭美华、嘎日迪等北大同学。

5 月，到上海参加日本电子工业展览会，住上海大厦。偶遇原 W 部二处职员阎某，同桌吃饭，形同陌路。

翻译《北方的墓标》《天平之甍》《我和苏加诺—戴维夫人自传》等，结识江苏人民出版社高斯、陈立人、李景端、蔡平、汪永标等江苏出版界名流。

1976 年

1 月，周恩来逝世。朱德逝世。

8 月，唐山大地震。

9 月，毛泽东逝世。当时正值中秋节，在无锡陪同日本高千穗电脑公司客人赏月。闻讯后，众皆心情黯然。

10 月，粉碎“四人帮”。去京集中学习，训练。

11 月—12 月，担当电子实习小组翻译，初访日本。

1977 年

南大日语教研室成立，为开设日语专业做准备。

冬季出题入试。12 月，同凌大波以及外文系其他专业出卷老师游黄山“避风”。

邂逅初高中同学、妻友佟珍庭。

1978 年

聘请日本专家。神奈川教育委员会派遣池田滋教头初来南大任教。

暑假，去京参加在北大母校举办的日语教师进修班，遇陈生保、刘宏多等北大校友。我与生保分别担当甲乙班班长。

为人民文学出版社翻译岛崎藤村《破戒》，承担前半部内容，后半部由胡毓文（笔名，柯毅文）承担。

拜见季羡林、卞立强、刘振瀛、孙宗光等北大恩师。

11月，《人民日报》国际版陆续编发我的游记散文《富士山纪行》《镰仓秋思》《东海六渡遂宏愿——记鉴真和尚》等篇章。《人民的好总理—周恩来》（三卷本）即是我人生第一次拿到的稿酬了。

1979年

9月，日本文学研究会在长春举行，成立第一届理事会。同张和平、李景端与会。选出名誉会长夏衍，会长林林，副会长李芒，秘书长卞立强。我亦忝列初届理事之末。大会围绕"川端康成文学"举办首届日本文学讨论会。会后为卞先生的研究生邱培培润饰文稿。

大型外国文学季刊《译林》在南京创刊，第一期收入长篇小说《尼罗河上的惨案》，我在创刊号上发表一译作——宫本辉著《萤火河》（此为日本当年芥川奖获奖小说）及短论《近年来的日本文学》。

1980年

3月，《译林》第二期，载拙译东山魁夷散文《听泉》。

8月，《散文》月刊创刊号载拙译东山魁夷散文《一片树叶》。同月去北京参加全国日语教师培训班（俗称大平班），入住北京语言学院。

其间，翻译岛崎藤村散文《落叶》《暖雨》，为湖南人民出版社翻译夏目漱石三部曲中的《从此以后》《门》等。

1981 年

3 月，访问日本一个月。参观东京大学，随泛起将夏目漱石三部曲全部译出的念头。

5 月，去扬州参加译林座谈会，见到杨周翰、冯亦代、毕朔望、李德纯、梅绍武与屠珍夫妇等国内翻译界要人。

8 月，《家》（合译）出版，江苏人民出版社，我为之撰写简短序言。

9 月，《自然与人生》出版，百花文艺出版社。

1982 年

5 月，参加江苏省作协年会，同陈敬咏、应天士等俄语老师一起与会。初见艾煊、顾尔谭、叶至善、叶至诚等前辈。

8 月，同李景端去济南参加第二届日本文学年会。见翻译界旧友新朋，老一辈领导姑且不说，单言同辈及新会员，计有吴树文、何平华、周学军等。

10 月，回乡奔父丧。至此，父母俱失，心绪黯然。

11 月，结识前辈好友湖南文艺出版社编辑林怀秋，蒙他关怀尽力，为筹划夏目漱石小说出版事宜。

1983 年

佐治圭三先生夫妇来南京。联合王光辉、揭侠和龚志明一起接待。先停宿南大专家招待所，酷热难当，后转金陵饭店。

1984 年

3 月，岛崎藤村《春》出版，海峡文艺出版社，被收入“日本文学流派代表作丛书”之一。

翻译夏目漱石三部曲的第一部《三四郎》。不久又在怀秋先生促进下出版合集《夏目漱石小说选》(上)。

1985 年

经北京和北师大金慕真老师同机飞日本，晚上抵达成田机场，乘巴士至箱崎。蒙卞立强先生介绍，我独自去早稻田找安藤彦太郎、岸阳子夫妇，又白费一番周折，回到教育处在广尾的驻地，同金等人会合。三天后，陈赛斌代表学友会接我至千叶县船桥夏见留学生会馆。

5 月，迁至新落成的日中友好会馆后乐寮。结识李承快、林小利、冯学敏等；在早大依田憙家教授陪同下，初访小诸市，拜见盐川忠巳市长、依田公一教育长等；在竹内莹子女士婚礼上初遇著名文学评论家长谷川泉教授。

9 月，北师大穆广菊老师来早大进修，导师同为红野敏郎。

10 月，参加东北地区“下殿”某地的秋祭；先后应邀访问作家仁木悦子和野间宏等人。

1986 年

4 月，同龟谷梧郎经名古屋访问木曾马笼岛崎藤村纪念乡，会见理事长岛崎绿二和善昌寺长老井口要堂和尚，为其题作“七律”一首。

5 月，偕同林小利、穆广菊和朱美珍等再访水户，与在南大任教的日籍专家小川卓男欢聚。

6 月，回国。

8 月，长女升入北外日语系。

8 月，在张明辉编辑协助下，《哥儿·草枕》得以出版，海峡文艺出版社，收入“日本文学流派代表作丛书”。

10 月，夫妻进京看望长女。

1987 年

5 月，小诸市长盐川忠巳率团访问南京，参加岛崎藤村文学奖颁奖仪式，并访问中国。我先到北京接团，一起赴中日友协表敬访问，见林林、张和平等。再到南京，然后和李景端一起陪同客人去扬州、无锡、苏州和上海等地。

年内升任副教授。

1988年

在校长奖励名义下，分得锁金村住房505室，后又转为407室。

第一次日本国际交流基金获选（资格フェロ-シップ fellowship），日方聘期一年，南大外文系系主任只批准半年。

暑假搬迁新居，腰腿病复发。

10月，住进南京市立医院手术治疗，骨科主任孙克锦、主治医师郭宏卫大夫执刀。

冬季，疼痛难支。

1989年

3月，夫妇艰难去上海，飞东京，暂寓居龟谷梧郎家。后在竹内莹子帮助下搬家至神奈川县元住吉，租住河原家。协力教授为长谷川泉，每次进京乘坐小田急线去国学院大学上课，来回艰难，一言难尽。

9月，经成田机场回国。到上海由内弟厂里两个小青年，冒险摸黑开车送到南京。

1990年

病苦中煎熬岁月。结识散文家谢大光，遂成密友，所得良多。

《东山魁夷散文选》出版，百花文艺出版社。作者为之题写书名与作序。

1991 年

去厦门大学参加日本文学年会，会见李正伦、姚俊元等老友。小女儿去日本留学。

和本系另一位教师同被推为教授候选，彼先行，未上。

1992 年

冬，顺利评为正教授。校级学术委员会评选小组组长和副组长分别由叶子铭和洪银兴担任。

1993 年

同叶琳等去天津师大参加日本文学研讨会。结识王晓平、孟昭毅，辽宁大学刘志善等。会后乐游东陵。

1994 年

1 月，《岛崎藤村散文选》《德富芦花散文选》出版，百花文艺出版社。

9 月，作为第二次国际交流基金研究员，去东海大学写作《岛崎藤村研究》，夫妇住入大学秦野下大槻国际交流会馆 206 室。合作教授，乃为东海大学文学部教授小泉浩一郎。结识人大、复旦、华师大等校老师数人，至今难忘。

1995 年

9 月，回国。

第一部自作散文集《我在樱花之国》出版，刘白羽作序，译林出版社。散文家郭风著文推荐。

1996 年

7 月 31 日，人民日报出版社社长冯林山约译东山魁夷散文。

《少年三友》载于《散文》8 月号。

8 月 20 日，同龚志明和王奕红等去杭州参加“川端文学讨论会”，中方有李芒、高慧勤等，日方有成蹊大学教授羽鸟彻哉及川端文学研究会部分要员等。

8 月 24 日，访问兰亭、鲁迅故居和三味书屋。于咸亨酒店用午餐，品味烂苋菜根等，获赠乌木筷一双。

10 月，去北外日本学中心参加日本文学研讨会，见北大恩师张光珮先生。

12 月 16 日，南大前校长匡亚明去世，终年 91 岁。

1997 年

2 月，《东山魁夷散文精选》出版，人民日报出版社。

5 月，合译本《破戒》《家》出版，人民文学出版社。

8 月，《永井荷风散文选》出版，百花文艺出版社。

8 月，去连云港参加江苏省外国文学研讨会。游海，腰病稍愈。

1998年

3月,《日本散文百家》出版，人民日报出版社。

4月，应坂田新邀请来新创立的爱知文教大学任专任教授，直至2017年3月停年退休。

1999年

3月，国家社科项目《岛崎藤村研究》出版，人民日报出版社。

4月，武汉大学丁忱教授赴任。

6月，去伊豆半岛出席川端康成百年诞生纪念活动，游览伊豆半岛和天城山，参谒川端康成和井上靖等故居、小学校等。

8月，东山魁夷传记《旅环》出版，漓江出版社。

2000年

1月，世界经典散文新编·亚洲卷·日本《冬天的富士》出版，百花文艺出版社。

暑假，同坂田新率学生到南大实习。年底结束两年公派，办理公转私，雁过拔毛；申请私人护照，颇费周折。

2001 年

1 月，《日本名家随笔选》出版，百花文艺出版社。

12 月，自作随笔集《花吹雪》出版，百花文艺出版社。

2003 年

1 月，繁体版《春》《自然与人生》《哥儿》出版，台湾志文出版社。

2004 年

3 月，《幸田露伴散文选》出版，百花文艺出版社。

冬，日本小千谷地震。

2005 年

2 月，夫妇一起去夏威夷游览，入住远藤力雄家。

武汉大学丁忱教授退职归国。

2008 年

4 月，《破戒》（独译）出版，人民文学出版社。

6 月，《书斋闲话》出版，中华书局。

9 月，《松尾芭蕉散文》出版，作家出版社。

10 月，天津 X 君来访 12 日间，陪游京都、中津川、东京、轻井泽等地。

12 月,《德富芦花散文》出版，人民文学出版社。

澳大利亚华人教授林肯·黎夫妇退职回澳。

2009 年

12 月，同陈安春君等赴北陆福井地区旅行，参谒鲁迅恩师藤野严九郎故居。归途中痛悉好友坂田新学长病逝，悲悼不已。

2010 年

3 月,《夏目漱石小说选》(修订版)出版，人民文学出版社。

6 月,《阴翳礼赞》出版，上海译文出版社。

8 月,《萨德侯爵夫人》出版，上海译文出版社。

9 月，第三部自作散文集《樱花雪月》出版，安徽文艺出版社。

2011 年

1 月,《旧都的味道》出版，百花文艺出版社。

4 月,《禁色》出版，上海译文出版社。

8 月,《炉边情话》出版，花城出版社，收入“慢读译丛”。

应人民文学出版社之邀，始译《川端康成读本》(包括《伊豆的舞女》《雪国》《古都》《千羽鹤》)，但因川端康成作品著作权被新经典文化出版公司买断，出版计划夭折。

2012 年

3 月，《晴日木屐》出版，花城出版社，收入“慢读译丛”。

6 月，C.X 夫妇来日旅游。陪游京都、穗高山、东京等地。

2013 年

5 月，《潮骚》《金阁寺》《爱的饥渴》出版，人民文学出版社，收入三岛由纪夫作品系列。

《和风景的对话》出版，人民文学出版社。

《鲜花盛开的森林·忧国》出版，上海译文出版社。

好友、俄语学者、翻译家余一中教授病逝。

7 月，《斜阳》出版，重庆出版社。

12 月，《哥儿》新版，上海译文出版社。

年内忙于售房。

2014 年

3 月，增田、田野、村林、冈田、陈龄、吴家宝夫妇等或退职，或转职他处。

同时又进来一批教职员。

6 月，《草枕》出版，上海译文出版社。

9 月，《暖梦》出版，花城出版社。

赴南大仙林校区开讲座“用古典文学充实自身”。中午任利剑书记宴请，获赠名人书法一册。

11 月，《殉教》排印稿校完，寄还梅愚童。梅将转职江苏广电局。

同学生一起游伊势鸟羽，住三岛当年写作《潮骚》附近的海岸旅馆。彼处可以观赏神岛（即《潮骚》中的歌岛）风光。

2015 年

2 月，《假面的告白》完译；校改排印稿《春雪》，月底寄还人民文学出版社。

3 月，毕业式（小牧市会馆）。

三岛短篇集《女神》《天涯故事》交予上海译文出版社。

签发上述两稿合同。

将《阴翳礼赞》勘误传上海译文出版社。

芥川龙之介散文集《霜夜》完稿。出版方言稍缓交稿。

4 月，入学式（味美公民馆）。

收上译精装再版《禁色》两册（文字已照我意改订），又言及《仲夏之死》也要再版，但我手头无书，无法改订。

5 月，《自然与人生》出版，新星出版社。收入上海雅众（代表方雨辰）策划“自然文学丛书”。

写作散文《燕子》，寄《中文导报》张石，未采用。

5 月，完成《奔马》校订。

6 月，译完《枕草子》初稿。

7 月，完成《晓寺》《天人五衰》两稿改订，14 日寄还陈旻。

始译川端康成散文集《秋之野》。

三岛第三部短篇集《殉教》出版，上海译文出版社。收入“三岛由纪夫作品系列”。

游记散文《三保松原畅想》寄《中文导报》。

8月22日—9月22日，回国休假。

丰岛与志雄散文《秋的气魄》和《夏的幻像》刊于8月号《散文》“海外名作欣赏”栏目。

9月1日，任利剑书记宴请于南园餐厅，何慈毅在座。

9月13日，同王奕红、张鹤军以及诸多往届同学相聚会，索书踊跃，欢谈长久，至晚方散。

9月14日—17日，赴合肥安徽外国语学院举办讲座三场：15日“日语的学习”，16日“日语的运用”；17日“用传统文化充填自己”。讲座前接受该校名誉教授聘书。

恩田满著、陈高峰译、陈德文审校的《日本中世近世文学作品辨析》，由安徽大学出版社出版，陈高峰赠我2册。

任利剑赠南大所藏历代碑帖一帧，回赠《和风景的对话》以及三岛前三部小说。

9月20日，原南京大学学友来访，送月饼、雀舌茶叶等物，回赠《樱花雪月》等。

9月21日，赴上海，入住锦江之星2号馆。晚，雅众方雨辰女士来访，送之浦东，夜深回返。

10月1日，散文《三保松原畅想》，刊于《中文导报》第

1065期。

恩田满寄样刊2册来，回信表示感谢。

10月20日，将芥川散文《霜夜》稿传给花城出版社余红梅。对方回信已收到。

本月，“丰饶之海”（四卷）终于出版，人民文学出版社。

11月，给陈旻信，推掉夏目漱石后三部曲。

11月12日，收陈旻寄三套“丰饶之海”样书。

11月21日，校完《枕草子》稿。

12月，再校《雪国》《古都》《千羽鹤》和《伊豆的舞女》，存储。

广西师范大学出版社王婷婷打诊三岛合作事宜。

12月24日，完成《枕草子》全部校改入盘，目录以及译后记亦完备。

2016年

1月，妻君帮校三岛前三部小说《金阁寺》《潮骚》和《爱的饥渴》。

2月，将前三部修订稿复印件发陈旻。

收上海刘玮寄《阴翳礼赞》昼夜版样书三套。

同广西师范大学出版社·新民说签署“三岛由纪夫短篇小说集”，翻译《上锁的房子》《拉迪盖之死》。

为上海译文出版社校对《苍狼》稿。

6 月，将“丰饶之海”修订稿全部寄陈旻。

8 月 27 日，夫妇经大阪关西机场直飞南京休假。当日，王华指派其司机小范接机。

上海译文出版社寄来十册《苍狼》样书和十册昼夜版《阴翳礼赞》。

人民文学出版社寄来五套《丰饶之海》。

9 月 5 日，下午发余红梅快件，为其及《随笔》主编麦婵女士寄赠昼夜版《阴翳礼赞》各一册；王华来访，赠月饼一盒。托办公证书等事。

9 月 6 日，经任利剑联络，同南京大学出版社金鑫荣社长谈妥《岛国走笔》一书体例，新旧作各半。明年上半年交稿。

9 月 8 日晚，王华做东，宴请于山西路某饭店，夫妇出席，小范来迎。见任利剑、金鑫荣、何慈毅，以及东南大学日语系周某女士等。任邀我为东南大学日语系开讲座，责成周女士负责联络。周一直未联络，遂不了了之。

9 月 16 日下午，江山夫妻、月兰母子来访。翌日返回，携各类译著多种。

9 月 20 日，去仙林校区为日语研究生开座谈会，围绕翻译语研究杂谈，简介南大日语系发展历程。王奕红、彭曦与会。

9 月 24 日，原路返日。

10 月，富田学长谈停年一事。

11 月 14 日，因体检又一次发现潜血去东海纪念病院做 CT。

11 月 21 日，看结果，升结肠有一息肉，6×7mm。建议做内视镜检查后切除。

11 月 30 日下午，办理入院手续，实行肠内视镜切除术，主治医生堤靖彦。住 3 楼 330 室。房间既逼仄又简陋。

12 月 1 日十点出院，独自乘医院班车回家。

2017 年

2 月，《风雨五十年》载于花城出版社《随笔》杂志本年度第一期。

3 月 9 日，再发《岛国走笔》第二部分电子稿给南京大学出版社编辑沈清清。

3 月 11 日，校完《拉迪盖之死》初审稿，作为定稿发广西师范大学出版社王婷婷。

《霜夜》出版，花城出版社。

3 月 18 日，毕业式，地点同去年。

谷崎润一郎散文《雪后庵夜话》签署。起译《雪后庵夜话》。

电话联系南京大学出版社金鑫荣，得沈清清信，约定先出好《岛国走笔》，其他选题暂缓。

7 月 16、17 日，赴长野小诸出席小诸南大友好交流 30 周年纪念，见到依田喜家，南大两位客人等。

8 月，上海书展。三岛短篇集《上锁的房子》《女神》先后由广西师范大学出版社和上海译文出版社出版发行。

应《新京报》记者徐伟之约，撰写《阴翳礼赞》短文，连同王向远、施小炜两氏，载于该报19日书评周刊，附照片一枚。

9月，为南大外院日语系题词，快件寄去。

8—9月，赶译谷崎《幼少时代》。

10月，先后同上海译文出版社外国文学编辑室顾真和姚东敏分别签署《荷风细语》(选本暂名《荷香墨华》)及《漱石日记》合同。

《岛国走笔》完成校对交稿，沈清清代签约。首印千册，超过另议，样书50册，合同五年，届时自动失效。

11月8日，体检。

12月6日，上豆瓣网。其后发表一系列关于《晴日木屐》翻译的应答短文。

2018年

1月，《岛国走笔》出版。

2月，发陈旻《枕草子》译稿。

4月，与重庆出版社立约再版《斜阳》。不同意与他人合册。

4月16日，移居中央台新址。

5月11日，《和风景的对话》豪华本出版，接样书三册。

6月1日晚，在五台山先锋书店举办首次读者分享会，历时一个半小时，会后答疑签售。

5月24日—6月28日，南京休假。有《回乡日记》记其假中要事。

休假中，南京大学出版社沈清清，雅众方雨辰、陈希颖，上海译文出版社刘玮、叶晓瑶，广西师范大学出版社王婷婷，上海译文出版社文学组顾真、姚东敏先后来寒舍汇聚，约谈翻译出版事宜，一时间莺声燕语，环佩叮咚。

10 月 28 日，责编预言《假面的告白》《阿波罗之杯》待上市。但年内一直拖延而未出版。

2019 年

1 月底，将散文与三岛系列同广西师范大学出版社定下来。并将三岛 13 部作品先后传去，并附以《金阁寺》勘误表。

同华东师范大学出版社许静女士联络上。许已报出版计划，待批。联系人陈斌。

3 月，王婷婷进京隶属一家新公司 folio，一页一世界。

今年樱花开得较早。3 月底，门外樱花初放，如云如霞。遇管理员，问何品种，答曰染井吉野。疑之。

4 月 1 日，上午 9 时，小哥少文去世，享年 87 岁（1932–2019），小哥长我 7 岁，属猴。因我年迈病衰不能最后见他一面，遂成永久遗憾。小女儿欲代表我们全家前去吊唁，侄辈们考虑路远交通不便，力劝止之。送去花圈吊唁辞：

小哥，一路走好。我们永远怀念你。……

是日日本平成时代宣告终结（1989–2019）。

4 月 5 日，华东师范大学出版社陈斌提出“陈德文译文选”方案，拟定第一辑推出 7 册。

5 月 1 日，日本新天皇即位，改元令和。

9 月 4 日，回宁休假（见《回乡日记》）。

10 月 31 日，冲绳首里城大火。

同文景缔约川端系列 5 种：《伊豆的舞女》（5 篇）、《雪国》《古都》《千羽鹤》（包括《波千鸟》）及《湖》，2020 年底交稿。

12 月，同雅众缔约三岛系列 6 种。

2020 年

经任利剑教授等多方联络，南京大学确定图书捐赠事宜（《书库》）；南京大学出版社同意出版抒情散文集《鸽雨雁霜》。

1 月 10 日，华东师范大学出版社“陈德文译文选”7 部经典近期出炉，上半年出齐。

南京凤凰出版社张遇以及责编张婷联络出三岛小说。

1 月 23 日，整理《鸽雨雁霜》集，节后寄出。

1 月 24 日，己亥年除夕。

1 月 25 日，庚子年元旦。

4 月上旬，《南方人物周刊》孟依依女士联络专访。5 月 9 日刊于 628 期。

起译三岛第八部短篇集《绿色的夜》（译者自选），计 17 篇，交四川文艺出版社余岚。

4 月 30 日，华东师范大学出版社“陈德文译文选”（7 册）上市。

6 月 24 日，文学报专访：《以信为本，期待历史文学场面的再现》。

7 月 8 日，晨起警报惊心。台风、暴雨、龙卷风过境春日井，无恙。

其后，诸社陆续寄来样书，先后有华东师范大学出版社、雅众、上海译文出版社（姚女士）。

人民文学出版社陈旻告，已经顺丰邮寄样书《假面的告白》《阿波罗之杯》各三本。

8 月 7 日，上海贝贝特安素《夏目漱石系列》6 册出炉（包括谭译 1 册）。

10 月，川端第二册散文集《花未眠》由紫图出版。

11 月，美国总统大选，特朗普败选，拜登获胜。

《鸽雨雁霜》增加新栏目“苦居杂话”，收入《向国内辞书编纂者进一言》《回乡日记》《艺苑拾英》《与网友聊日语》《我的散文观》，计六篇。

12 月 3 日，暂停《花的圆舞曲》，转译《山音》。

2021 年

5 月 11 日，完成《山音》初稿。转而续译《花的圆舞曲》。6 月 1 日上午译完。转而续译十年前中止之《舞姬》。

向南京大学图书馆寄赠样书。

6 月 11 日，南京大学出版社《鸽雨雁霜》已出，联络沈清清寄送样书。

7 月，写自传初中时代部分《青春之门》。小诗一首：艰难时世迎华诞，桃李春风两重天，八秩人生两棚书，少年同学半为官。30 日，《金阁寺》及《后记》交稿上海文艺出版社余雪霁。

10 月 26 日，皇室真子下嫁民间人小室，夫妇婚后赴美过平民生活。

11 月 2 日（月）堤医生门诊，验血。坐于阳光下喝水，吃面包。接刘丽娜短信。介绍云南出版人想出《金阁寺》及川端著作。

12 月 31 日（金）除夕，王荣敏电话：二嫂依然昏迷不醒，为之悲叹。深夜洗浴，送旧迎新。观看红白歌合战，听新年钟声。

2022 年

1 月 1 日元旦。

晨起为八千五百余名网友拜年，获百余名读者回应，友谊满满。

南京大学凝眸文学社邀约讨论关于“读书、翻译和治学”。写作笔记《绿水一湾共凝眸》回应之。

4 月，一页、雅众分别举办三岛《鹿鸣馆》、川端散文《哀愁》共读会。分别为参加的网友解答疑问。

重新修订润色川端《雪国》等。

6月，西西弗推石文化上海文艺出版社《金阁寺》出版。向南大图书馆及肖磊处，按期寄出样书。给这里寄来样书8册。

7月8日，安倍在奈良演讲为自民党参院选拉选票时，遇刺身亡。

校改“川端康成系列”中的前几部作品，9月20日完成《湖》，暂待机。

7月28日为止，将《三岛戏曲十选》之最末《熊野》，全部完成交中国工人出版社·尺寸。其间获得小李和宋女士多方关照。

9月8日，英国女王伊丽莎白逝世，震动全球。当地时间19日11：30开始转播（晚间7时）葬礼实况。

9月20日，14号台风登陆。秋凉到来。

10月25日，将川端系列短篇先后传给雅众。等彼反馈认可。

10月30日，万圣节前夕，韩国首尔发生拥挤踩踏惨剧，死伤严重。

11月3日，日本政府天皇叙勋，外国人中台湾翻译家赖明珠获旭双光奖，奖励她翻译村上春树之功劳。

11月底，同雅众编校樽俎折冲，讨论川端所选诸作，基本完成定稿。

2023 年

川端康成进入公版。

2 月初，尺寸李骁传来三岛戏剧排印样稿，提出修正重点。余应之，并完译《蔷薇与海盗》作者的“自作解题”；赶写全书《译后记》。2 月 19 日，完成交稿，随之稍感放松。

5 月 9 日《三岛由纪夫戏剧十种》（上下册）在南京先锋书店举行分享会。尺寸宋杨女士和李骁先生出席主导，约请南大文学院和外院专家讲评。

荣获豆瓣 2023 年度“十大翻译家”，忝列其八。自感不足。

为人民文学出版社川端系列补译《名人》。并请昔日南京大学门生、业余围棋手凯希君阅改。

月中，身体异常，因鼠蹊（そけい）、腹股沟疝气住德洲会病院手术。翻译 写作、学术活动暂停。

5 月 23 日，三岛由纪夫近代能剧《葵上》在尺寸策划推动下于北京大学百周年纪念讲堂・李莹厅上演。

6 月 14 日，手术，次日出院。

进入七月，气候奇热。

8 月 3 日，近日京津冀洪灾严重。

同云南心思育连联络，知所签译作初步进入流程，纳入百花文艺出版社出版计划。

8 月 10 日，近日，陈树泳传来很多花草盆景图片。怡目养神。

上海译文出版社出版十卷本川端康成译作集，译者队伍老少咸集。

人民文学出版社川端无消息。

8 月酷暑持续，全球自然灾害严重。

后浪公司出版玖羽译《三岛戏剧集》。

出版界为三岛川端，粗分两大集团——上海译文与新经典，其他还有译林、后浪等。

11 月，上海读客竞争获村上新作《城市与不确定的墙》著作权，将由施小炜翻译，计划本年夏季推出。

为《三岛由纪夫戏剧十种》补译舞台剧《热带树》、歌舞伎《卖鱼郎独占花魁》，以及能乐剧《邯郸》。完成初稿，已交尺寸。

11 月 30 日，默悼祖母 64 周年忌。

12 月 1 日，商讨自传《人生一俳句：我的文学自叙传》出版合同。

气候渐趋严寒。

12 月 7 日，节气大雪。

大雪无雪寒，曚昽半阴天，时见狐嫁女[①]，偶露阳光灿。

---

① 即太阳雨，连阴雨天时见。

图书在版编目（CIP）数据

人生一俳句：我的文学自叙传 / 乐水著. 一北京：中国工人出版社，2024.4
ISBN 978-7-5008-8438-5

Ⅰ.①人… Ⅱ.①乐… Ⅲ.①回忆录－中国－当代 Ⅳ.①I251

中国国家版本馆CIP数据核字（2024）第056999号

人生一俳句：我的文学自叙传

出 版 人　董　宽
责任编辑　傅　娉
责任校对　张　彦
责任印制　黄　丽
出版发行　中国工人出版社
地　　址　北京市东城区鼓楼外大街45号　邮编：100120
网　　址　http://www.wp-china.com
电　　话　（010）62005043（总编室）
　　　　　（010）62005039（印制管理中心）
　　　　　（010）62379038（社科文艺分社）
发行热线　（010）82029051　62383056
经　　销　各地书店
印　　刷　天津中印联印务有限公司
开　　本　787毫米×1092毫米　1/32
印　　张　8.875
字　　数　170千字
版　　次　2024年4月第1版　2025年1月第2次印刷
定　　价　48.00元